D1735197

Stefan Meetschen

GESPENSTER WIE WIR

RUHLAND

STEFAN MEETSCHEN

GESPENSTER WIE WIR

ROMAN

RUHLAND VERLAG

Bibliografische Information der Deutschen Nationalbibliothek

Die Deutsche Bibliothek verzeichnet diese Publikation
in der Deutschen Nationalbibliografie; detaillierte bibliografische
Daten sind im Internet über http://dnb.d-nb.de abrufbar.

ISBN 978-3-88509-186-8
© Ruhland-Verlag, Frankfurt am Main, 2024
Stefan Meetschen, Gespenster wie wir
Alle Rechte vorbehalten.

www.ruhland-verlag.de

„... etwas am Wort Duisburg hatte ihn angezogen. Etwas Graues hatte er dabei vor sich gesehen, eine deutsche Stadt, die ganz entfernt noch nach Krieg roch, eine Form von Verelendung, die zu seiner derzeitigen Stimmung passte."

Cees Nooteboom, *Paradies verloren*

„Etwas passiert mit der Zeit. Immer mehr. Die Ereignisse von früher sind so deutlich wie die jüngsten. Sie schimmern, scheinen durch. Und jetzt, da ich an sie denke, geschieht alles gleichzeitig. Die früheren schwimmen an die Oberfläche, die dunkle Tiefe öffnet sich, und schon sind sie da. Vielleicht ist nie etwas verlorengegangen?"

Andrzej Stasiuk, *Grochów*

I

Es war das erste Mal seit dem Tod des Vaters, dass er wieder in der Stadt war. Er fuhr über die Nord-Süd-Achse, vorbei an den Ruhrorter Häfen, Abfahrt Meiderich. Zum Friedhof der Eltern. Der Anblick der Hochöfen und Fördertürme, Ladekräne und Lastschiffe kam ihm auch jetzt noch surreal vor, obwohl er doch damit aufgewachsen war.

Er betrat den Friedhof und erinnerte sich an die gemeinsamen Besuche bei den Familiengräbern. Damals, als Kind. Er hatte dem Vater beim Tragen der Gießkannen geholfen, während die Mutter die Gräber von Blättern und Unkraut befreite. Nun lagen sie selbst hier – und er musste nichts tun. Die Friedhofsverwaltung pflegte das quadratisch übersichtliche Rasengrab. Er schaute auf die beiden Steinplatten, las ihre Namen, Geburts- und Sterbejahre. Er wusste nicht, was er machen sollte. Mit ihnen sprechen? Beten? Plötzlich tauchte eine Katze auf. Sie sprang auf die Grabplatten, blieb vor ihm stehen und schaute ihn herausfordernd an. Sie kam näher. Vorsichtig streichelte er sie. Die Katze ließ es sich gefallen, schnurrte. Damals, als Kind, hatte er seinen Vater gefragt, warum man die Gräber pflege. Die Toten seien doch nicht mehr da. Sein Vater hatte genickt: „Das ist eine gute Frage. Wir tun es eben." Die Gießkanne war Albert nach dieser Antwort noch schwerer vorgekommen und die Arbeit sinnloser, obwohl die Stille des Ortes etwas Anziehendes hatte.

Jetzt schaute er auf die Klinik am Rand des Friedhofs, die schon immer wie eine Fabrik zwischen Himmel und Hölle auf ihn gewirkt hatte und dies auch jetzt tat. Ein halbes Jahr nach dem Tod der Mutter war sein Vater dort nach einem Herzinfarkt operiert worden. Ein komplizierter Eingriff. Albert war damals zum Grab gefahren und hatte um eine Verlängerung gebeten. Der Wunsch hatte sich erfüllt: 8 Jahre. Ohne den Schiffsunfall hätten es noch mehr werden können, vielleicht.

In der Innenstadt blickte er die Passanten an. Wie sahen sie aus? Wie hatten sie damals ausgesehen, Anfang der Siebzigerjahre, als er begann, sein Umfeld wahrzunehmen? Der Typ des erschöpften Arbeiters schien ausgestorben zu sein. Man trug Freizeitkleidung, gab sich sportlich. Er selbst auch: Kapuzenpulli, Jeans, Sneakers. Er nahm sich vor, zum Innenhafen zu gehen. Einmal die Fußgängerzone runterlaufen. Niemand kannte ihn hier. Doch wahrscheinlich gab es unter den Menschen, die ihm entgegenkamen, einige, die im gleichen Krankenhaus zur Welt gekommen waren wie er. Oder in der gleichen Straße gewohnt hatten.

War dort rechts nicht einmal ein Plattenladen gewesen, in dem sein Vater nach Klassik- und Jazzplatten gestöbert hatte? Und das Café in der Nebenstraße – hatten die Eltern dort nicht gelegentlich einen Bohnenkaffee getrunken, wie seine Mutter zu sagen pflegte? Sie hatte ihn stets schwarz getrunken. Ohne Zucker. Ohne Milch. Als habe sie in dieser dunklen Stadt kein Recht auf Versüßung. Die Flucht, die Vertreibung – all die Geschichten schienen neu ausgesprochen, neu erzählt zu werden, als würde er mit Gespenstern unterwegs sein.

Er ging weiter. Es war noch hell. Sommer. Schließlich kam er zum Innenhafen. Er sah die Schiffe. Andere Schiffe als damals. Schiffe für Besucher. Sightseeing-Angebote. „Weiße Flotte"-Hafenrundfahrt. Von der Brücke schaute er hinab auf das Wasser. Es war ruhig. So ruhig, dass er sich darin zu spiegeln schien. Und da – für einen Moment – hatte er den Eindruck, seinen Vater und seine Mutter zu sehen. Es war tatsächlich nur ein Moment, wenn überhaupt, ein Aufblitzen in seinem Gesicht, als würden Elemente zusammenstoßen und sich einander verbinden. Er sah die beiden

Gesichter seiner Eltern in einer Person, die er selbst war. Nach all den Fluchten, all den Jahren des Weglaufens.

*

Albert Simon drehte den Zündschlüssel um. Er musste weiter. Keine Zeit, um länger in Duisburg zu bleiben. Weiter zur Domstadt. Was das Gespräch wohl bringen würde? Seit er sein Heimatland verlassen hatte, vermied er es, über die Grenze zurückzufahren. Jetzt ging es nicht anders. Er wollte wissen, ob die *Europa Filmförderung* das Treatment, das er eingereicht hatte, als unterstützungswürdig einstufte. Dann würde er weitermachen: das Drehbuch schreiben und schließlich Produktionsteam und Schauspieler zusammentrommeln. Fest stand für ihn nur: Polnisches Geld allein würde für das Projekt nicht genügen.

Er steuerte den Wagen am schmutzig-düsteren Hauptbahnhof vorbei, wo ihn die Eltern als Student bei Besuchen während der Semesterferien erwartet hatten, und auf die Autobahn Richtung Köln. Die Anschrift im Mediapark hatte er ins Navi-System des roten BMW eingegeben. Es war nicht sein Auto. Er hatte den BMW in Warschau geliehen, um einen erfolgreichen Eindruck zu machen. Seine alte silberne Mazda-Kutsche kam dafür nicht in Frage. Das hatte er nach so vielen Jahren im Filmgeschäft gelernt: Substanz war das A und O, doch die restlichen Buchstaben des Alphabets musste man mit Selbstvertrauen und Chuzpe füllen. Ob die zuständige Gutachterin überhaupt das Treatment gelesen hatte? Er schaute noch einmal über seine Geburtsstadt, sah in der Ferne die Sechs-Seen-Platte im Stadtteil Wedau schimmern, wohin die Eltern mit ihm Ausflüge gemacht hatten. Meistens an Sonntagen. Ein ferngesteuertes Miniaturmotorboot wie andere Kinder oder Jugendliche hatte er nie besessen. Doch allein der Anblick, wie diese kleinen Flitzer über das Wasser düsten, hatte ihn begeistert. Wie toll musste es sein, sie mit der Fernsteuerung nach links oder rechts lenken zu können, so dass die kleinen Boote seitlich im Wasser lagen? Besonders mochte er es, wenn diese Miniaturgeschosse vor schierem Tempo aus dem Wasser zu springen schienen. Flogen sie nicht manchmal sogar? Vollkommen frei.

Sein Vater, der Stahlarbeiter, hatte damals ebenso interessiert auf die Fläche des Sees geschaut, wo die Jugendlichen ihre Miniaturmotorbootrennen absolvierten, doch von derartiger Highspeed-Akrobatik hatte er nicht viel gehalten. „Und was machst du, wenn das Boot sich dabei überschlägt oder aus der Kurve fliegt? Mit der Fernsteuerung kannst du es dann nicht zurückholen." Hatte es aber einen solchen Fall gegeben, dass ein Miniaturboot sich überschlug oder umkippte? Albert, der sich nun auf der Mittelspur der Autobahn einfädelte, konnte sich nicht daran erinnern. Wahrscheinlich hatte der Vater es nur gesagt, um die Begeisterung des Sohnes zu dämpfen, und das Herz des Vaters schlug ohnehin für das Segeln. Windkraft, nicht Motoren, das war seine Devise. Daran ließ er nicht rütteln, auch nicht bei Miniaturbooten.

Albert schaute auf die Uhr: Feierabend – für viele. Hoffentlich geriet er nicht in einen Stau. Das wäre ziemlich dumm und unprofessionell; wobei er natürlich leicht die lange Anreise als Grund angeben konnte. Aber selbst das war nicht überzeugend. Wie kann jemand zuverlässig mit Euro-Millionen umgehen, wenn er nicht in der Lage ist, Termine einzuhalten? Hätte er besser den Flieger genommen? Dann wäre die Fahrt zum Friedhof der Eltern aber nicht so einfach gewesen; er hätte nicht die Freiheit gehabt für den heutigen spontanen Abstecher. Nun war es eh' zu spät. Ein Gefühl der Resignation überkam ihn, als er vertraute Städtenamen auf einem blauen Hinweisschild las: Essen, Bonn, Gladbeck. Wieso sollte die *Europa Filmförderung* mit Sitz in der Domstadt ausgerechnet sein Projekt unterstützen? War der Plot nicht hoffnungslos antiquiert? Ein Mädchen aus der Nähe von Danzig flüchtet im Januar 1945 mit dem

älteren Bruder und der Mutter über die Ostsee ins Ruhrgebiet, nachdem der Vater beim Russlandfeldzug gestorben
ist. Dabei lernt sie einen Stahlarbeiter kennen, verliebt sich
in ihn und gründet eine Familie. War das nicht eine ziemlich durchschnittliche, familiennostalgisch gefärbte Idee?
Wen interessierte heute, im Juli 2014, das Thema Flucht?
Wer wollte, selbst kurz nach der Annexion der Krim, etwas
tiefergehend Kritisches zu Russland lesen? Verstieß das
nicht gegen die Staatsräson der Bundesrepublik? Russland
gehörte zu den Freunden. Am Ende wirkte das Projekt noch
revanchistisch?

Albert Simon schaltete das Deutschlandradio Kultur ein,
um etwas Musik zu hören, auf dass sie ihn wieder positiver
stimmen würde. Mit Anfang vierzig wusste er: Man durfte keine negative Ausstrahlung haben, dann zog man das
Pech, die Niederlage an. Diesen Fehler durfte er auf keinen
Fall begehen, trotz all der Betrübnisse der vergangenen
Wochen und Monate. Vermisste er seine Frau eigentlich?
Etwas schon, wenn er ehrlich war. Agata hatte ihm in den
vergangenen Jahren die geschäftlichen Dinge abgenom-
men und ihm eine solide finanzielle Infrastruktur bereitet.
Wenn auch keine, die ein Anknüpfen an seine frühen, noch
in Deutschland produzierten Spielfilme (*Requiem*, *Der Tag*)
ermöglichte, sondern vor allem Werbe- und Kampagnen-
filme, die dabei helfen sollten, Polen als ein modernes, an-
schlussfähiges EU-Land darzustellen. Vorbei.
    Warum hatte er ihr während ihrer Krebs-Erkrankung
auch Anlass geben müssen zu glauben, dass er sie mit einer
bekannten polnischen Sängerin betrog, die in der Nachbar-
schaft wohnte? Klar, die Belastung war auch für Albert groß
gewesen, was niemand im sonstigen Familien- und Freun-
deskreis so richtig wahrzunehmen schien (mit Ausnahme
der Sängerin), doch dass er Agata auf grobe Weise verletzt
hatte, weil dazu ein Online-Artikel erschien, das tat ihm
leid. „Ich möchte Euch beide nie mehr sehen", hatte seine
Frau gesagt und die CDs der Sängerin, die er besaß, so ag-

gressiv gegen ein Buchregal geschleudert, dass dabei nicht nur ein leerer Kerzenständer heruntergefallen war, sondern auch ein Buch. Ausgerechnet eins von Slavoj Žižek, dem slowenischen Philosophen, Lacan- und Hegel-Kenner, den Albert verehrte.

Seine Erklärungen halfen nicht. Es war der 20. Februar gewesen; der Tag, als die Krim-Annexion begann. Es war auch der Geburtstag seiner Mutter. Seitdem herrschte Funkstille zwischen Agata und ihm. Seine Noch-Ehefrau wohnte im Haus der Eltern am Rand von Warschau. Er lebte allein in der gemeinsamen Wohnung in Żoliborz. Die Sängerin hatte er seitdem nicht mehr gesehen. Die Medienberichte waren nicht günstig für ihr Image gewesen.

*

Die Dame von der *Europa Filmförderung* blätterte in den Unterlagen. Sie war etwas jünger als Albert Simon, vermutlich Mitte 30. Um die 1,65 Meter groß. Die Haare brünett. Den roten Lippenstift hatte sie dick aufgetragen. Ihr dunkler Business-Anzug warf um die Taille herum interessante Falten. „Warum leben Sie eigentlich in Polen?", wollte sie von ihm wissen. Dabei klang ihre Stimme ziemlich barsch, schnoddrig, fast wie in einem Verhör.

„Ich habe dort studiert."

„Wo genau?"

„Filmhochschule Łódź."

„Aha. Warum?"

Albert überlegte. Diese Fragen zeugten nicht unbedingt von großer Bildung in Filmdingen, doch er wollte ihr nicht Ignoranz und Unwissenheit auf die Nase binden.

„Es ist die angesehenste Filmausbildungsstätte Osteuropas. Polanski, Zanussi, Kieślowski sind Absolventen. Und viele andere Regisseure, die hier im Westen zu Unrecht unbekannt sind." Sie schaute ihn an, als würde sie die Namen, die er soeben genannt hatte, zum ersten Mal hören oder als besäßen sie für das Kino von heute keine Relevanz mehr.

Alte weiße Männer. Hatten ihre Augenlider bei der Nennung Polanskis nicht sogar nervös gezuckt?

Der Mann war durch, moralisch korrumpiert. Ein perverser Frauenschänder. „Was wollen Sie mit Ihrem Projekt denn eigentlich mitteilen? Was ist Ihre Botschaft?", fragte die junge Dame nun und fügte mit sardonischem Unterton hinzu. „Das ist mir aus den Unterlagen noch nicht richtig klar geworden." Er blickte auf ihre Lippen. Sie waren wirklich sehr rot, dachte er. Dann überlegte er, wie er ihr das Projekt ideologisch verständlich servieren könnte. „Es geht um eine Frau, die den Krieg als Kind miterlebt hat, flüchten musste und im Westen nie richtig Wurzeln geschlagen hat. Eine Vertriebene."

„Für wen ist das wichtig?"

„Für mich", sagte er lakonisch, ohne seine innere Gereiztheit länger zu verbergen – ihr Frageton war ein ständiger Affront.

„Hat dieses Projekt also tatsächlich einen autobiographischen Hintergrund?", fragte sie weiter.

„Ja", antwortete er.

„Ein Film über ihre Mutter oder Großmutter? Ihre Eltern?"

„So ungefähr."

Sie atmete tief durch, dann runzelte sie die Stirn. „Aber Sie haben mir gesagt, dass Sie wegen des Studiums in Polen sind." Er schaute auf die Unterlagen, die ausgebreitet vor ihr lagen.

„Das eine schließt das andere nicht aus, oder?"

Die provozierende Nachfrage überging sie. Stattdessen blätterte sie mit leicht gelangweilter Miene in den Treatment-Papieren, die Albert in den vergangenen Wochen nach der Trennung etwas hastig angefertigt hatte – eine konkrete Aufgabe, um wieder festen Boden unter die Füße zu bekommen. Die Arbeit schenkte Ablenkung vom Riss, der durch seine Ehe ging und durch sein Herz.

„Wenn ich das richtig sehe, war der Vater der Protagonistin Monteur bei der sogenannten Ostpreußenwerk AG, dann kam er im Dezember 1943 bei Schytomyr/Kiew in einem Panzer ums Leben. Als Teil von Hitlers vorletztem militärischen Aufgebot."

„Das ist richtig." Er konnte förmlich sehen, wie sich unter ihrem moralischen Zensurblick der auf alten Schwarz-Weiß-Fotos trotz seiner Größe stets gutmütige und im Kreis der Kinder sogar etwas schüchtern wirkende Großvater zu einer brutalen Nazi-Bestie verwandelte.

Sie war noch nicht fertig. „Wenn diese Frau als fast zehnjähriges Kind mit ihrer Mutter und dem älteren Bruder Anfang 1945 vor den von Ihnen im Treatment als Sowjetsoldaten bezeichneten russischen Truppen geflüchtet ist und nur deshalb überlebte, weil sie als Flüchtling nicht wie von der Mutter anvisiert auf das Nazischiff *Wilhelm Gustloff*, sondern lediglich auf einen Walfischfänger gelangte, ist sie dann aus Ihrer Sicht eine Repräsentantin der Täter- oder der Opferseite?" Sie schaute ihn mit einem aggressiven Funkeln in den Augen an.

Doch Albert war auf derartige Fragen vorbereitet. „Weder noch – ich möchte sie als Mensch zeigen. Mit all der dazugehörigen Ambivalenz. Als eine unpolitische Frau, die nie ihr volles Potenzial leben konnte, weil sie von den verstörenden Geschehnissen der Geschichte und der Politik traumatisiert wurde."

Die Gutachterin lächelte. „Das ist sehr ehrenwert von Ihnen, Herr Simon, und Ihre Mutter – falls sie noch leben würde – könnte stolz auf Sie sein, doch das sind nicht die Geschichten, die wir im Jahre 2014 als förderwürdig ansehen. Die Zeit ist fortgeschritten. Andere gesellschaftspolitische Fragen brennen uns auf den Nägeln." Sie blieb völlig starr, und Albert Simon ertappte sich dabei, tatsächlich auf ihre Fingernägel zu schauen.

Nun nahm er sich das Recht, kritisch nachzufragen. „Können Sie das ein wenig erläutern? Welche Fragen brennen?"

Die Dame mit den Millionen der *Europa Filmförderung* im

Rücken ließ sich davon nicht aus der Fassung bringen. „Das ist doch für jeden sensiblen Zeitgenossen offensichtlich: Klimaschutz, Geschlechtergerechtigkeit, Ausbeutung der Kolonien, Gefahr des Nationalismus, Vertiefung der europäischen Integration."

„Aber es geht mir in meinem Film doch auch um Geschlechtergerechtigkeit, Warnung vor Nationalismus und Förderung des Integrationsgedankens", verteidigte sich Albert. „Etwa bei der Szene, als die Protagonistin Mitte der Fünfzigerjahre im Ruhrgebiet ankommt und von den Ansässigen aufgrund ihrer bunten Kleidung, die man ihr auf einem Bauernhof gegeben hat, als Polackin verspottet wird." Die Dame mit dem vielen Filmförderungsgeld im Rücken ließ sich nicht beirren. Sie fuhr mit dem rechten Zeigefinger über eine Passage des Treatments, an die sie sich, wie er nun sah, mit rotem Stift hektische Anmerkungen notiert hatte. „Soweit ich das sehe, hat Ihre Protagonistin in eine konventionelle bürgerliche Rollenverteilung eingewilligt. Sie hat in Schleswig-Holstein, wo die Flüchtlinge zunächst auf einem Bauernhof lebten, eine Friseurausbildung begonnen, dann im Ruhrgebiet eine Supermarkt-Filiale geleitet, geheiratet, ein Kind gekriegt, dieses als Hausfrau großgezogen, sich für allerlei Esoterik-Moden interessiert und lieber Urlaub in Italien oder Spanien gemacht, als in ihre Heimat zurückzukehren. Schön, wenn sie sich dabei, wie Sie im Text erwähnen, gelegentlich wie eine verspätete polnische Adelige gefühlt hat, aber einen 110 Minuten Spielfilm rechtfertigt ein solcher – verzeihen Sie – völlig durchschnittlicher Lebenslauf nicht. Dazu: Der relativ frühe Tod ist traurig, aber keine Tragödie. Er hat auch keinerlei gesellschaftspolitische Relevanz. Ebenso wie der Tod des Ehemanns beim Segeln."

Albert nickte. „Sie lehnen eine Finanzierung also ab?"

„Selbstverständlich."

Als Albert die Dame von der *Europa Filmförderung* um Rückgabe der Unterlagen bat, schüttelte sie mit einem säuerlichen Lächeln den Kopf. Die könne sie ihm aus behördlichen Gründen nicht zurückgeben, auch wenn er darum bäte. Leider. „Eine Frage habe ich aber noch", fügte sie nun, während beide aufstanden, mit künstlicher Freundlichkeit hinzu. „Warum trägt Ihr Treatment den Arbeitstitel *Transmutation*?"

„Das ist eine Anspielung darauf, dass Metall in Gold verwandelt werden kann."

„Aha." Sie verzog ihre Lippen noch mehr und kicherte: „Sind Sie also ein Alchemist?"

Er schaute sie mitleidig an, wie eine Person, die in Buchhandlungen regelmäßig ins falsche Regal greift. Dann ging er, ohne zu antworten, grußlos hinaus.

*

Die Dämmerung war schon weit fortgeschritten, doch die Möwen schienen über dem Rhein in der Nähe der Dombrücke zu tanzen. So laut waren ihre Schreie, dass sie auch im Innenraum des Wagens zu hören waren. Oder war das, was die Tiere artikulierten, ein spöttisches Gelächter? Albert nahm einen weiteren Schluck aus der Bierdose und schaute auf die Lastschiffe, die sich auf dem Fluss langsam vorwärtsbewegten. Manche mit, manche gegen den Strom. War es so nicht auch im Leben? Unter Menschen?

Er hatte keine Lust, in dieser Stadt einen Haufen Geld für die Übernachtung in einem Hotel auszugeben. Lieber im Auto bleiben, das ihn bereits genug Geld kostete, sagte er sich. 15 Euro für den Döner und ein Sixpack waren ausreichend. Parkgebühren musste er hier, so wie es aussah, keine zahlen, dafür hatte man eine erstklassige Aussicht: die Möwen, die Schiffe und nicht zu viel vom Dom. Albert Simon versuchte, den Tag Revue passieren zu lassen: die frühe Abfahrt aus Warschau, den Abstecher zum Grab der Eltern, das unsägliche Gespräch mit der Dame von der *Europa Filmförderung*. Wie passte das alles zusammen? Was für eine Lehre ließ sich daraus ziehen, außer der, dass alles irgendwie keinen Sinn machte und Fragen aufwarf, auf die es keine Antworten zu geben schien?

Er schaute auf die jungen Paare, die engumschlungen am Ufer des Flusses umherspazierten. Manche mit zerrissenen Jeans, andere in Sportkleidung. Die Menschen an sich sahen schön aus, Frauen wie Männer: friedlich. Harmonisch. In ein paar Monaten oder Jahren würden sie, wenn es gut ginge, zusammen einen Kinderwagen schieben. Das war der normale Gang der Welt. Wir alle haben einmal eine Zeit im Kinderwagen verbracht, sagte sich Albert und nahm erneut einen Schluck. Wir wurden geschoben und größtenteils ruhiggestellt. Dann steigt man aus, um die Welt zu erobern. Man wechselt aufs Dreirad, aufs Fahrrad, aufs Motorrad oder Auto und lebt im Prinzip dahin, ohne zu verstehen, warum, man gibt die ungeklärten Fragen und Probleme weiter an die nächste Generation – und so fort. So ergeht es den meisten. Ein unendliches Kinderwagenschieben der menschlichen Ratlosigkeit. Wenigstens diesen Erfolg konnte er hinsichtlich seiner Ehe resümieren: Seine Frau und er hatten zu dieser frustrierenden Generationen-Kette der unbeantworteten Fragen keinen Beitrag geleistet. Doch dies, das musste er zugeben, war ebenso wenig ein Erfolg. Es war auch traurig. Auch keine echte Lösung.

Albert Simon knüllte die Alufolie, in die der Döner eingepackt gewesen war, kräftig zusammen, damit die überschüssige, mit Knoblauch gewürzte Sauce nicht auslaufen konnte. Er hatte keine Lust, eine Extra-Summe Reinigungskosten für den Leihwagen zu bezahlen. Den roten BMW, der im Übrigen farblich gut zu den Lippen der Gutachterin gepasst hätte. Also besser gleich raus mit dem Abfall. Er rülpste und schmunzelte über dieses prollige Verhalten, für das ihn sowohl die Eltern als auch die Ehefrau verwarnt hätten. Innerlich lachte er darüber. Jetzt machte ihm niemand mehr Vorschriften. Er dachte über das Bier nach. Es war nicht schlecht, aber auch nicht besonders gut. Ungewohnt süffig.

Normalerweise trank er keinen Alkohol mehr, obwohl es auch in Polen gute Biersorten gab. Er liebte es einfach, je älter er wurde, nüchtern zu sein. Einen klaren Kopf zu haben. Normalerweise. Nach einem solchen Geschäftsgespräch wie heute, wenn man es überhaupt so bezeichnen konnte, galten aber andere Regeln. So eine arrogante Tussi.

Albert öffnete die Wagentür. Etwas schwerfällig stieg er aus dem Fahrzeug, dann ging er mit fast leerer Bierdose und zusammengeknäulter Verpackungsfolie zum nächsten Mülleimer. Die Möwen, die desinteressiert in Richtung Fluss flatterten, schienen zu ahnen, dass bei dieser Aktion nichts für sie abspringen würde. Doch der Himmel sah wirklich schön aus, dachte Albert. Ein kräftiger Sonnenuntergang. Tolle Farben. Sogar die Häuserreihen am anderen Ufer wirkten wie von einem cineastischen Zauber umhüllt.

Gab es hier keine öffentlichen Toiletten? Albert ging weiter zu einem Gebüsch, wo er sich unbeobachtet fühlte, und öffnete den Hosenschlitz. Es machte ihm Spaß, mit dem Strahl die von der Sommerwärme ganz trocken gewordenen Blätter zu befeuchten, als würde er damit die Pflanzenwelt zu neuem Leben erwecken. Dann zog er den Reißverschluss hoch und ging zurück Richtung BMW.

Er war nicht wenig überrascht, als er schon aus der Ferne eine Gruppe von drei Männern und einer Frau in seinem Auto sitzen und Bier trinken sah. Hatten die fünf verbliebenen Sixpack-Dosen sie angelockt? Als sie sahen, dass jemand kam, stellte ein Typ mit langen Haaren, der auf dem Fahrersitz saß, die Musik des Radios demonstrativ lauter und grölte. Albert wusste zuerst nicht, ob er darüber lachen oder sie mit strenger Stimme ermahnen sollte – so realitätsfern kam ihm die Szene vor. Als er bemerkte, dass er den Wagenschlüssel nicht in der Hosentasche hatte, wurde er aber nervös. Er musste ihn im Wagen stecken gelassen haben. Wie dumm, wie fahrlässig von ihm.

Langsam, langsam, als wäre er unsichtbar, ging Albert

auf den roten BMW-Leihwagen zu. Sorgfältig darauf bedacht, nicht unnötig aufzufallen. Eine falsche Bewegung von ihm und die Halbstarken plus Prinzessin hätte sich entscheiden können, loszufahren. Aus Spaß, aus Bösartigkeit. Was dann? Wie zurückkommen nach Warschau? Wie den Verlust begleichen? War er überhaupt gegen diese Form des Diebstahls versichert?

Der Typ mit langen Haaren, der auf dem Fahrersitz saß, schien einen Joint zu rauchen. Schmale Rauchfäden stiegen aus den Ritzen des Seitenfensters auf, wie der Dampf einer Lokomotive. Zuzutrauen war diesem Typ ein solches verantwortungsloses Fahr- und Raub-Manöver durchaus. War diese Generation nicht mit Computerspielen aufgewachsen? Sie konnten wahrscheinlich kaum noch unterscheiden zwischen virtueller und physischer Realität. Albert ärgerte sich noch mehr über sein unbedachtes Handeln und ging vorsichtig weiter, immer näher an das Fahrzeug heran. Er musste den Wagen zurückerobern. Für eine Pinkelpause durfte man nicht bestraft werden. Das war ungerecht. Trotz allem.

Jetzt schien die Gruppe ihn als vermeintlichen Besitzer des Wagens wahrgenommen zu haben. „Hey, Alter, toller Schlitten! Den borgen wir uns mal", rief ihm einer von der Hinterbank des Fahrzeugs aus zu, so dass alle Insassen – mit Ausnahme der jungen Frau – lauthals auflachten. Versuchte sie auszusteigen? Die drei zur Aufgabe des Streiches zu überreden? Der Jüngling mit den langen Haaren blieb stur. Er warf den satten BMW-Motor an.

Was sollte Albert Simon nun tun? Nach vorne springen und die Fahrertür aufreißen? Sich vor das Fahrzeug auf die Motorhaube werfen, wie der Held in einem zweitklassigen amerikanischen Action-Movie es getan hätte? Er entschied sich dazu, mit ausgebreiteten Armen vor den Wagen zu schreiten. Doch der Fahrer schien dies erwartet zu haben und legte flugs den Rückwärtsgang ein. Im Nu war der Wagen 50 Meter von Albert entfernt und schrammte dabei leicht gegen eine mit Graffiti beschmierte Sitzbank, die sich am Ende der Aussichtsplattform befand. „Sagt mal, spinnt ihr? Wisst ihr noch, was ihr tut?", rief Albert in Richtung BMW. „Ihr habt wohl nicht mehr alle Tassen im Schrank!" Mit quietschenden Reifen fuhr der junge Fahrer nun haarscharf an ihm vorbei Richtung Rhein, was am Joint liegen konnte oder auch daran, dass er nicht richtig verstand, wie man ein Auto fuhr. Was waren das nur für komische Studenten? Albert wunderte sich. Es waren doch Studenten? Oder Kriminelle? So sahen sie nicht aus. Vor allem nicht die Frau. Nein, es mussten Studenten sein. Verzogene Burschen ohne Realitätserfahrung. Generation Dummheit.

In diesem Moment schien der Fahrer des Wagens einen Fehler beim Schalten gemacht zu haben oder Bremse und Kupplung miteinander zu verwechseln. Der Motor des BMW soff jedenfalls abrupt ab. Der Wagen blieb stehen. Albert überlegte. Da sah er, wie die junge Frau vom Rücksitz aus hastig nach vorn griff und bald darauf die Seitentür aufriss. Sie sprang heraus und lief zu Albert herüber, während ihre drei Freunde oder Kommilitonen wankend mit Bierdosen und Zigaretten allmählich aus dem Fahrzeug stiegen. Die junge Frau drückte Albert den Autoschlüssel in die Hand. „Bitte entschuldigen Sie, es sollte ein Streich sein, dieses blöde Rumfahren war definitiv zu viel. Verzeihen Sie!" Nun wirkten auch die jungen Männer ziemlich bedröppelt und verlegen.

Albert Simon schwieg, nicht weil er die Frau mit der Absolution zappeln lassen wollte, sondern weil er schlichtweg nicht wusste, wie er mit dieser Situation umgehen sollte. Die Frau war hübsch, vermutlich Mitte zwanzig. Die verträumten Augen und die sanften Wangen erinnerten ihn an Romy Schneider, nur meinte er bei ihr statt des österreichischen Akzents eine leicht slawische Sprachfärbung heraushören zu können. Sie setzte erneut an: „Wir feiern heute das Semesterende. Was meine Freunde gemacht haben, ist völlig unakzeptabel. Bitte entschuldigen Sie! Es war ein verunglückter Spaß!"

Er nickte. „Ist schon okay. Was allerdings nicht okay ist, ist die Schramme, die Ihr Formel-1-Pilot beim Rückwärtsfahren gegen die Sitzbank dem Wagen verpasst hat."

Die Frau guckte Albert an, als hätte sie davon nichts mitbekommen. „Wo?"

„Na, auf der anderen Seite." Zusammen gingen sie um den Wagen, während die drei Kommilitonen weiterhin wie erstarrt wirkten. Albert sah, wie die Frau das polnische Nummernschild bemerkte.

„Da!" Er zeigte auf die Schrammen. Sie erschrak.

„Ist das ein polnisches Fahrzeug?", fragte sie leicht irritiert.

„Ja."

„Aus Warschau?"

„Ja."

Entschlossen kramte sie einen Stift und einen Notizzettel hervor, auf den sie flink einen Namen, Telefonnummer und eine Adresse schrieb. Den Zettel reichte sie Albert.

„Das ist die Werkstatt von meinem Cousin. Bartek. Er wird die Schäden kostenlos bearbeiten. Ich rufe ihn morgen an." Albert las Name, Telefonnummer und Adresse. Er lächelte. „Stammen Sie aus Warschau?", fragte er die junge Frau.

Sie zögerte, dann antwortete sie leise: „Tak jest." So ist es.

„Wie heißen Sie?", wollte Albert noch von ihr wissen.

„Monika."

„Ich werde den Wagen also zu Ihrem Cousin bringen, Frau Monika. Morgen oder übermorgen."

„Fein", sagte die junge Frau. „Und wie ist Ihr Name?"

„Albert." Er reichte ihr die Hand. Sie schlug ein.

„Wie Albert der Große oder wie Albert Camus?"

„Lieber wie der Schriftsteller." Er zwinkerte ihr mit den Augen zu. Sie wurde etwas verlegen, überspielte dies aber mit einem Lächeln.

*

Am nächsten Morgen wurde Albert Simon, der die Nacht auf der Aussichtsplattform im geparkten BMW verbracht hatte, durch ein Klopfen wach. Er benötigte etwas Zeit, um die Augen zu öffnen. Es war bereits hell. Sehr hell. Er blinzelte. An der Seitentür stand ein Mann mit Ohrring und blauer Uniform. Albert streckte die Beine, um mit dem rechten Zeh durch Berührung eines Druckknopfes das Seitenfenster automatisch herunterzufahren.

„Guten Morgen", sagte der Mann im typisch rheinländischen Sing-Sang.

„Morgen", krächzte Albert verschlafen zurück.

„Sie können hier nicht parken."

„Wie bitte?" Albert wollte Zeit gewinnen.

„Ich weise Sie darauf hin, dass dies kein Parkplatz ist. Bitte verlassen Sie unverzüglich diesen Platz, sonst muss ich Sie verwarnen."

„Verstehe", sagte Albert und unterdrückte ein Gähnen. Das Klopfen hatte ihn aus einem tiefen Traum gerissen, in dem er gerade dabei war, eine historische Schlacht zu leiten, am Ende aber gegen beide Armeen zu kämpfen schien. „Ich fahre den Wagen sofort weg."

„Das wäre schön", sagte der Mann und lächelte etwas spöttisch. Angesichts der ausgestreckten Körperhaltung, die Albert weiterhin einnahm, war seine Skepsis nachvollziehbar.

Albert kletterte aus dem Fahrzeug, zog sich etwas ungeschickt die Schuhe an und brachte die Sitze des BMWs wieder in die normale Position. Dann suchte er in seinen Hosentaschen nach dem Autoschlüssel. Verdammt, wo war er? Schon wieder weg? Hatte die Hübsche mit ihren verrückten Studenten-Freunden ihm am Ende doch den Schlüssel geraubt? Waren sie in der Nacht zurückgekehrt? Wild und ohne jegliche Kohärenz drehten sich die Gedanken in seinem von all den Reiseanstrengungen müden Kopf.

Er schaute etwas genauer neben das Lenkrad und sah nun, dass der Schlüssel neben dem Armaturenbrett baumelte. Kein Grund zur Panik also. „Na bitte", sagte sich Albert und rieb sich die Augen. Er setzte sich auf den Fahrersitz und betrachtete sein unrasiertes, zerknautschtes Gesicht im Rückspiegel. Kein schöner Anblick, wie er fand. Er blickte hinaus. Dort stand immer noch der Aufpasser und schien zunehmend ungeduldig zu werden. Er wartete darauf, dass Albert endlich wegfahren würde. Hatte er nicht „sofort" gesagt?

„Ich fahre den Wagen sofort weg." Albert stellte den Motor des BMW an, trat auf das Gaspedal und hob wie ein Zeichen der Verbundenheit die Hand in Richtung Aufpasser. „Kaum bist du mit einem polnischen Auto in Deutschland, wirst du als potenzieller Krimineller eingestuft, sogar beim Parken." Sagte er zu sich selbst und fuhr los.

*

Das Netz der Autobahnen im Rheinland, das Labyrinth der Abfahrten und Ausfahrten war für Albert schon als junger Mann ein unlösbares Rätsel gewesen. Abgesehen von der Nord-Süd-Achse, die nicht besonders schwer zu verstehen war, fehlte ihm dafür jedes Verständnis. Am einfachsten wäre es deshalb gewesen, im GPS-Tracker Warschau als Reiseziel einzugeben und bei der nächstmöglichen Tankstelle rauszufahren, um erst einmal einen Kaffee zu trinken, den Albert morgens dringend brauchte („Mein Sakrament des Aufstehens"); doch im Strom des morgendlichen Berufsverkehrs kam er, obwohl er aus der Stadt des Kartographie-Genies Gerhard Mercator stammte, nicht zu dieser einfachen Überlegung samt rationaler Handlung, stattdessen ließ er sich mit dem Wagen im Strom treiben und überlegte fieberhaft, welche Abfahrt wohl die beste wäre.

So passierte es, dass er ohne Vorsatz den falschen Weg nahm und sich mit einem Mal auf der Autobahn in Richtung Duisburg wiederfand. War dies ein Zeichen? Gab es über den gestrigen Friedhofsbesuch und den kurzen Spaziergang zum Hafen hinaus noch etwas für ihn in seiner Geburtsstadt zu erledigen? Unfinished business? Nach dem Tod des Vaters vor einem Jahr lebte immerhin noch eine Tante in der Stadt. Sie wohnte in Duisburg-Homberg. Allein. In der Hochhauswohnung gegenüber von „Karstadt", wo sie viele Jahre an der Wursttheke gestanden hatte, während ihr Mann, Onkel Siegfried, der ältere Bruder von Alberts Mutter, jahrzehntelang als Elektriker bei Mannesmann gearbeitet hatte. Siegfried war unmittelbar nach Alberts Mutter im Jahr 2005 gestorben. Lungenkrebs. Was irgendwie erwartbar gewesen war, weil „Sigi", wie ihn seine Frau nannte, schon während seiner Karriere als Bergmann und Torwart der B-Mannschaft des MSV Duisburg wie ein Schlot geraucht hatte. In Fußballerkreisen hatte ihm das den Spitznamen Atos eingebracht – gemäß seiner damaligen Lieblingszigarettenmarke.

In den vergangenen Jahren hatte Albert den Kontakt mit Tante Renate gemieden, weil sie mit ihrem sächsischen Dialekt – sie stammte ursprünglich aus Bitterfeld – ohne Punkt und Komma zu reden pflegte und dabei meist sich selbst lobte, das jeweilige Gegenüber mit Vorwürfen bedeckte und sich thematisch ansonsten auf Bestellprodukte ihres Lieblingswerbefernsehsenders beschränkte, die sie, wie man in Familienkreisen schon immer gemunkelt hatte, mithilfe kleiner Lottogewinne erwarb. Doch wer weiß, dachte sich Albert, während er die unendlichen Reihen von Fahrzeugen auf der Autobahn sah: vielleicht konnte sie mit ihrem familiären Hintergrundwissen noch ein paar interessante Details beisteuern, die sich als wichtig für sein Filmprojekt herausstellen würden, falls er es weiterbetrieb? Und: Gegen einen guten, von Tante Renate gekochten Kaffee war eigentlich auch nichts einzuwenden. Bereits als Kind hatte er bei Besuchen stets heimlich von ihr ein paar Gläser Coca-Cola eingeschenkt bekommen – hinter dem Rücken der Eltern.

„Wann bist du da?", fragte sie ihn am Telefon, ohne besondere Gefühle der Freude zu zeigen. „Ungefähr um 10 Uhr, es staut sich etwas", sagte Albert zum Mikrophon der Sprechanlage des BMWs gerichtet.

„Gut", antwortete Tante Renate. „Du kannst auch bei mir frühstücken. Ich mache Mettbrötchen. Trinkst Du Kaffee?"

„Gern", antwortete Albert. „Mettbrötchen und Kaffee sind prima. Ich freue mich sehr, dich wiederzusehen, Tante Renate."

„Bis dann", sagte sie trocken und legte auf. Die etwas zu freundliche Nuance in seiner Stimme schien ihr verdächtig vorzukommen.

*

Nicht weit von Tante Renates Wohnung entfernt, daran erinnerte sich Albert Simon, war ein Laden mit Beerdigungsschmuck gewesen. Sicher würde er dort auch ein paar frische Blumen bekommen. Er parkte den Wagen, roch die durch die Stahlindustrie noch immer ziemlich verschmutzte Luft, die für ökologisch-sensible Deutsche eine Zumutung sein musste, und betrat den Laden. Wie er am Inhaberschild sehen konnte, gehörte dieser Laden mittlerweile einem türkischen Eigentümer. „Haben Sie auch normale Blumensträuße?", wollte Albert wissen.

Der türkische Ladenbesitzer, der einen dunklen Anzug trug und darin sehr feierlich wirkte, blickte ihn fragend an.

„Tulpen oder Rosen zum Beispiel?", präzisierte Albert sein Anliegen. Der türkische Ladenbesitzer zeigte auf einen gelben Wassereimer rechts von der Verkaufstheke, in dem sich ein Strauß weißer Nelken befand.

„Perfekt", sagte Albert, obwohl er sich dunkel an eine Aussage seiner Mutter erinnerte, dass solche Sträuße nur bei Beerdigungen gestattet seien, weil sie sonst Unglück brächten. Er zahlte. Weiß war schließlich auch die Farbe der Unschuld und des Friedens.

Als er auf den mit inzwischen rissigem Beton gepflasterten Parkplatz fuhr, der sich in Nähe der Wohnung befand und, wie er sehen konnte, mittlerweile nicht mehr zu „Karstadt", sondern zum „Kaufland"-Konzern gehörte, erinnerte er sich an die Samstagnachmittage im Monat Mai in den Siebzigerjahren, wenn er als kleiner Junge mit seinen Eltern zu Onkel Siegfried und Tante Renate gefahren war, die beide am 23. Mai Geburtstag hatten und gewöhnlich Freunde und Familienmitglieder zur gemeinsamen Feier einluden. Einer der Freunde von Onkel Siegfried war ein Herr Rinas gewesen, der zu den Feierlichkeiten stets mit hellgrünem Anzug und schwarzer Fliege erschienen war, was wohl ein kläglicher Versuch der Distinktion sein sollte. Mit seinem schwarzen Schnurrbart und dem lockigen Toupet hatte Herr Rinas, wie Albert im Rückblick fand, eine gewisse Ähnlichkeit mit Götz George alias „Schimanski"; wobei die echte *Tatort*-Kultfigur tatsächlich einmal bei Tante Renate aufgekreuzt war, weil George – am Rande von Dreharbeiten im Homberger Hochhaus – „dringend nach West-Berlin" hatte telefonieren müssen. Tante Renate hatte den Star mit der lapidaren Antwort „Ich bin doch keine öffentliche Telefonzelle" erst abblitzen lassen, ihm dann aber doch einen Anruf erlaubt, für den Götz George alias „Schimanski" auch brav bezahlt hatte. Albert nahm die Blumen vom Beifahrersitz und schaute hoch zum 11. Stock, wo Tante Renate auf dem Balkon stand. Sie wartete also schon.

Er stieg in den klapprigen Aufzug, bei dem es sich immer noch um das Modell aus den Siebzigerjahren der Marke Schindler handelte. Auch das Thyssen-Logo mit Bogen und Schriftzug war zu erkennen, was ihn sofort an den Vater denken ließ, der dank seines unermüdlichen Einsatzes als Stahlarbeiter also auch hier noch mit im Spiel war. Durch seine Arbeit lebte er weiter. „Hello, Dad." Albert drückte den Knopf zum 11. Stock und besah sich mit dem Blumenstrauß im Spiegel des Aufzugs. So gut es ging. Auf Augenhöhe klebten Reste eines Borussia-Dortmund-Aufklebers, die sich trotz Einsatz diverser Reinigungs- und Abziehmittel offenbar nicht entfernen ließen. Albert strich sich die allmählich grau werdenden Haare aus der Stirn und sah dabei wie ein verspäteter Firmling aus. So ähnlich fühlte er sich auch.

Die Aufzugtür öffnete sich. Tante Renate stand schon im türkisfarbenen Kleid an der geöffneten Wohnungstür. Sie nahm den Blumenstrauß wortlos entgegen und ließ Albert eintreten. Im Unterschied zu der auch schon lange verstorbenen Tante Christel, der Frau des Stiefbruders des Vaters, hatte Tante Renate dankenswerterweise nicht die Angewohnheit, ihn bei der Begrüßung zu küssen oder an ihre ausufernden Brüste zu ziehen. Sie bevorzugte körperliche Distanz, was Albert – auch weil er sich heute noch gar nicht die Zähne geputzt hatte – sehr entgegenkam.

„Setz' dich ruhig schon mal an den Tisch!", sagte sie. „Ich bringe gleich den Kaffee."

Er schaute auf den Tisch mit Mettbrötchen und blauen Servietten auf einer orangefarbenen Tischdecke. „Gut siehst du aus", sagte er, während Renate die Blumen in eine Vase steckte. Mit ihrer grauen Löwenmähne und der kräftigen Figur sah sie genauso gut oder schlecht aus wie vor 40 Jahren. Die Jeanne Moreau der Wursttheke, dachte Albert und lobte die „schöne Aussicht", als er nun, ohne auf den Balkon zu gehen, herab auf die Stadt schaute.

„Die kennst du doch", antwortete die Tante mit dem ihr eigenen Charme Marke Bitterfeld.

Albert wandte sich wieder der Wohnung zu und sah den braunschwarzen Schrank aus den Siebzigerjahren, der an der gleichen Stelle stand wie früher, und den niedrigen, länglich verzierten Tisch vor dem hellbraunen Ledersofa, auf dem wie immer Lotto-Scheine lagen. Nun kam Tante Renate mit der Kaffeekanne zu ihm.

„Mit Milch?"

„Gern", antwortete Albert. Es gab keinen Grund für Entbehrungen.

„Steht schon auf dem Tisch", sagte die Tante zackig und goss ihm den Kaffee ein.

Sie setzten sich, und Albert war erleichtert darüber, endlich Kaffee trinken zu können. Wie hatte er nur ohne Koffein den Berufsverkehr zwischen Köln und Duisburg überstanden?

„Sonst alles gut, Albert?", fragte Tante Renate.

„Ja", er biss in ein Mettbrötchen, um nicht viel sagen zu müssen. Lieber wollte er zuhören. „Alles gut."

„Auch mit Agata?"

„Ja", log er. „Schöne Grüße übrigens von ihr. Sie konnte diesmal leider nicht mitkommen."

„Hat sie den Krebs gut überstanden?", fragte Tante Renate.

Er nickte und kaute so angestrengt wie möglich, um zu suggerieren, dass er wegen des imposanten Mettbrötchens leider nicht ausführlicher antworten konnte.

Tante Renate erlöste ihn von den bedrängenden Fragen. Vielleicht ahnte sie etwas von seiner angespannten Ehesituation.

„Tja, bei Sigi war es damals etwas anderes. Brutal weggerafft. Wie bei deiner Mutter. Keine Chance. Acht Wochen – und aus. Die Lunge."

Albert meinte, Tränen in Tante Renates Augen zu erkennen und biss schnell wieder ins Mettbrötchen.

„Ich habe immer eine rote Rose vor unserem Hochzeitsbild stehen", sagte Tante Renate nun und zeigte auf ein Tischchen neben dem Sofa, auf dem in der Tat eine rote Rose vor einigen Fotos von Tante Renate und Onkel Siegfried platziert war. „Bis der Tod euch scheidet, heißt es ja", sagte Tante Renate ruppig, „aber ich finde, es hört nie auf. Mir fehlt Sigi einfach. Auch wenn es schon so lange her ist, fast 10 Jahre."

„So lange schon?", sagte Albert und nahm einen kräftigen Schluck Kaffee.

„Ja, fast zehn Jahre", sinnierte Tante Renate. „Ich träume oft von Sigi, und ich habe ständig das Gefühl, dass er bei mir ist. Egal, was ich mache."

Albert wischte sich mit der Serviette die Finger ab. Das

Thema Ehe war ihm nach allem, was in den vergangenen Wochen vorgefallen war, unangenehm. Auch wenn er weiterhin den Ring trug.

„Hast du ein neues Auto, Albert?", fragte Tante Renate nun. „Ein roter BMW!"

„Du hast gute Augen", antwortete Albert ausweichend, um sie nicht noch einmal zu belügen. Die Geschichte mit dem Leihwagen konnte er ihr nicht erzählen. Er wollte sein mühsam aufgebautes Image in der Familie als erfolgreicher Filmemacher nicht unnötig gefährden. Nicht nur vonseiten des Vaters, sondern auch von Onkel Siegfried war ihm eine große Welle der Skepsis entgegengeschlagen, damals nach dem Abitur, als er verkündet hatte, Filmregie studieren zu wollen. Das war doch kein Beruf! Wenn schon Studium, dann Jura, Medizin oder Volkswirtschaftslehre. Ansonsten machte man eine Bank-Ausbildung oder wurde Ingenieur, um im Hafen oder in der Stahl-Industrie zu arbeiten. Aber Filmregie – und dann auch noch in Polen? So kurz nach dem Ende des Kommunismus? Freiwillig?

„Schade, dass dein Vater das nicht mehr miterleben kann."

„Was?", fragte Albert ebenso hellhörig wie verunsichert zurück.

„Dass du jetzt offensichtlich erfolgreich bist."

Tante Renate begann, sich ein Mettbrötchen zwischen die perlweißen Zähne zu schieben, deren Glanz darauf hindeutete, dass es sich um dritte Zähne handelte. Albert stellte die Kaffeetasse ab und blickte erstaunt.

„Wie meinst du das? Ich bin seit Jahren erfolgreich."

„Tatsächlich?" Tante Renate kaute etwas zögerlich weiter. „Warum hat dein Vater dann kurz vor seinem Tod, als er noch mal hier war, gesagt, dass du – ja, ich erinnere mich genau – lieber etwas Vernünftiges hättest studieren sollen, statt als Regisseur unbedeutende Werbefilmen zu machen? Zumal die frühen Kinofilme ja auch nicht gerade Begeisterungsstürme ausgelöst hätten?"

Albert war fassungslos. Wie unter Schock schaute er Tante Renate an, die ganz ungerührt ihr Mettbrötchen aß. Nun wieder etwas zügiger, so dass sich ein Zwiebelteilchen an ihrer Unterlippe verfing. Statt es zu entfernen, lutschte sie an einem fettigen Finger.

„Das hat mein Vater gesagt? Über mich? Kurz vor seinem Tod?"

Tante Renate gönnte sich einen Schluck aus der Kaffeetasse. Ahnte sie nicht, was für eine Wirkung die von ihr zugetragenen Worte von Ernst Simon auf den Sohn, ihren Neffen, haben mussten? „Er war ja noch mal da, bevor er an die See gefahren ist und das Unglück geschah. Schlimm, Albert, oder? Ich kann mir immer noch nicht erklären, wie das passieren konnte: Vom Boot auf den Hafensteg gefallen … Zwei Tage später war er tot. Schrecklich. Ob die im Krankenhaus alles richtig gemacht haben?"

Albert wusste in diesem Moment nicht, was schrecklicher war: die Vorstellung, wie der Vater in Warnemünde bei Rostock verunfallt war? Oder die Verachtung seiner bisherigen Lebensleistung durch die von Tante Renate zitierten Worte des vor einem Jahr Verstorbenen? Was hatte er, Albert, nach dem Abitur nicht alles gewagt? Er war mutig in das nach dem Zusammenbruch des Kommunismus völlig ausgemergelte Polen ausgewandert, hatte die ziemlich komplizierte Sprache gelernt, einen der wenigen, heißbegehrten Studienplätze an der renommierten Filmhochschule ergattert, weil die Hochschulkommission seine in Marxloh gedrehten Dokumentarfilme über türkische „Gastarbeiter" ebenso exotisch wie berührend fand, hatte zwei Spielfilme mit internationaler Besetzung gedreht, die immerhin zu den 5000 wichtigsten europäischen Filmen der Jahre 2004 und 2009 zählten. Und sein strenger, frustrierter Vater, der Stahlarbeiter, der, obwohl selbst ein Jazz- und Klassik-Fan, den Sohn während der ganzen Jugendzeit mit Warnungen vor der „brotlosen Kunst" malträtiert und kleingehalten hatte, meinte trotz all dieser Leistungen – von den gut dotierten Werbefilmen und der Eigentumswohnung in einem Warschauer Nobelviertel gar nicht zu reden –, ihn als Verlierer und Versager darzustellen? In der Familie? Vermutlich auch im Freundes- und Bekanntenkreis?

Albert spürte, wie sich auf seiner Stirn eine Zornesfalte bildete und seine linke Hand sich zu einer Faust ballte. Sein Ehrgeiz, den er als Jugendlicher als seine Haupteigenschaft betrachtet hatte, war neu entbrannt. Sogar Tante Renate registrierte die Verwandlung.

„Geht es dir nicht gut, Albert?"

„Doch, doch", beschwichtigte er sie und atmete tief durch, wie er es vor vielen Jahren bei einem asiatischen Meditationslehrgang gelernt hatte. Dann schaute er auf die Uhr.

„Es tut mir leid, Tante Renate, ich habe noch mehr als 1000 Kilometer Rückfahrt vor mir. Ich muss jetzt weg. Danke für das Frühstück!"

Er stand abrupt auf.

„So schnell?" Tante Renate war überrascht.

„Ja."

„Aber die Mettbrötchen? Du hast ja gar nichts gegessen!"

„Doch, eins. Es war sehr gut."

Sie stand mit einer für ihr Alter erstaunlichen Geschwindigkeit auf – sie war fast 80 Jahre alt – und lief zum Küchenbereich.

„Ich pack' dir aber noch zwei Brötchen für die Fahrt ein; die sind doch so lecker."

Albert kannte seine Tante, die flugs drei Mettbrötchen verstaute, und wehrte sich nicht. „Okay." Er nahm die Brötchentüte und ging zielbewusst zur Wohnungstür.

„Grüß Agata von mir", rief Tante Renate ihm hinterher.

„Das werde ich", antwortete Albert und öffnete die Tür.

Er ging schnell hinaus auf den Hausflur, um durch das Drücken des Knopfes an der Aufzugswand den Aufzug zum 11. Stock zu bestellen, doch der Aufzug war bereits da. Die Tür öffnete sich. Albert drehte sich noch einmal um und sah, wie die Tante ziemlich verdattert an der Wohnungstür stand. Etwas in ihren Augen wirkte wässrig. Weinte sie? Er überlegte. Dann lief er zu ihr und drückte ihr einen Kuss auf die Wange.

„Danke für alles, Tante Renate." Er hatte, wie er im Aufzug sinnierte, bei diesem Vorgang keinerlei Emotionen gespürt, doch trotzdem genau gewusst, dass das, was er tat, richtig war.

*

Wieder im Auto überlegte Albert Simon, was er nun weiter machen solle. So schnell wie möglich zurück nach Warschau fahren? Nein, das kam jetzt, nachdem Tante Renate ihm die Worte des Vaters weitergegeben hatte, nicht in Frage. Die Bereinigung der Schrammen am Wagen hatte Zeit. Hier gab es für ihn noch etwas zu erledigen. Aufzuarbeiten. Und es gab auch für das Filmprojekt keine Alternative mehr, nein, nun erst recht nicht – er *musste* diesen Film drehen, koste es, was es wolle. Das wollte er seinem Vater und sich selbst beweisen. Von wegen „Verlierer", von wegen „falsches Studium". Sofort fielen ihm ein paar neuralgische Orte in Duisburg ein, die er unbedingt wiedersehen wollte, bevor er sich ans Schreiben des Drehbuchs machen würde. Der Meidericher Friedhof, der Innenhafen und Tante Renates Wohnung in Homberg waren nicht genug.

Albert Simon entschied sich, als erstes die Anschrift „Römerstraße" in Duisburg-Walsum in den GPS-Tracker einzugeben, die Straße also, an der er die ersten Jahre seiner Kindheit verbracht hatte, auch wenn er den Weg dorthin intuitiv kannte. Darum ging es jetzt aber nicht. Er fühlte, dass das digitale Navigationssystem ihm Halt geben würde, und er brauchte dringend Halt. Solch einen Fahrfehler wie am Morgen in Köln wollte er sich nicht noch einmal erlauben, auch wenn dieser sich für ihn vielleicht doch noch als Segen erweisen könnte; denn ohne diesen Abstecher nach Homberg hätte er sicherlich bereits Hannover hinter sich gelassen. Vielleicht wäre er schon kurz vor Berlin? Egal. So schmerzhaft die Worte von Tante Renate auch waren – sie trieben seinen kreativen Motor an. Sie gaben ihm neue Energie. Vielleicht genau die Energie, welche er für das Filmprojekt über die Eltern brauchte.

*

Albert Simon fuhr über die Brücke zwischen Homberg und Duisburger Häfen und betrachtete durch die Seitenfenster hindurch die Weite des Rheins, auf dem sich wie gewohnt einige beladene Schiffe Richtung Holland und Nordsee bewegten; er fühlte sich an die Jahre der Kindheit und Jugend erinnert, an seinen Ehrgeiz und seine Entschlossenheit, aus dieser Stadt herauszukommen und in die große weite Welt zu gelangen, in die Welt des Films, die Welt der schönen, reichen und erfolgreichen Menschen. Die Welt der Elite. Wie oft war er als Teenager am Rhein entlangspaziert und hatte sich in diese sagenhafte Welt hineingeträumt? Seine Zukunft, wie er damals hoffte.

Doch, so banal es auch sein mochte, es stimmte: Er kam nicht los von dieser Stadt, von Duisburg. Von all den Menschen und Geschichten, Eindrücken und Bildern, die er mit ihr verband, und die sich tief in sein Gedächtnis eingegraben hatten. Mochten sie auch hässlich sein, eng und traurig, immerhin hatten sie aber den Vorteil, wahr zu sein, wie der polnische Filmregisseur Krzystof Kieślowski in seiner Diplomarbeit über die Realität als dramaturgischen Ideengeber richtig geschrieben hatte. Natürlich nicht mit Blick auf Duisburg, sondern Realität im Allgemeinen, die der Regisseur, der vom Dokumentarfilmer zum metaphysischen Filmemacher herangereift war, als unerschöpflichen Schatz der Inspiration auffasste.

War es nicht genau so? War die Welt der Image- und Werbefilme, in die Albert Simon mehr oder weniger zufällig hineingerutscht war, nicht eine künstliche Welt, ausgestattet mit Akteuren, die um des Geldes oder einer fortschrittlichen Agenda willen alles zu tun bereit waren? Sie lebten in einer Fiktion, so verständlich die kapitalistisch-liberalen Anliegen, die sie vertraten, ab und an auch sein mochten? Albert Simon beobachtete einige Möwen, die vom Innenhafen kommend über der Stadtautobahn schwebten – so frei und ungebunden wie ihre Schwestern und Brüder in Köln. Waren es vielleicht sogar dieselben Vögel von gestern Abend? Waren sie ihm auf seiner Reise gefolgt? Als kreischende Komparsen eines Roadmovies, die neben ihrer visuellen Präsenz auch für den spezifischen Hintergrund-Sound sorgten?

Als Albert Simon sich dem Duisburger Kreuz näherte, erinnerte er sich daran, wie er vor fast einem Jahr mit seiner Frau, die damals noch gesund war, in Vilnius einen Spaziergang unternommen hatte. Es war der Nachmittag des 15. August, und sie waren an einer klassizistisch anmutenden Häuserfront vorbei Richtung Stadtzentrum gelaufen. Plötzlich hatten sie einen Knall hinter sich gehört und sich erschrocken umgedreht. An der Stelle, wo sie zuvor gelaufen waren, war eine leere Wodkaflasche aufgeschlagen und in viele Glasscheiben zersplittert. Jemand musste sie aus einem der oberen Fenster oder Balkons geworfen haben. Oder war sie einfach so gefallen? Vom Winde verweht?

Am nächsten Abend hatte das Smartphone gesummt: sein Vater. Er rief aus dem Krankenhaus in Rostock an. Was war passiert? Er hatte einen Segelausflug mit einem Bekannten in Warnemünde gemacht. Nachmittags beim Anlegen im Hafen war er beim Sprung vom Schiff mit dem Kopf auf den Steg aufgeschlagen. Man hatte ihn, nachdem er kurze Zeit bewusstlos gewesen war, in die Universitätsklinik Rostock gebracht und eine Gesichtsschädel-Verletzung diagnostiziert. Die Computertomographie zeigte aber keine Blutungen. Das war eine wichtige Information. Nicht nur, weil sein Vater bereits 76 Jahre alt war, sondern auch, weil er seit 2005 Marcumar-Patient war. Der Herzinfarkt nach dem Tod von Alberts Mutter und die darauffolgende komplizierte Bypass-Operation waren dafür der Anlass. Marcumar gab seinem Blut den nötigen Flüssigkeitsgrad, machte ihn aber auch verwundbarer.

War es nicht ein seltsamer Zufall, dass der Aufschlag der leeren Flasche in Vilnius und der tragische Unfall des Vaters sich geradezu zeitgleich ereignet haben mussten, obwohl sie äußerlich in keinem kausalen Zusammenhang standen? Albert Simon drückte leicht auf die Bremse, als ein holländischer LKW ohne zu blinken vor ihm auf die mittlere Spur der Duisburger Stadtautobahn wechselte.

Am Telefon hatte der Vater damals auch gesagt, dass am Montag eine Operation anstehe; ob Albert und Agata ihn nicht mit seinem Auto, das er für die Reise benutzt hatte, abholen könnten, um ihn im Anschluss an die Operation nach Warschau zu transportieren – zur Rehabilitation? Sie hatten sofort zugesagt und waren am nächsten Tag, also am Samstag, dem 17. August, mit dem Mazda zurück von Vilnius nach Warschau gefahren, um am Sonntag von Warschau aus mit dem Zug nach Rostock weiterzufahren.

Doch es sollte anders kommen. Am Sonntagmorgen, sie waren schon abfahrbereit für den Bahnhof, rief ein Arzt der Klinik an. Albert Simon antwortete, dass er bereits Bescheid wisse, sein Vater sei im Krankenhaus, er und seine Frau seien auf dem Weg zu ihm. Nein, nein, hatte der Arzt gesagt, darum gehe es jetzt nicht. Er müsse ihm mitteilen, dass sein Vater zwar lebe, aber seit dem Morgen nicht mehr ansprechbar sei. Wie bitte? Ja. Man habe eine weitere Tomographie gemacht und nun Hämatome zwischen Gehirn und Schädel festgestellt. Der Bluterguss drücke auf das Gehirn, deshalb die Bewusstlosigkeit. Eine Not-Operation habe für etwas Entlastung gesorgt, doch weiterhin sei kein innerer Blutfluss gewährleistet. Es liege bereits eine schwere Hirnschädigung vor.

Nach dem Anruf des Arztes hatte Albert Simon den Eindruck, unter seinen Füßen würde der Boden weggezogen und er schwebe haltlos durch das Universum, ohne Richtung, ohne Sicherheit. Doch es half nichts, er musste nüchtern sein. Seine Frau und er deckten sich mit Kleidung für einen längeren Aufenthalt in Deutschland ein. Während der Autofahrt nach Rostock, welche sie nun dem Zug vorzogen, weinten sie beide. Der Schmerz und die Trauer taten geradezu körperlich weh. Abends kamen sie in Rostock an. Sie konnten den Vater angeschlossen an diverse Apparaturen auf der Intensivstation sehen und berühren, aber er reagierte nicht auf ihre Gegenwart.

In der Nacht, die sie im Pensionszimmer des Vaters in Warnemünde verbrachten, taten sie kein Auge zu. Alles hier war so, wie der Vater es verlassen hatte: Marmeladen- und Honigbecher, Segelmagazine und Medikamente waren über den Frühstückstisch verstreut. Ein Paar schwarze Schuhe standen ordentlich im Bad neben der Heizung, bereit, alleine loszulaufen. Es war ein seltsamer Zustand: Sein Vater war da und bereits nicht mehr da. So kam es Albert vor. Viel stärker als beim Sterben seiner Mutter wurde er sich seiner eigenen Sterblichkeit bewusst. Auch wenn er seit seiner Kindheit stets über den Tod nachgedacht hatte, so war es in dieser ersten Nacht in Rostock, als würde ihm eine ganz neue, viel tiefere Erkenntnis geschenkt werden. Doch noch lebte sein Vater. Würde vielleicht doch noch alles gut werden?

Albert Simon blickte aus dem roten BMW herab auf die Dächer von Meiderich. Hier war der Vater Ende der Dreißigerjahre zur Welt gekommen, hier war er aufgewachsen, und von hier aus war er als Jugendlicher zum Schwimmen in die Hafenbecken aufgebrochen; davon hatte er immer gerne erzählt, um dann das Staunen der ungläubigen Zuhörer zu genießen. Hier hatte er geheiratet, und hier war er seit einem Jahr beerdigt, bewacht von einer Katze, wie sich Albert mit einem Schmunzeln erinnerte.

Doch die Erinnerung an das Drama vor einem Jahr veränderte seine Miene gleich wieder. Er wurde ernst. Am Montag, dem 19. August konnte Albert Simon mit dem Oberarzt sprechen, der ihm detailliert den Zustand des Vaters erläuterte: Es liege kein Hirntod vor, aber ein gravierender Hirnschaden. Die Prognose sei extrem schlecht. Es gebe schwerste neurologische Defizite, therapeutisch sei nichts Sinnvolles mehr machbar. Der Arzt fragte ihn, ob sein Vater eine „Patientenverfügung" verfasst habe. Er nickte. Er zog das Papier, das er im letzten Moment in Warschau eingesteckt hatte, aus der Tasche und gab sie ihm. Der Arzt studierte sie gründlich, dann sagte er mit ernster, aber einfühlsamer Stimme: „Ihr Vater wird nicht aufwachen, er wird nicht in der Lage sein zu reden oder etwas zu verstehen." In wenigen Tagen, so der Oberarzt, werde der Hirntod eintreten. Deshalb sehe er in Übereinstimmung mit dem Patientenwillen ein Zurückfahren auf Basistherapie vor, maschinelle Weiterbetreuung, schmerzlindernde Medikamente, Vermeidung von Luftnot. Ob Herr Simon damit einverstanden sei?

Albert Simon blickte aus dem BMW von der Nord-Süd-Achse auf den Landschaftspark Duisburg-Nord, wo – wie er wusste – in dem stillgelegten Hüttenwerk Freizeittaucher und Kletterer ihre Zeit verbrachten. Im mit Wasser gefüllten Gasometer und an einem speziellen Parcours inmitten eines Hochofens. Irgendwann, um das Jahr 2006 herum, unmittelbar nach dem Tod der Mutter, war er mit seinem Vater bei einem Kurzbesuch in der Heimat hier gewesen, und beide hatten das sportliche Treiben betrachtet und irgendwie als unanständig empfunden, als pietätlos, ohne allerdings viele Worte darüber zu verlieren. Die Seelen der verstorbenen Arbeiter, die hier Schwerstarbeit verrichtet hatten, schienen durch diese Auswüchse der Spaßgesellschaft verspottet zu werden. Als würde man ihnen posthum ins Gesicht spucken.

Was tun in der Situation, in die der Unfall des Vaters Albert Simon geworfen hatte? Er hatte Zeit zum Nachdenken gebraucht, er hatte doch nicht einfach so, wie man ein Stück Seife kaufte, über das Leben seines Vaters entscheiden können! Er musste Zeit gewinnen. Etwas in ihm sträubte sich gegen den Plan des Arztes. Gab es nicht doch noch Hoffnung? Er fragte den Oberarzt, ob die Blutung an Marcumar läge. „Höchstwahrscheinlich." Und dann fügte der Arzt eine Erklärung hinzu, die Albert inmitten all der modernen Technologien auf der Intensivstation seltsam berührte, weil sie so wirkte, als sei sie aus der Zeit gefallen: „Es handelt sich um einen schicksalhaften Verlauf." Als Albert Simon dies hörte, stimmte er dem Zurückfahren auf Basistherapie zu. Sofort.

Nun sah er beim Vorbeifahren von der Nord-Süd-Achse das Gebäude des ehemaligen Stadtbads Hamborn, in dem der Vater ihm vor so vielen Jahren das Schwimmen beigebracht hatte. Der nüchterne Backsteinbau hatte ihn früh frösteln lassen. Viel Wasser hatte er hier als Kind geschluckt, als würde ein böser Geist ihn niederziehen, doch ab einem gewissen Zeitpunkt hatte er die Arme einfach wie Flügel auseinandergebreitet und war dadurch nicht untergegangen. Es war kein Vergnügen gewesen, schwimmen zu lernen. Ganz bestimmt nicht, eher eine Art Überlebenskampf, doch es hatte geklappt, er hatte es geschafft.

Am nächsten Tag, dem 20. August, hatte Albert Simon den Oberarzt, der die Basistherapie eingeleitet hatte, gefragt, ob er die gleiche Entscheidung auch ohne Patientenverfügung getroffen hätte. „Ja." Um 14.30 Uhr desselben Tages starb sein Vater auf der Intensivstation der Universitätsklinik Rostock.

Albert Simon nahm die Abfahrt nach Walsum. Hier war in seiner Fahrtrichtung weniger Verkehr. Trotzdem drosselte er das Tempo, als gelte es, die Umgebung noch genauer zu inspizieren; für das Filmprojekt war sie eher zweitrangig; hier ging es um sein Leben, nicht das Leben der Eltern. Aber ließ sich das so einfach trennen?

Als er die ihm so vertraut klingenden Ortsbezeichnungen wie „Vierlinden" und „Franz-Lenze-Platz" auf Hinweisschildern las, erinnerte er sich daran, dass er am Tag der Überführung des Leichnams ins Ruhrgebiet früh erwacht war. Draußen war es noch dunkel gewesen. Er hatte sich einen Kaffee gekocht und mit der Tasse vor das große Fenster gesetzt, vor dem sein Vater sicherlich auch morgens und abends gesessen hatte. Was leuchtete da so hell am Himmel? Lichter? Sterne? Albert hatte nach seiner Brille gegriffen und über ein gigantisches Kreuzfahrtschiff gestaunt, das gerade den Hafen von Warnemünde verließ. Die Lichter kamen von diesem Schiff.

Es war unmöglich, diesen Anblick nicht symbolisch zu deuten: Während der Leichnam seines Vaters nach Duisburg transportiert werden würde, in seine Heimat, trat das Schiff eine andere Reise an, eine andere Heimfahrt, die seiner Seele, wenn man so wollte.

*

„Sie haben Ihren Bestimmungsort erreicht." Albert Simon stellte den GPS-Tracker ab und parkte den Wagen in der Nähe einer Garageneinfahrt. Hier, nicht weit entfernt von der inzwischen stillgelegten Zeche Walsum, hatte er das Laufen gelernt. Er stieg aus.

War es nicht Hybris, das Leben seiner Eltern auf eine Filmleinwand zu bannen? All die kleinen Nuancen des Lebens, jeden Lebens – wie ließ sich all das in 110 Minuten ausdrücken? Man konnte damit der Person doch nicht wirklich gerecht werden, oder? Allein das Sterben des Vaters, das er bei der Fahrt hierher noch einmal im Geiste durchgegangen war, schien einen Film wert zu sein. Albert schloss automatisch die Wagentür. So war das eben beim Film: Man musste vereinfachen. Aussagekräftige Bilder und Dialoge finden, welche alles komprimierten, ohne zu verfälschen. Doch ging das überhaupt? Hatten Symbole einen solchen Aussagewert? Und falls ja, war es ethisch vertretbar? Seine Eltern, die zu Beginn der Sechzigerjahre in die kleine Erdgeschosswohnung des geziegelten Hauses eingezogen waren, vor dem er jetzt stand, hatten ihm keine Erlaubnis für ein solches Filmprojekt gegeben. Weder mündlich noch schriftlich. War die Katze auf dem Grab vielleicht ein Zeichen, dass er die Ruhe der Toten respektieren solle?

Ein Mädchen in silbernem Kleid und weißen Boots trat mit Kopfhörer und iPhone aus dem Gebäude und schlurfte geradezu autistisch über den Weg, auf dem er einst mit dem Dreirad hin und her gedüst war. Albert spürte, wie ihr Anblick ihn umgehend zurück in die Gegenwart versetzte. Dies war nicht 2013 oder 2006 und erst recht nicht der Beginn der Sechziger- oder Siebzigerjahre – hier und heute war Sommer 2014. Trotzdem konnte er der Versuchung nicht widerstehen, das Mädchen in die Zeit seiner Kindheit zu beamen. Was hätten seine frühere Spielgefährtin Susanne, die nicht mehr lebte, und die Nachbarjungen, mit denen er hier „Cowboy und Indianer" gespielt hatte, wohl gesagt, wenn dieses Mädchen plötzlich aufgetaucht wäre? Mit diesem seltsamen Walkie-Talkie?

Albert Simon lief über die Wiese des Vorgartens und versuchte, durch die Gardinen einen Blick hinein in die frühere Wohnung seiner Eltern zu erhaschen. Es war nicht möglich. Sollte er klingeln? Nein. Er schämte sich. Was sollte er denn sagen? Ich habe hier vor 40 Jahren als Kind gelebt; würden Sie mir bitte die Räume zeigen? Schwach erinnerte er sich an die Konstruktion der Wohnung: das Wohnzimmer links, die Küche rechts, weiter hinaus über den Flur das Schlafzimmer der Eltern zur linken, das Kinderzimmer geradeaus. Und wo war das Bad gewesen? Direkt am Eingang? Rechts hinter der Küche?

Albert ging um das Haus herum zum Garagenhof, der sich nicht so sehr verändert hatte; aber die Garagen waren renoviert. Sie wirkten dadurch heller und sauberer, als er sie in Erinnerung hatte. Hier hatte er auf Initiative von Onkel Siegfried hin als Dreieinhalbjähriger zum ersten Mal Fußball gespielt, in einem T-Shirt, auf dem Tip und Tap, die offiziellen Maskottchen der Fußball-WM 1974, abgebildet waren. Die beiden hatten der Mannschaft Franz Beckenbauers, der damals auch Werbung für Vitamalz gemacht hatte, Glück gebracht. Welche Maskottchen hatten eigentlich Jogi Löw und sein Team bei der diesjährigen WM gehabt? Albert wusste es nicht. Seine Begeisterung für den Fußballsport war im Laufe der Jahrzehnte vertrocknet. Nur die Tatsache, dass mit Miroslav Klose und Lukas Podolski zwei polnischstämmige Spieler zu den Cracks der DFB-Auswahl zählten, war ihm in der jüngsten Vergangenheit aufgefallen. Wobei die polnischen Medien nicht richtig wussten, wie sie mit den beiden umgehen sollten. Sie als Deserteure verdammen? Oder doch lieber stolz auf sie sein und mitfeiern?

Links von der Garagen-Ausfahrt war die Trinkhalle, wo Albert sich ein paar Jahre später mit seinem allerersten Taschengeld Waldmeisterbrause, Lakritz und Weingummi gekauft hatte. Er trat an das geschlossene Verkaufsfenster heran, klingelte und wartete. Die Fensterscheibe wurde zur Seite geschoben, und Albert Simon konnte in die Augen einer jungen verschleierten Frau blicken, deren keuscher Anblick sich deutlich von den freizügigen Titelbildern der Magazine unterschied, die in der Auslage zum Kauf angeboten wurden. Er beugte sich vor, um eine Auswahl bei den Süßigkeiten zu treffen. Die Frau schaute ihn freundlich und geduldig an, während er die Plastik-Boxen prüfte. „Bitte die kleinen Cola-Flaschen aus Gummi für zwei Euro."

Die junge Verschleierte öffnete die Box, nahm eine Papiertüte zur Hand, in die sie vorsichtig mit einer kleinen Schaufel die kleinen Gummi-Cola-Flaschen hineinrieseln ließ. Es war ein durchaus sinnliches Schauspiel, das Albert Simon aufgrund der Anmut, mit der sie es ausübte, gefiel. „Sind Sie von hier?", fragte er, während er eine Zwei-Euro-Münze auf die Theke legte. Sie nahm die Münze und reichte ihm die Weingummi-Tüte. Sie signalisierte ihm mimisch, dass sie die Frage nicht verstanden habe. Oder nicht verstehen durfte?

„Stammen Sie aus Duisburg?" Albert formulierte die Frage nun etwas anders.

Sie nickte schüchtern. In diesem Moment sah Albert, dass hinter ihr ein ziemlich kräftiger Mann mit Lederjacke saß, der etwas mürrisch mit seinem Mobiltelefon hantierte. Neben ihm lief im Fernsehen ein türkisches Programm, eine Live-Übertragung aus einer Moschee. „Dann noch einen schönen Tag", sagte Albert Simon. „Ich habe hier als Kind gelebt." Die türkische Verkäuferin lächelte schüchtern und schloss das Fenster der Theke wieder.

Albert Simon ging zum Wagen und verspeiste, an die Fahrertür gelehnt, eine kleine Gummi-Cola. Der Geschmack war unverändert: bittersüß, aber angenehm. Er schaute über die Römerstraße. Etwas weiter die Straße entlang Richtung Voerde waren die Rheinauen, wo er mit seinen Eltern an manchen Abenden spazieren gegangen war. Es war dort nicht so unterhaltsam gewesen wie an der Sechs-Seen-Platte; es gab keine Miniaturbootrennen, aber der Blick auf die Binnen- und Frachtschiffe im nebeligen Dämmerlicht des Niederrheins hatte sich ihm eingeprägt. Dazu das gleichmäßige Gurgeln der Schiffsmotoren. Ein wenig, so bildete er es sich als Kind ein – und vermutlich war er nicht der einzige, dem es so ging – roch es hier schon nach Holland. Und nach dem alten Rom, denn vor 2000 Jahren hatten die damaligen Herrscher der Welt den Fluss für Handels- und Versorgungstransporte innerhalb des Imperiums genutzt. Deshalb Römerstraße.

*

Niemand von den Autofahrern, die wie er auf der Weseler Straße Richtung Hamborn fuhren, würde wohl ermessen können, was Albert Simon beim Anblick der langen rostigen Rohre entlang des Willy-Brandt-Rings fühlte. So oft war er in der fernen Vergangenheit die schon damals ziemlich rissige, dringend renovierungsbedürftige Straße mit den riesigen Parkplatzflächen an beiden Seiten entlanggefahren. Meist auf dem Rücksitz. Nun kam er sich vor wie ein Darsteller in *Die rote Wüste* von Michelangelo Antonioni oder in einem Spielfilm des sozialistischen Realismus der Siebzigerjahre. Doch dieser Film war nicht von einem anderen Regisseur gedreht worden, es war sein eigenes Leben, seine Kindheit, und zur Rolle des Autofahrers im roten BMW gehörte das Wissen, dass der Vater diese Strecke häufig mit dem Moped gefahren war, vor seiner Geburt, vor dem ersten Autoerwerb.

Als Albert auf die Kaiser-Wilhelm-Straße kam, sah er, wie aus den unzähligen Schornsteinen des Industriearsenals der Thyssenkrupp Steel Europe AG, so hieß der frühere Arbeitgeber des Vaters inzwischen offiziell, weißer Rauch in den blauen Sommerhimmel aufstieg. Die Farbe Blau verband Albert nicht unbedingt mit diesem düsteren Stadtteil, in dem er zur Welt gekommen war, doch vermutlich spielte ihm seine monochrome Erinnerung an Hamborn einen Streich. Sicherlich hatte es auch damals Sonnen- und Blaulicht-Momente gegeben. Auf den frühen Familienfotos waren sie aber nicht zu erkennen.

Er parkte den Wagen auf einem staubigen, dunkelbraunen Parkplatz und ging zum Pförtner des Werkstores in der Nähe. „Ich würde gerne einen Hochofen besichtigen", sagte Albert Simon. „Ich bin Filmregisseur und plane einen Film zum Thema Stahlproduktion. Mein Vater hat hier früher gearbeitet." Der Pförtner, ein kleiner, älterer Mann mit gelber Brille und „Atomkraft? Nein Danke!"-T-Shirt unter dem Dienstsakko musterte ihn wie ein Ufo. Immerhin, mit seiner Jeans, den Sneakers und dem legeren Kapuzenpulli sah Albert Simon, wie er fand, ziemlich bodenständig, ziemlich authentisch aus – so wie man sich den Sohn eines Stahlarbeiters, der Filmregisseur geworden ist, vorstellte.

Zu Alberts Überraschung schien der Mann ihn aber ernst zu nehmen und fragte ihn mit dem typischen Ruhrgebietsdialekt nach seinem Namen.

„Albert Simon."

„Simon? Doch nicht der Sohn von Ernst Simon?"

„Doch, von genau dem." Er spürte, wie sein Herz vor Aufregung schneller zu schlagen begann. Man hatte seinen Vater, der zum Zeitpunkt des Todes schon einige Jährchen in Pension gewesen war, nicht vergessen. Der Pförtner guckte Albert Simon für einige Sekunden wortlos in die Augen. Dann sprudelten die Worte aus ihm hervor, als würden sie aus der Walsumer „Rheinfels"-Quelle emporsteigen.

„Sach ma, wat hat der Ernst da letztes Jahr für eine Scheiße gemacht? Aufm Boot verunglückt? Stimmt dat?!"

„Ja." Albert Simon atmete erleichtert aus. Er spürte, dass hier etwas möglich war, so unsinnig sein spontaner Besichtigungseinfall auf ihn selbst zunächst auch gewirkt hatte.

„Dat gibbet doch nich. Wie kannse aufm Schiff verunglücken, wenne fast 50 Jahre mit de Schlacke gearbeitet hass? Dat iss doch nich erlaubt, sach ma?"

Albert Simon nickte zustimmend und versuchte so traurig wie möglich zu gucken. Als könnte nur die Besichtigung des Hochofens ihn über den tragischen Verlust des Vaters hinweghelfen. „Schicksal", sagte er leise, fast flüsternd.

„Ja, Schicksal."

Offensichtlich berührte der Anblick des melancholischen Filmregisseurs den Pförtner; er griff nun flink zum Telefonhörer, der aussah, als würde er aus den mittleren Achtzigerjahren stammen, und wählte eine Nummer. „Ey, hör ma, Egon. Hier iss der Sohn von dem Ernst Simon, weiße ne, der mit dem Bootsunfall. Der Sohn macht jetzt irgendwas mit Film oder so. Der würde gerne ma sehen, wo sein Alter malocht hat. Verstehse? Lässt sich da spontan wat arrangieren?"

Albert Simon hörte, wie der Gesprächspartner am anderen Ende der Telefonleitung wenig enthusiastisch auf die Anfrage reagierte und gemäß der Werksvorschrift auf das allgemeine Besuchsprogramm hinwies. Man könne ja nicht alle Kinder der Arbeiter nach deren Tod bloß mal so zum Gucken in den Hochofen lassen. Wo käme man denn da hin.

„Sind Se morgen um 10 Uhr wieder inne Stadt?", fragte der Pförtner ihn nun.

„Ich muss heute noch dringend zurück nach Warschau", sagte Albert mit fester Stimme, als würde dort der polnische Präsident persönlich auf ihn warten.

Der Pförtner wiederholte die Aussage: „Hasse gehört, ne? Der muss heute noch zurück nach Warschau."

Albert Simon meinte, am anderen Ende der Leitung ein lautes Fluchen zu hören, dann war es eine Zeitlang still. Schließlich sagte der Pförtner zu seinem telefonischen Gesprächspartner eine Art Abschiedsformel, wie zum Dank.

„Gut – dat sach ich ihm. Lass Dich übrigens mal wieder beim Skat sehen, Du verlierst imma so schön mit einer Hand. Haha." Mit lautem Gelächter legte er auf, dann schaute er Albert Simon mit verschwörerisch zugekniffenen Augen an.

„Sie haben einen Riesen-Dussel, junger Mann. Fahrn Se mit Ihrem Wagen zum Tor an der nächsten Ecke und dann zum Block dahinter. Dort kriegen Se ne Sonderführung spendiert. Von unserem Guide – dem Achim."

Albert wusste nicht, wie er dem Pförtner angemessen danken sollte.

„Das haben Sie großartig gemanagt, vielen Dank!"

„Lass ma gut sein, Kleiner. War dem Ernst sowieso noch en König schuldig." Er imitierte das Leeren eines imaginären Bierglases. „Aber sach ma: Wat machse denn in Warschau? Warum bisse denn dort hin? Dat iss doch Polen! Gib's in Deutschland keine Kinnos mehr?"

„Doch, klar", sagte Albert Simon. „Mir gefällt's dort einfach."

Der Pförtner runzelte die Stirn. Er schien zu überlegen, ob er Albert Simon in etwas einweihen solle, über das er normalerweise mit niemandem sprach. Er rückte etwas näher mit dem Gesicht zur Scheibe. „Weiße, ich würde dort auch noch ma gern hin. Ich bin nämlich fast dort geboren. Genauer gesagt in Bydgoszcz, Bromberg. Iss aber nich weit weg von Warschau, ne?"

„Sie kommen aus Bydgoszcz?" fragte Albert Simon erstaunt. „Das ist nicht wahr. Eine befreundete Kamerafrau von mir kommt auch aus Bydgoszcz."

„Doch, iss wahr", sagte der Pförtner und zeigte stolz auf sein Namensschild neben der Diensttelefonanlage. „Adam Gadomski" stand dort. Neben dem neuen Thyssen-krupp-Logo mit Bogen und drei Ringen, welches die Fusion von Thyssen mit Krupp Stahl symbolisierte. Das Jahr der Fusion, erinnerte sich Albert Simon, war das Jahr, in dem sein Vater aus gesundheitlichen Gründen in den Vorruhestand gewechselt war. Die Jahrzehnte in der Stahlfabrik waren ihm auf die Bronchien geschlagen.

„Wie klein die Welt doch ist", sagte er nun und lächelte.

„Meine Eltern sind in den Fünfzigerjahren in den Westen gegangen. Ich mit. Als Baby, meine ich." Der Pförtner lachte.

„Na dann: auf unser Wiedersehen in Polen!", sagte Albert. „Eines Tages. Do zobaczenia w Polsce!"

„Da kannse sicher sein." Der Pförtner lächelte. „Eines Tages bestimmt."

Albert Simon ging zu seinem Wagen. Als er sich noch einmal umdrehte, sah er, wie der Pförtner zum Abschied die Hand hob. So, als würden sie sich seit Jahren kennen. Beste Freunde, deutsch-polnische Verbündete. Auch Albert Simon hob seine Hand.

*

„So, so, Sie sind also der Sohn vom Ernst Simon. Mein Name ist Achim."

In der Umkleidekabine, in der lauter Poster von grünen Wiesen und Sonnenaufgängen zu sehen waren, versehen mit Schriftzügen wie „Klimaneutrale Stahlproduktion" oder „Recycelt und nachhaltig wie Stahl", reichte der Mann in der Thyssenkrupp-Arbeitskleidung, der ungefähr in seinem Alter war, Albert Simon den Schutzhelm und die Schutzbrille. Der Filmregisseur setzte beides sofort auf.

„Ich heiße Albert", sagte er.

„Passt der Helm?"

„Passt."

Albert versuchte, so stark und selbstsicher wie möglich aufzutreten. Hier war nicht der Raum für schöngeistige Reflexionen und künstlerische Sensibilität, hier wurde man nur ernst genommen, wenn man abgehärtet war. Quasi aus Stahl, wie Albert Simon dachte. Dabei spürte er eine gewisse Nervosität in sich aufsteigen, als würde er nun eine wichtige Schwelle übertreten in die intime Welt des Vaters. Denn: hier hatte Ernst Simon gearbeitet, hier war sein berufliches Zuhause gewesen, sein Reich, für das sich Albert Simon nie interessiert hatte, nicht im Geringsten. Er hatte es gemieden, so gut es ging und soweit er zurückdenken konnte. Hatte der Vater vielleicht deshalb seine Welt, die Welt der Kunst nie richtig respektiert? Hatte er ihm etwas heimzahlen wollen?

„Handy iss aus?", fragte sein Guide Achim den deutschen Filmregisseur aus Polen und fügte hinzu: „Filmaufnahmen mit dem Handy sind selbstverständlich verboten."

Albert Simon stellte sein Mobiltelefon sofort aus.

„Irgendwelche gesundheitlichen Beschwerden?", fragte der Guide weiter.

„Nein", log Albert Simon, obwohl er seit dem Tod des Vaters unter Asthma litt.

„Gut. Zum ersten Mal im Werk?"

„Soweit ich mich erinnern kann." Irgendwie war es Albert

Simon peinlich, dass er sich erst jetzt, mit Anfang vierzig anschaute, was sein Vater all die Jahre getan hatte, um das Leben der Familie inklusive seiner Schulausbildung finanzieren zu können. Das „Soweit ich mich erinnern kann" nahm seiner Verweigerungshaltung die Schärfe, rückwirkend. Jedenfalls hoffte er es.

Sie gingen in eine Halle, wo dröhnender Maschinenlärm zu hören war.

Achim sprach laut und deutlich: „Wir lassen heute mal den Teil mit der Kokerei weg, da hat Dein Vater eh nix mit am Hut gehabt. Merk Dir einfach: Aus Kohle entsteht Koks. Koks und Eisenerz, das auf Schiffen geliefert wird, werden gemixt. Die laufen dann auf Bändern zum Hochofen. Irgendwann fängt der Koks an zu brennen, flüssiges Eisen bleibt übrig. Das wird abgelassen. Es kommt in Bottiche. Unten kommt Roheisen raus, das zu den Stahlkochern gebracht wird, die es mit verschiedenen Sorten von Schrott mischen. Wie in der Küche."

„Okay."

Albert versuchte, sich die verschiedenen Stoffe und ihre Verarbeitungsstationen vorzustellen. Das war nicht so einfach. Er hatte im Jahr 1990 zwar ein gutes Abitur am Hamborner Abtei-Gymnasium abgelegt – aber nur dank der Leistungen in den geisteswissenschaftlichen Fächern. In den naturkundlichen Fächern Physik und Chemie hatte er nie einen richtigen Zugang zum Lernstoff gefunden. Später aber war sein Interesse über esoterisch-magische Fragestellungen erwacht, die durchaus in einem Zusammenhang mit den Naturwissenschaften stehen konnten. Wie auch die Quantenphysik belegte.

„Was Du da vorne siehst, ist praktisch ein riesiger Kochtopf, der sogenannte Konverter, wo die Umwandlung von Eisen zu Stahl stattfindet. Dazu müssen zwei Schuten Schrott eingeführt werden. Und flüssiges Roheisen."

Albert Simon schaute hoch zu einem riesigen Kessel. Hier

war es noch heißer als draußen unter der ziemlich warmen Juli-Sonne.

„Je nach Schrottzutaten gibt es verschiedene Stahlsorten", erklärte Guide Achim weiter. „Je nachdem, was gerade gewünscht ist. Es ist wirklich ein bisschen wie in der Küche. Deshalb Stahlkocher."

Albert Simon nickte sachkundig.

„Wie viel passt in den Kessel?"

„280 Tonnen", antwortete Guide Achim. „Das sind vom Gewicht her ungefähr 280 Autos."

Albert Simon stellte sich vor, wie sein silberner Mazda und der rote Leih-BMW zusammen mit anderen Fahrzeugen vor dem Kessel baumelten und in der Hitze des Feuers dahinschmolzen. Nun sah er, wie vor dem Riesenkessel zwei gigantische Türen geschlossen wurden.

„Jetzt wird gekocht", sagte Achim und lachte, als wäre die Analogie zu einer Küche auch nach generationsübergreifendem Gebrauch immer noch lustig oder originell. Für Albert hingegen hatte das Ganze auch eine Anmutung von Höllenfeuer, was er dem Guide aber lieber nicht sagte. „In den Konverter kann man nicht hereinschauen?", fragte er.

„Nur einmal im Leben", antwortete Achim sarkastisch und lachte wieder. „Das wird nun alles mit Gas umgerührt, dann wird mit einer Lanze Sauerstoff hineingeblasen. Der Sauerstoff verbrennt den Kohlenstoff. So wird das Roheisen zu Stahl. Fertig."

Albert Simon schaute auf die Funken, die oberhalb des Kessels über die gigantischen Türen hinaussprühten. Ein wahrer Feuerregen war das, ein geradezu mephistophelisches Bild der Umwandlung. Der Mensch ermächtigte sich der Elemente, erzeugte ein Stahlgewitter ohne Blutvergießen.

„Hier hat mein Vater gearbeitet?", fragte er Guide Achim, um sich zu vergewissern.

Dieser nickte, selbst fasziniert vom Anblick dieses Feuerwerks der Funken.

„Arbeiten Sie hier auch noch oder beschränken Sie sich auf Führungen?"

Guide Achim zeigte ihm das Ende seines linken Arms, wo statt der Hand ein Stumpf zu sehen war, der Albert vermutlich aufgrund seiner Nervosität in der Umkleidekabine nicht aufgefallen war.

„Ich beschränke mich inzwischen auf Führungen."

Albert Simon spürte etwas Schleim im Rachen.

Guide Achim setzte die Erklärungen fort: „Unten am Konverter wird nun Rohstahl abgelassen. Der Kessel kommt dazu in einen Topf im Boden."

Er bat Albert Simon, mit ihm eine Art Treppe in den Untergrund hinabzugehen.

Albert Simon sah die Arbeiter, die winzig aussahen im Vergleich zu dem Kessel. Hier hatte sein Vater also Tag für Tag gearbeitet. Wie Hephaistos in der Schmiede. Deshalb also diese Sehnsucht nach Wind, nach dem Segeln und der Freiheit auf dem Wasser. Ohne Motorenlärm.

„Was in dem Topf passiert, ist quasi die Fein-Rezeptur", erklärte Guide Achim weiter die Umwandlung. Langsam ging er mit Albert Simon zu einem anderen Bereich der Werkshalle hinüber. Dabei überquerten sie auch Bahnschienen. Albert Simon konnte den glühenden, flüssigen Stahl sehen. Bloß nichts anfassen, sagte er sich, der Anblick des Stumpfs an Achims Arm hatte ihn erschreckt.

Der Guide blieb stehen, als wären sie nun im Zentrum eines geheimen Tempels angekommen. „Hier wird der Stahl in eine Form gegossen."

„Welche Form?"

„Welche gewünscht wird: rund, eckig oder lange Rammen. Das ist vorher alles genau berechnet worden beim Arbeitsauftrag und wird auch so nummeriert. Nach dem Abkühlen."

„Faszinierend", sagte Albert. Er fand den intuitiv gewählten Arbeitstitel seines Treatments, *Transmutation*, ziemlich passend zu dem, was er hier sah und erlebte. Hatte dieses komplexe Zusammenspiel von verschiedenen Stoffen, die im Feuer zu einem Edelmetall verschmolzen, nicht tatsächlich etwas Alchemistisches an sich, wenn es auch nicht im wörtlichen Sinne um Gold ging, sondern nur um Stahl? Was hier im Werk geschah, war auch vergleichbar mit dem, was männlich und weiblich in der Biologie bedeuteten: Die Gegensätze mussten zusammenkommen, sich in der Verbindung auflösen, damit etwas Neues entstehen konnte. Dafür war ein komplexer, mitunter auch gefährlicher Arbeitsprozess nötig.

„Jetzt verstehe ich, warum im Stahlwerk immer gearbeitet wird", sagte Albert Simon zu Guide Achim, als sie zurück in die Umkleidekabine gekommen waren. „Die Umwandlungskette kann nicht unterbrochen werden, es muss immer weitergehen, weil das Feuer nicht ausgehen darf und die Elemente sich in einem ständigen Veränderungsprozess miteinander befinden. Nicht wahr?"

„Das stimmt", sagte Guide Achim und schaute Albert Simon mit einem leichten Schmunzeln an, als fände er die theoretischen Reflexionen eine Spur zu abgehoben.

„Und Du drehst bald einen Film über uns?", fragte er Albert ganz direkt.

„Ich möchte einen Film über meine Eltern drehen", antwortete Albert Simon. „Dazu gehört natürlich auch der Beruf meines Vaters. Das Stahlwerk, in dem er gearbeitet hat."

Achim nickte. „Dann stell uns aber bitte gut dar."

Albert Simon schaute fragend in das Gesicht des Mannes. Er war sich nicht sicher, was genau Guide Achim mit „gut" meinte. Möglichst realistisch? Positiv? Sympathisch?

Der Thyssenkrupp-Guide schien seine Hilflosigkeit zu spüren.

„Ohne uns gäbe es keine Auto-Karosserien, keine Kaffee-Kannen, kein Computergehäuse, ja, nicht mal Draht. Aber in den Medien hört man nur noch Öko, Öko, Öko. Alles soll schön und sauber sein. Ohne Schmutz. Meinetwegen, aber Windräder brauchen Stahl und U-Boote auch."

Albert Simon schwieg. Er reflektierte über die Worte.

Dass Stahl auch für die Militärindustrie unverzichtbar war, darüber hatte schon sein Vater nicht gern geredet und damit einst Alberts pubertären Jähzorn angefeuert.

„Ich werde mich bemühen", sagte er nach einer Weile. Doch ihm kam noch ein anderer Gedanke.

„Wie lange arbeitest du schon hier, Achim?"

„Mehr als 25 Jahre."

Albert zog die Zahl der Jahre vom geschätzten Alter seines Gegenübers ab.

„Also direkt nach der Schule angefangen?"

„Ja."

„Stammst du aus Duisburg?"

„Tue ich."

„Woher genau?" Etwas trieb Albert Simon zu diesen Fragen an. Etwas, das sehr viel mit ihm selbst zu tun hatte.

„Von hier. Ich bin Hamborner."

„Ich auch", sagte Albert Simon, wie aus der Pistole geschossen. Mit einem gewissen Stolz und einer gleichzeitigen Verwunderung darüber. Er hatte doch immer weggewollt von hier. Ein anderer werden wollen. Bei Licht besehen war es auch kein so ganz großer Zufall, in Hamborn jemanden zu treffen, der aus dem gleichen Stadtteil stammte wie er und ungefähr das gleiche Alter hatte.

„Ich bin im St. Johannes-Hospital zur Welt gekommen", fügte Albert hinzu.

Wieder lächelte Guide Achim und korrigierte ihn: „Du meinst sicher die Helios-Klinik."

Albert Simon ließ sich keine Irritation anmerken. Er reichte dem Thyssenkrupp-Guide den Schutzhelm und die Schutzbrille und gab ihm zum Abschied die rechte Hand. Mit einem festen Händedruck. „Danke, Achim. Ich habe viel gelernt – auch über meinen Vater."

*

Als er im Auto saß und den Asthma-Inhalator wieder in der Hosentasche verstaute, überlegte Albert, ob er noch zu seinem Geburtskrankenhaus fahren sollte, das nun offenbar unter dem Patronat des griechischen Sonnengottes stand. Es war nicht weit von hier, höchstens drei Kilometer. Vielleicht gab es in Nähe des Krankenhauses auch einen Supermarkt, in dem er etwas Mineralwasser kaufen konnte? Edeka, Schätzlein oder wie die Supermärkte hier inzwischen hießen. Nach dem Besuch im Stahlwerk hatte er Durst, richtig Durst. Andererseits schritt die Zeit voran. Es war schon fast 13 Uhr, und er hatte keine Lust, einen größeren Teil der Rückfahrt im Dunkeln zu bewältigen. Doch die Tage waren um diese Jahreszeit deutlich länger, im Westen wie im Osten. Und: Er wusste nicht, wann er das nächste Mal wieder hier sein würde.

Er zog eine kleine Weingummi-Cola aus der Walsumer Trinkhallen-Tüte und kaute eine Weile auf ihr, dann gab er sicherheitshalber den alten, ihm bekannten Namen des Krankenhauses in den GPS-Tracker ein: St. Johannis-Hospital. Er setzte den Blinker und bog gerade rechtzeitig vor einer Straßenbahn nach links ab.

*

Vor der Abteikirche war ein kleiner Abfalleimer, in den Albert Simon die im Nu geleerte 0,5-Liter-Flasche aus Plastik aus dem Rewe-Laden gegenüber der Caritas-Filiale verschwinden lassen konnte. Er blickte auf das riesige, u-förmige Krankenhaus, in dem er zur Welt gekommen war. Architektonisch hatte es ihn immer schon stärker beeindruckt als die im Vergleich dazu relativ klein wirkende Abtei-Kirche, in der er einen Monat nach seiner Geburt im Januar 1971 getauft worden war. Der Rufer in der Wüste stand trotz Übernahme durch den Sonnengott immer noch auf dem Dach der Klinik und streckte angriffslustig das Kreuz nach vorne. Ob in dem Krankenhaus weiterhin Nonnen ihren Dienst verrichteten? Unwahrscheinlich. Auch in Polen nahm ihre Zahl ab. Doch für Albert Simon gehörten sie fest zum Inventar des Hauses, was vermutlich an einer Anekdote seiner Mutter lag, die sie gelegentlich erzählt hatte, wenn sie sich über die Kirche ärgerte. „Im St. Johannis-Hospital waren Franziskanerinnen oder Vinzentinerinnen. Die Nonne, die sich um uns kümmerte, war böse, die wollte uns nichts Gutes. Sie hat gegen den Arzt gehandelt und mich einmal fast umgebracht, und dich hörte ich oft schreien."

Albert selbst hatte zur Kirche seit Jahren ein ambivalentes Verhältnis. Er war dankbar für die Ausbildung, die er am Abtei-Gymnasium erhalten hatte, doch je mehr er sich für das Filmen interessierte, desto unwichtiger waren für ihn die Erlösungsangebote der Bibel geworden. Ein Dornbusch konnte nicht sprechen, ein Mensch nicht über Wasser gehen. Das waren schöne Bilder, Filmszenen eigentlich, doch keine Antworten auf die Sinnfragen des modernen Menschen, auf seine Fragen. Alberts letzte Begegnung mit einem Mann der Kirche reichte Jahre zurück; vor seiner Eheschließung hatte er beichten müssen. Als ihm vor dem polnischen Priester, der wie ein kläffender Köter wirkte, der Satz herausgerutscht war: „Ich weiß ehrlich gesagt nicht, was ich beichten soll", hatte dieser ihn im Beichtstuhl mit diversen deutschen Kriegsverbrechen konfrontiert, was Albert bei aller Liebe zu Polen sehr verärgert hatte. Er hatte den Priester dennoch höflich daran erinnert, dass es theologisch gesehen keine Kollektivschuld gebe, was er als Geistlicher doch eigentlich wissen müsse; sein Bischof wisse es bestimmt. Worauf der Priester ihm flugs eine Beichtbescheinigung ausgestellt und ihn allein im Beichtstuhl hatte sitzen lassen.

Nun öffnete Albert Simon die schwere Eingangstür der Abteikirche und schritt langsam zu einem kleinen Altar auf der rechten Seite des Kirchenschiffes. Er blickte auf eine Reihe von kleinen Kerzen, die vor dem Altar brannten, dann schloss er die Augen, wartete. Nach einer gewissen Stille hörte er sich selbst flüstern: „Ich will es tun. Ihm und den anderen ein Denkmal setzen. Ich muss es tun. Auch wenn ich wütend bin – auf ihn, auf mich. Es muss sein." Als er die Augen öffnete, meinte er eine Veränderung bei den Kerzen wahrnehmen zu können, als hätte sich wie durch Feuerfunken eine weitere Kerze entzündet. Doch ganz sicher war er sich nicht. Bildete er sich das nur ein? „Hör' mir auf mit solchem Kokolores", die Stimme des Vaters klang wie ein zeitloses Echo in seinen Ohren, während seine Mutter begeistert auf die magische Kerze zu schauen schien, wie gewohnt offen für außergewöhnliche Phänomene jeglicher Art. Das Okkulte. Hier in der Kirche, dachte Albert Simon, gab es also auch Gespenster.

II

Als Albert Simon mit dem roten BMW die Strecke zurück nach Warschau fuhr, dominierte im Radio ein Thema: der mysteriöse Absturz eines Flugzeugs der Malaysia-Airlines in Nähe der russischen Grenze über der Ostukraine. Die Maschine war mit 298 Menschen an Bord vom Flughafen Schiphol in Amsterdam gestartet und hätte in Kuala Lumpur, Malaysia, landen sollen. Der Absturz war, auch wenn viele Fragen noch offen waren, weniger mysteriös als ein Absturz derselben Airline zu Beginn des Jahres: Im März war ein Flugzeug der Malaysia-Airlines unterwegs nach Peking über dem Indischen Ozean verschwunden, mit 239 Menschen an Bord. Von dieser Maschine fehlte weiterhin jede Spur. Es gab auch keine plausible Erklärung für den Absturz. Das war bei dem Flugzeug, das in Holland gestartet war, anders: Die Boeing 777, Flugnummer 17, war offenbar von prorussischen Separatisten mit einer Rakete im Luftraum um Donezk abgeschossen worden. Versehentlich oder gezielt – das war zu diesem Zeitpunkt noch offen. Fest stand am Nachmittag und frühen Abend nur, dass die Mehrheit der Passagiere aus Holland und Australien stammte und keiner den Absturz aus ungefähr 10 Kilometer Höhe überlebt hatte.

Die westlichen Regierungschefs hielten sich, wie Albert fand, bei ihren Äußerungen zu dem Unglück aber merklich zurück. Es gab, so wie schon beim Flugzeug-Unglück von Smolensk vor vier Jahren, keine direkten Schuldzuweisungen in Richtung Russland. Bundeskanzlerin Angela Merkel, die heute ihren 60. Geburtstag feierte, ließ über einen Sprecher verlauten, sie trauere um die Opfer des Absturzes; ihr Mitgefühl gelte den Angehörigen. Schockierend, so der Sprecher weiter, seien für die Bundeskanzlerin die mutmaßlichen Umstände, wonach das Flugzeug aus großer Höhe abgeschossen worden sein soll. Sollte sich diese Nachricht bestätigen, so stelle sie eine weitere, tragische Eskalation des Konfliktes im Osten der Ukraine dar. Deshalb fordere sie „eine umgehende, unabhängige Untersuchung der Absturzursachen". Der Gedanke dahinter war klar: Man wollte Putin nicht provozieren, brauchte aber sein Gas, Russlands Energievorräte, und man hoffte, ihn auf diese Weise zu domestizieren. Doch war es das wert?

Andererseits erinnerte sich Albert mit etwas Unbehagen an eine internationale Konferenz an der polnisch-ukrainischen Grenze, an der er als Vertreter der Bundesrepublik teilgenommen hatte, wahrscheinlich weil sich sonst kein anderer deutscher Künstler oder Intellektueller die Mühe machte, zu dem abgelegenen Veranstaltungszelt auf einer sumpfigen Wiese mitten in der östlichen Pampa zu reisen. Es war ein polnisch-ukrainisch-deutsches Treffen. Vor der Krim-Annexion. Während jetzt im Radio ein Song von Tracy Chapman gespielt wurde, den er einst sehr gemocht hatte, erinnerte sich Albert, dass zuerst die Ukrainer gesprochen hatten. Sie hatten den sofortigen EU-Beitritt und mehr Unterstützung vom Westen gefordert und vor der aggressiven Expansionslust Russlands gewarnt. Dann gingen sie davon, denn das Büfett mit deftigen Speisen duftete verlockend. Es waren hochemotionale slawische Machos, auf welche verständnisvoll und moderat wirkende Polen folgten, die als Vermittler mit Sensibilität auftraten und versuchten, ihren östlichen Geschwistern eine Brücke in die EU zu bauen. Als die wenigen Deutschen, darunter er, an der Reihe waren, war das Veranstaltungszelt schon fast leer. Doch die deutsche Gruppe, die sich vor allem aus Mitarbeitern von politischen Stiftungen zusammensetzte, zog ihre Agenda des distanzierten Abwägens entschlossen durch: Verständnis für die Ukraine ja, aber man nahm Russland in Schutz. Unbeholfen und steif wirkten sie, wie er selbstkritisch fand; eine wirkliche Kommunikation zwischen Ost und West war so nicht möglich. Das war seine erste Ukraine-Erfahrung.

Die zweite war kaum besser. Sie lag nur zwei Jahre zurück. Im Jahr 2012 war Albert mit seiner Ehefrau in Lemberg gewesen. Er filmte dort mit dem Smartphone, was ihn interessierte: Den Bahnhof aus der Habsburger-Epoche, Bürgerhäuser, den Lytschakiwski-Friedhof, auf dem sich die zerrissene Geschichte des Landes spiegelte. Die Stadt wirkte, als hätte sie einen mediterranen Geist. War das schon die relative Nähe zum Schwarzen Meer? Es war warm, doch nachts in Nähe ihres Hotels fielen irgendwo Schüsse. Als Agata und er ein paar Tage später zurück nach Polen aufbrachen, wurden sie von einem ukrainischen Polizisten angehalten, der ein Strafgeld forderte, weil Albert angeblich betrunken am Steuer sitze. Dabei hatte er keinen Schluck Alkohol getrunken. Der Polizist ließ sich nicht davon überzeugen. Sie zahlten nichts und ließen den Polizisten einfach stehen. Ein wildes Land, dachte Albert Simon, diese Ukraine.

Damals hatte er auch an den Großvater denken müssen, der laut Onkel Siegfried vermutlich bei dem zweiten Eroberungsversuch von Kiew („Operation Advent") dabei gewesen war und einem der beiden Panzerdivisionen angehört haben musste, die im Raum Schytomyr einen verlorenen Abschnitt zurückerlangen sollten. Im November 1943 war der Hüne mit dem athletischen Körper, den tiefliegenden Augen und dem kantigen Gesicht eingezogen worden – nur einen Monat später starb er im Alter von 34 Jahren. Oder „fiel", wie man es damals nannte, als würde er jeden Moment wieder aufstehen. Die Redewendung in der Familie, die von seiner Mutter und Onkel Siegfried regelmäßig benutzt wurde, lautete hingegen: „Sie haben ihn verheizt." Seit diesem Unglück und der durch die heranrückenden Sowjettruppen ausgelösten Flucht von Gdynia alias Gotenhafen über die Ostsee herrschte in seiner Familie mütterlicherseits ein gewisses Russland-Trauma. „Der Russe", hörte er Onkel Siegfried häufig bei den Geburtstagsfeiern sagen, wenn die Männer nach der Sportschau zum politischen Teil übergegangen waren und bei Bier und Zigaretten über die

Weltpolitik fachsimpelten – „Der Russe", das wusste Onkel Siegfried, der das Talent besaß, einem die Welt, wie er sie sah und verstand, in ein paar kurzen Sätzen erklären zu können – „Der Russe wird immer eine gefährliche, unberechenbare Größe bleiben." Seine Angst versuchte der Onkel hinter einem souverän wirkenden Lächeln zu verbergen. Onkel Siegfrieds Durchblicker-Lächeln.

An all dies erinnerte sich Albert Simon während der Autobahnfahrt, als in den Radio-Nachrichten am Abend die russische Nachrichtenagentur TASS zitiert wurde, die verlautbarte, dass „Milizionäre" der „Volksrepublik" mit einer Rakete eine „militärische Transportmaschine" abgeschossen hätten. Was für eine dreiste Propagandalüge des Kremls war das! Wie musste dies auf die Hinterbliebenen in Holland, Malaysia und Australien wirken? Auf die deutschen Radiojournalisten oder Intellektuellen machte es offensichtlich keinen großen Eindruck, weder in den Kultur- noch in den Politiksendungen fiel ein Russland-kritisches Wort. Albert kamen lange zurückliegende Gespräche mit polnischen Freunden in Erinnerung. Sie bewunderten Deutschland; er hatte versucht, ihre Euphorie zu dämpfen. „Deutschland ist das Land, das immer auf der falschen Seite steht", hatte er gesagt, und dabei nur Widerspruch und Misstrauen geerntet. Negativ über das eigene Land zu reden, war nur ihnen erlaubt, den Polen. Nicht einem Deutschen.

*

Inzwischen war Albert Simon auf dem polnischen Abschnitt der neugebauten „Autobahn der Freiheit" (Autostrada Wolności) unterwegs. Es war für ihn nach den vielen Eindrücken im Ruhrgebiet schwer zu entscheiden, wo er sich mehr zu Hause fühlte. Im Westen oder im Osten? In Deutschland oder in Polen? Wahrscheinlich nirgendwo so richtig. In Deutschland fühlte er sich mittlerweile als Pole, in Polen weiterhin als Deutscher. Was vielleicht – wenn eine biologistische Erklärung erlaubt war – an seinen Kaschuben-Genen lag? Die Familie mütterlicherseits stammte aus dem Landstrich in Ostpommern, westlich von Danzig, den man als Kaschubei der Ethnie der Kaschuben zurechnet: ein eigentümliches Volk, ein bisschen polnisch, ein bisschen deutsch, mit eigener Tradition und deutsch-polnischer Mischsprache. Albert Simon wusste nicht viel darüber. In der „Blechtrommel" gab es eine kaschubische Großmutter. Außerdem erinnerte er sich daran, dass die Kaschuben beim polnischen Präsidentschaftswahlkampf 2005 eine Rolle gespielt hatten, weil ein PiS-Politiker den PO-Kandidaten und jetzigen Premierminister Donald Tusk dafür kritisiert hatte, dass sein kaschubischer Großvater für die Wehrmacht gekämpft habe, Tusk als Enkel und Kaschube also demnach ungeeignet sei, an der Spitze Polens zu stehen. Tatsächlich hatte Tusks Großvater am Ende des Krieges die Wehrmachtsuniform getragen, doch er war auch als Zwangsarbeiter im KZ Stutthof und im polnischen Widerstand aktiv gewesen. Ein Leben in deutsch-polnischen Schlangenlinien, über das Albert Simon nicht richten wollte.

Er legte die CD eines holländischen Komponisten in den CD-Player, dessen Werk „Harmony of the Spheres" er zufällig bei YouTube entdeckt hatte. Die Akustik der Lautsprecher-Boxen des BMW war umwerfend. So ein klarer Sound. Ein Klang wie in einem IMAX-Kino, dachte Albert und spürte: Diese Musik hob und erdete ihn gleichzeitig. Die Traurigkeit des Chores empfand er mit Blick auf die Nachrichtenlage als angemessen. Vor seinem inneren Auge sah er, während er den Stimmen lauschte und mit Hochgeschwindigkeit über die Autobahn fuhr, um noch vor Mitternacht in Warschau anzukommen, jedoch weniger umherliegende Wrackteile eines abgeschossenen Flugzeugs, als die dröhnenden Bilder des Stahlwerks, mit denen er heute nach so vielen Jahren der selbstverschuldeten Ignoranz konfrontiert worden war. Den Riesenkessel, die Feuerfunken, die komplexen Mischvorgänge. Es konnte kein Zufall sein, dass er nur wenige Kilometer von diesen Produktionsstätten das Licht der Welt erblickt hatte. Ebenso wenig, wie es ein Zufall sein konnte, dass er seit 20 Jahren in dem Land lebte, aus dem 50 Prozent seiner DNA importiert worden war. Gab es doch einen Sinn hinter dem großen Ganzen? Ein Geheimnis, dem man wie ein Forscher, der im Labor eine neue chemische Formel entdeckt, auf die Spur kommen konnte? Existierte eine Alchemie des Schicksals?

*

Nachdem Albert zwei kurze Stopps an den wie immer mit jungen und attraktiven Verkäuferinnen besetzten Orlen-Tankstellen gemacht hatte – den einen Stopp zum Tanken, den anderen, um sich einen Espresso zum Wachbleiben zu genehmigen (Tante Renates solide Mettbrötchen genügten, um den Hunger zu stillen) – sah er um Mitternacht endlich die elektrisch leuchtende Skyline von Warschau vor sich auftauchen. Ein Anblick, der ihn jedes Mal begeisterte, auch wenn die Stadt mit ihren nicht mal zwei Millionen Einwohnern sicherlich nicht zu den Mega-Cities auf dem Planeten gehörte. Trotzdem: in den vergangenen 20 Jahren hatte Albert Simon miterlebt, wie sich die polnische Hauptstadt und das ganze Land in rasanter Geschwindigkeit modernisierten, als gelte es, die Zeit der Zerstörung, der Besatzung und des wirtschaftlichen Leerlaufs in einer Nano-Sekunde wieder wettzumachen. Straßen, Geschäfte, Neubauten, alles pulsierte, veränderte sich im Nu. Woran er mit seinen Werbefilmen im Auftrag der EU vielleicht auch einen positiven Anteil hatte. Wenigstens einen kleinen. Das EU-Sternbanner an neuen Brücken und Viadukten war jedenfalls nicht zu übersehen. Für Stagnation oder langsamen Verfall, wie Albert ihn zunehmend in der Bundesrepublik wahrnahm, besonders im Westen, gab es in Polen keine Zeit. Man war hungrig, befand sich auf Aufholjagd. Stay hungry!

In diesem Moment erhielt Albert eine SMS und schaute trotz erhöhter Fahrgeschwindigkeit auf sein Smartphone. Es war eine Nachricht seiner Frau, die offensichtlich während seiner Abwesenheit in der Wohnung gewesen war, um nach der Post zu sehen und nach Rechnungen – auch wenn sie sich selbst nicht an den Unkosten beteiligte. Als Frau, die sich betrogen fühlte, beanspruchte sie für sich einen Opferstatus. „Bitte noch die Müllkosten vom ersten Quartal überweisen", schrieb Agata ihm. Albert Simon atmete tief durch. Das hätte er sowieso gemacht, doch durch die Anweisung spielte sie sich in eine erhöhte Position. Das tat sie gern. Die Botschaft war klar: Ohne mich, die geborene Managerin, kannst du nicht leben, denn du kannst nicht mit Geld umgehen.

Immerhin – diese Nachricht war das erste Lebenszeichen von ihr nach Monaten des Schweigens. Albert biss sich angespannt auf die Lippen und schaute nach vorn. Es gab erstaunlich wenig Verkehr. Vielleicht waren die meisten Polen zum Sommerurlaub ans Meer gefahren oder in ein exotisches Land gereist? Waren sie nicht sowieso die heimlichen Globalisierungsgenies? Überall traf man sie, nicht nur in Hamborn an der Pforte. Überall hatten sie ihre Hände mit im Spiel, und sei es halbgenetisch, wie in seinem Fall. Albert Simon stellte auf Fernlicht, dann nahm er wieder das Smartphone in die Hand. „Längst gemacht", schrieb er zurück. So viel Flunkern war erlaubt. Die Blöße, säumig zu sein, wollte er sich nicht zugestehen. Die Antwort kam flugs: „Wieso haben wir dann eine Mahnung erhalten?" Das hatte er erwartet. Es war interessant zu sehen, wie die Wut auf die vermeintliche Sängerin-Affäre nun durch einen Streit um die Abfallrechnung sublimiert wurde. Albert Simon trommelte gereizt auf das Lenkrad und griff erneut zum Mobiltelefon. „Manchmal werden Transfers zu spät registriert." Den ursprünglichen Satzteil „in Polen" strich er. Es war trotzdem eine blöde Antwort, das musste er zugeben, und es überraschte ihn nicht, dass seine Frau darauf nicht antwortete.

Was ihn aber – neben der Nachricht an sich – überraschte, war die Benutzung des Wortes „wir" in ihrer SMS. Drückte dieses Wort nicht eine anhaltende Verbundenheit aus? Oder wollte sie damit nur unterstreichen, dass er auch sie durch sein Fehlverhalten in eine missliche Lage brachte? Dass sie durch ihn in die Zone der Illegalität rutschte? Albert überlegte. Eigentlich war es all die Ehejahre nach diesem Muster gelaufen: Er, der Deutsche, war der Träumer und Trickser – sie, die Polin, die Gesetzeshörige, total akkurate Organisatorin und Managerin. So hatten sie die Stereotype der beiden Länder auf den Kopf gestellt. Zumal seine Frau, soweit er sehen konnte, auch überhaupt keine metaphysischen Neigungen besaß. Kein Wunder. Ihr Vater war in der Partei gewesen. Sie war Geschäftsfrau, materialistisch, pragmatisch. Ihr Lebenszweck bestand darin, ihn zu fördern, doch er sollte ihr gehorchen, das war der Deal. Solche Deals waren in künstlerischen Kreisen gar nicht so selten anzutreffen, wie Albert Simon fand.

In jedem Fall verschlechterte sich durch ihre SMS seine Laune. Das Hochgefühl, das er sonst empfand, wenn er an den bunt-leuchtenden, gläsernen Niederlassungen internationaler westlicher Firmen vorbei über den Ring nach Warschau hereinfuhr, um dann auf der Schnellstraße nach Białystok die Abfahrt zum Stadtteil Żoliborz zu nehmen, war ihm nach dieser SMS vergangen. Zumal seine Frau ihn unwissentlich an einen weiteren wunden Punkt erinnert hatte: Mit seinem eigentlichen Ziel der Reise, Geld bei der *Europa Filmförderung* locker zu machen, war er gescheitert. Die Investition in Leihauto und Benzin war so gesehen für die Katz' gewesen, rausgeworfenes Geld. Doch vielleicht fand sich inmitten der Post auch eine gute Nachricht, die seine Frau ihm unterschlug? Diese kleine Hoffnung verlieh ihm nach der langen Fahrt die Kraft und Wachheit, die er brauchte, um am Plac Wilsona Richtung Weichsel rauszufahren und danach zur Ulica Kaniowska abzubiegen, die sich verborgen hinter einem Schachbrett von kleinen Nebenstraßen und gepflegten Villen befand. Andrzej Wajda lebte hier; Krzysztof Piesiewicz, Kieslowskis Drehbuch-Co-Autor, hatte Albert Simon hier einmal vor seinem Haus getroffen, als er ausnahmsweise auf der anderen Straßenseite ging, wie sonst üblich. Spontan hatte er ihm anvertraut, dass er und Kieslowski „schuld" seien, dass er in Polen lebe. Piesiewicz hatte daraufhin gelächelt und die Information etwas später dankbar in seiner Autobiographie verarbeitet. Als ein Bekenntnis, das wichtiger sei als alle Preise zusammen.

*

Am nächsten Morgen überflog Albert Simon beim Kaffee die Post. Es war nichts Besonderes dabei. Viel Werbung, Belanglosigkeiten und die Mahnung, auf die ihn seine Frau bereits hingewiesen hatte. Er schaute auf den Zettel mit Namen und Anschrift der Autowerkstatt, den Monika, die junge Polin, ihm am Rheinufer übergeben hatte. Es wurde Zeit, dass er den Leihwagen dorthin brachte. Er wollte wegen eines zusätzlichen vollen Tages nicht noch mehr Geld verlieren.

Albert Simon fuhr über die Brücke zum Stadtteil Praga, dann bog er auf die Ulica Targowa mit ihren nach dem kommunistischen Dämmerschlaf teilweise renovierten Jugendstilbauten und dem legendären Programmkino Praha im Hintergrund. In einem dieser Häuser lebte eine frühere Freundin von ihm, eine Grafikerin namens Beata, die inzwischen mit Preisen für ihre Szenographien zeitgenössischer polnischer Spielfilme überhäuft wurde. Sie war in ihn verliebt gewesen, hatte ihm gelegentlich, wenn er sie in ihrem Atelier besuchte, einen geblasen, doch nach diesen erotischen Spielereien mit ihr hatte er sich für seine Frau entschieden, weil sie ihm seelisch stabiler vorgekommen war als die sensible Künstlerin. Solider. Er hatte sich gefreut, dass Beata bald darauf mit ihrer Karriere beim Film richtig durchgestartet war. Es tat ihm aber auch weh. Zeigte es ihm doch, wie weit er hinter seinem eigenen künstlerischen Anspruch zurückgeblieben war. Eigentlich hatte er nur EU-Werbefilme gedreht und war überhaupt nicht künstlerisch tätig geworden. Sie schon.

Der Automechaniker Bartek begrüßte Albert Simon freudig. Ein Mann Mitte dreißig mit breiten Schultern und Boxernase, der über das in Köln Vorgefallene bereits im Bilde war. „Zwei, drei Stunden. Mehr brauche ich nicht", sagte er mit Blick auf die Schrammen am BMW. So verließ Albert Simon die Werkstatt, die sich auf einem schmutzigen Hinterhof an der dichtbefahrenen Ulica Grochowska befand. Vor der Werkstatt lagen alte Autoreifen und Autoteile herum, Stoßstangen und Türen, die sich vielleicht noch für etwas benutzen ließen. Eine finstere Gegend, dachte Albert, als er an einer Gruppe von Männern vorbeiging, die rauchten und miteinander diskutierten, wobei jedes zweite Wort „Fotze" war („kurwa"). Das beliebteste polnische Schimpfwort quer durch alle sozialen Milieus. Albert Simon entschied sich, ein bisschen umherzulaufen. Nannte man diesen Bezirk von Warschau-Praga nicht auch Grochów? Das Einzige, was er wusste, war, dass sein polnischer Lieblingsschriftsteller Andrzej Stasiuk von hier stammte, doch er lebte mittlerweile viele Kilometer von Warschau entfernt in einem abgelegenen Holzhaus an der Grenze zur Slowakei.

Albert kam an einem ockerfarbenen, leicht verfallen wirkenden Veterinärkrankenhaus vorbei, in dem mittlerweile, wie man auf einer Informationstafel lesen konnte, das Symphonieorchester Sinfonia Varsovia untergebracht war. Es ging doch nichts über die polnische Improvisationskunst. Doch ob die Musiker es auch so locker nahmen? Dann kam er zu einem großen Biedronka-Supermarkt, vor dessen Eingang drei Tauben durch eine Pfütze tapsten. Er betrat den Supermarkt. Die zwei frischen Croissants, die er sich kaufte, waren, anders als im Westen, angenehm günstig und schmeckten. Schließlich gelangte Albert Simon in eine Straße, in der sich auf beiden Straßenseiten die Gebäude eines Studentenheims („Dom Studencki") befanden. Auf der einen Seite gab es neben dem studentischen Haupteingang zwei Antiquariate. Das zur linken bot alte CDs, Filme, Schallplatten und Krimskrams an, das zur rechten lediglich Bücher. In welches sollte er zuerst gehen? Albert Simon entschied sich für das rechte. Vielleicht gab es hier Bücher über die Kaschubei? Mehr Hintergrundinformation für seinen Film konnte nützlich sein.

Er trat ein und staunte nicht schlecht, als er an der Kasse des mit sozialistischem Krimskrams, alten Partei-Plakaten, Uniformen und Ansteckern heimelig eingerichteten Antiquariats eine junge Frau sitzen sah, die der Kölner Schönheit Monika täuschend ähnlichsah. Freundlich lächelte er ihr zu. Sie lächelte scheu zurück. War sie es? Oder war das ihre Zwillingsschwester? „Ich suche ein Buch über die Kaschubei. Haben Sie zufällig etwas?" fragte er sie. Die junge Frau überlegte kurz. Dann gab sie ein Stichwort in den Computer ein. Sie schien etwas gefunden zu haben und ging zügig zu einem der vielen Bücherregale im hinteren Teil des Ladens. Er folgte ihr. Dabei fiel ihm, wie schon so oft in polnischen Buchhandlungen, die große Zahl von Büchern zum Zweiten Weltkrieg auf, die auf Regalen zu beiden Seiten platziert waren. Die meisten Länder, welche die Nazis attackiert hatten, schienen von dem Trauma der NS-Dämonie immer noch nicht frei zu sein, dachte Albert, auch nach so vielen Jahren noch nicht, doch war das so erstaunlich? Die Deutschen schienen als Nachgeborene der Täter auch nicht loszukommen von der braunen Suppe. Sei es als vehemente Hitlergegner, die, wie ein jüdisch-polnischer Journalist, der in Berlin lebte, pointiert bemerkte, mit leichter Verspätung in den Widerstand gegen die Nazis gingen, sei es als verblendete rechtsradikale Dummköpfe oder als biedere Geschichtsverharmloser mit Tweed-Sakko und Hundekrawatte. Albert betrachtete möglichst unauffällig den von einem enganliegenden Jeans-Rock verhüllten Po und die eleganten Lederstiefel der jungen Verkäuferin. Diese eigenwillige modische Kombination stand ihr, wie er fand, und er spürte in sich trotz der langen gestrigen Autofahrt die Lebensgeister erwachen.

„Hier", die junge Frau reichte ihm ein schon etwas vergilbtes Buch zur Kaschubei. „Rok publikacji 1970", las er beim Umblättern. Sein Geburtsjahr. Auf dem Cover waren Frauen in folkloristischen Trachten zu sehen. Dankend nahm er das Buch an, doch bevor er die Antiquariatsverkäuferin in ein weiteres Gespräch verwickeln konnte, war die junge Frau auch schon wieder eilig zur Kasse entschwunden, obwohl in dem Antiquariat kein Andrang an Kunden herrschte, höchstens drei, vier Personen, so hatte Albert Simon beim Hereinkommen wahrgenommen, stöberten in den alten Büchern, mehr nicht. Warum also diese Hektik? Musste sie dringend etwas erledigen? Flüchtete sie vor ihm, weil sie ihn wiedererkannt hatte, auch wenn sie sich dies nicht anmerken ließ?

Albert Simon blätterte etwas in dem Buch, das mit einigen, inzwischen natürlich längst nicht mehr aktuellen Zahlen und Daten versehen war. Auch die jungen Leute, die bei den verschiedenen Aufnahmen abgebildet waren, sahen heute mit Sicherheit anders aus, wenn sie überhaupt noch am Leben waren. Das Buch schloss mit ein paar kaschubischen Märchen, die Albert Simon kurz überflog und in denen fast ständig der Teufel seinen Auftritt hatte, weil er die Menschen zu verwirren verstand. Doch wer klar und fest blieb, dem winkte das Glück, der konnte strahlen wie Bernstein („bursztyn"), der offensichtlich so etwas wie das Hauptsouvenir oder Maskottchen der kaschubischen Kultur war. Kein Wunder, waren die pommerschen Strände doch voll davon, man konnte mit Bernstein ein gutes Geschäft machen.

Langsam schritt Albert Simon mit dem Buch zur Verkaufstheke. „Ich nehme es", sagte er. In diesem Moment meinte er auf dem Gesicht der Frau ein feines Lächeln wahrzunehmen. Amüsierte sie sich darüber, dass sie ihm gegenüber so tat, als würde sie ihn nicht kennen, obwohl ihre Begegnung doch nur einen Tag zurücklag?

„25 Złoty", sagte sie, und Albert Simon signalisierte, dass er gern mit Karte zahlen würde. Sie hielt ihm das EC-Kartenlesegerät hin, worauf er seine Karte mit dem Magnetstreifen schwungvoll über das wellenförmige Registrierungssymbol fahren ließ. Das Gerät zeigte ein grünes Lämpchen an. Bald darauf schoss der Quittungszettel automatisch hervor, welchen die junge Frau abriss und Albert Simon in die Hand drückte. Er bedankte sich.

„Sagen Sie", versuchte er nun ganz ruhig ein Gespräch zu beginnen. „Sie erinnern mich ungemein an eine Bekannte in Deutschland. Im Rheinland. Haben Sie dort zufällig Verwandte?"

Die junge Frau blickte ihn freundlich an. Dann antwortete sie mit weicher Stimme: „Meinen Sie vielleicht meine Schwester Monika? Sie arbeitet dort."

„Ja, Monika." Wie schon im Stahlwerk bei der Begegnung mit einem Hamborner seiner Generation spürte Albert diese Mischung aus Staunen und Euphorie, die in ihm aufstieg, als würde ihm durch einen Zufall ersten, zweiten oder dritten Grades die unsichtbare Ordnung der Dinge enthüllt, für einen kurzen Moment nur, der über das sonst den Alltag beherrschende Chaos des Lebens hinwegtröstete. Dabei wusste er doch eigentlich so gut wie nichts über die Frau in Köln, die ihm gestern nach dem vorübergehenden Auto-Kidnapping freundlicherweise die Autoschlüssel zurückgegeben hatte.

„Geht es ihr gut?", fragte die Verkäuferin des Antiquariats. „Wir haben nicht viel Kontakt."

„Meinem Eindruck nach ja, die Semesterferien haben begonnen."

„Ach ja?", die Verkäuferin schien diese Aussage zu verwundern. An ihrer Stirn waren drei kleine Fältchen zu sehen.

Albert überlegte, ob sie die ältere der Schwestern war. Vermutlich. „Studieren Sie auch noch?"

„Etwas", antwortete sie, während ein Kunde ihr ein Buch über Insekten reichte, um es zu bezahlen.

Albert Simon ließ den Kaufvorgang geschehen und schaute ihr bei der Abwicklung zu. Ihre Aura faszinierte ihn. Der Mann ging zufrieden mit dem Buch davon. „Etwas?" Albert Simon knüpfte an die unbeantwortete Frage an.

„Ich versuche, meine Doktorarbeit zu schreiben", antwortete die junge Frau.

„In welchem Fach?"

„Vergleichende Literaturwissenschaft."

„Wie lautet das Thema?" Er konnte sehen, dass er sie mit dieser Frage noch mehr in Verlegenheit brachte. Seltsam. Litt sie unter Selbstzweifeln? Sie strich sich die braunen Haare aus dem Gesicht. „Über die Bedeutung der Flüsse in der europäischen Lyrik. Aber ich weiß nicht, ob ich bei dem Thema bleibe. Es ist etwas zäh."

Er nickte verständnisvoll. „Zu tief?"

Dann fügte sie hinzu: „Meine Schwester studiert aber nicht. Sie arbeitet als Krankenpflegerin in Deutschland." Das war ein interessanter Hinweis. Albert Simon war davon überzeugt, dass die Schwester von „Semesterende" gesprochen hatte. Er war sich ganz sicher.

„Ich habe Monika gestern am Rhein kennengelernt. Da war sie in studentischer Begleitung", merkte er an. „Das kann sein", antwortete die Antiquariatsverkäuferin, wieder mit diesem feinen ironischen Lächeln auf den Lippen. Auf ihren Wangen bildeten sich hübsche Grübchen. War Monika das Partygirl der Familie? Versuchte sie, neben der Pflegearbeit den akademischen Heiratsmarkt abzuchecken? Die Antiquariatsverkäuferin schien jedenfalls trotz ihrer sinnlichen Bewegungen die bildungs-affinere zu sein, folgerte Albert, dazu einen Tick introvertierter, schüchterner. Statt an Partys vermutlich mehr an einem zurückgezogenen, geistigen Leben interessiert, was ihn ansprach. Obwohl: hatte die Schwester ihn nicht auf Albertus Magnus und Albert Camus angesprochen? So ganz bildungsfremd klang das auch nicht.

Albert Simon spürte, dass es Zeit war, nun noch einen weiteren Familien-Trumpf auszuspielen. „Ihr Cousin bearbeitet übrigens gerade meinen Wagen."
Die Antiquariatsverkäuferin blickte ihn zuerst etwas verständnislos an, dann schien sie zu verstehen. „Bartek?"
Albert Simon grinste. „Ja."
„Warum das?"
„Monikas Studentenfreunde haben vor lauter Partystimmung ein paar Schrammen an meinem Auto hinterlassen." Er sah Ängstlichkeit in den Augen der Antiquariatsverkäuferin aufblitzen. Oder war es Anteilnahme? Ein Zeichen dafür jedenfalls, wie sensibel sie war, obwohl sie ihn zu Beginn ganz professionell und eher kühl bedient hatte.
„Hoffentlich nichts Ernstes", sagte sie.
„Nein, nein. Aber zwei, drei Stunden wird die Reparatur sicherlich dauern", sagte Albert Simon eindringlich, nicht so sehr, um die Aktion der jungen Leute moralisch zu verurteilen, sondern um zu signalisieren, dass er Zeit habe. Ob die Antiquariatsverkäuferin die Botschaft eines gut 15 Jahre älteren Mannes verstand?
„Sind Sie häufig in Grochów?", fragte sie ihn.
„Nein", antwortete er und schaute ihr direkt in die Augen. „Ich kenne nur den Skaryszewski-Park, weil ich früher mal eine Wohnung in Saska Kępa hatte. Der Park grenzt doch auch an Grochów, oder?"
„Tut er", antwortete sie und schien zu überlegen, ob sie ihm ein Angebot machen sollte. Sie zögerte. Albert spürte, dass er ihr entgegenkommen musste.
„Ich heiße Albert." Er reichte ihr vorsichtig die Hand.
„Daria", antwortete die Antiquariatsverkäuferin leise. Er drückte ihre Hand, die angenehm weich und warm war. Was für ein interessanter Vorname, sagte er sich.

„Könnten Sie nicht eine kurze Pause einlegen, Pani Daria, dann lade ich Sie im Park zu einem Eis oder Kaffee ein?"

Sie schaute auf die Uhr. „Eine Pause kann ich leider nicht machen, aber ich werde in ungefähr einer Stunde abgelöst. Danach gern. Auf dem Weg zum Park könnte ich Ihnen auch den Stadtteil zeigen. Sozusagen als Wiedergutmachung für die Aktion meiner wilden Schwester."

Wieder das feine, ironische Lächeln. Die Grübchen. Wie konnte er anders als zustimmend antworten. „Ich warte gern auf Sie. Ist nebenan ein Antiquariat mit Filmen und Musik-CDs?"

„Ja, das gehört auch zu uns."

„Dort finden Sie mich."

*

Ein wenig fühlte Albert Simon sich wie ein junger Student, der nervös auf die Begegnung mit der Angebeteten wartete, damit sich durch sie der Himmel öffne. Dieses Gefühl hatte er zu Beginn der Neunzigerjahre oft und ausgiebig erlebt, wie natürlich auch die dazugehörigen Enttäuschungen, das Fegefeuer der Routine, die Hölle des Streits. Während der Ehejahre hatte er diese Form von Sehnsucht und Erwartung gänzlich verloren, es hatte keinen Grund, keinen Anlass mehr zur Sehnsucht gegeben, nur noch Pflichten und Treue, business as usual. Auch die Geschichte mit der Sängerin hatte sich ohne derartige Emotionen abgespielt. Nun spürte er förmlich, wie sein Herz vor Aufregung zu tanzen schien und ihm Sehnsucht und Verlangen zurückschenkte; kaum konnte er sich auf die archivarisch aufbewahrten Film- und Musikschätze in den Regalen des Antiquariats konzentrieren. Nur oberflächlich begutachtete er Siebzigerjahre-Alben von Marek Grechuta und Czesław Niemen, die in Polen seit Langem Kultstatus genossen und ihn seit vielen Jahren musikalisch begleiteten. Wer Polen verstehen wollte, musste diese Musik hören.

Dabei rückte das Gesicht Monikas, das ihn in Köln aufgrund der Ähnlichkeit zu Romy Schneider auf Anhieb betört hatte, in den Hintergrund. Allein Darias Gesicht war ihm nun präsent, was nicht nur an ihrer ähnlichen Schönheit und Anmut lag, sondern sicherlich auch an dem, was er mit ihr verband: Gedichte, Bücher, slawische Melancholie. War dies nicht das, was er neben der polnischen Filmkunst stets in Polen gesucht hatte, seit er hier lebte? In der Filmwelt war es ihm leider – wohl im Zuge der rasanten Verwestlichung des Landes – nur selten begegnet. Dort regierte das Ego. Oder das Styling. Am ehesten noch hatte er es bei jungen Frauen gespürt, die ein innerliches, religiöses Leben führten, was allerdings den gefährlichen Nebeneffekt haben konnte, dass sie dadurch aseptisch wurden. Bei Daria schien hingegen alles zu stimmen: mädchenhafte Melancholie, Schönheit, Sinnlichkeit, künstlerisches Interesse. Ihre Innerlichkeit war nicht religiös, sondern poetisch. Das war der Unterschied. Dazu dieser Sinn für feine Ironie. Alles an ihr stimmte, und die besondere Atmosphäre des Antiquariats, das, wie er auf einer an der Wand hängenden Urkunde lesen konnte, schon mehrmals als beste Buchhandlung Warschaus ausgezeichnet worden war, wirkte wie der ideale Rahmen für ihre Begegnung.

Den giftgrünen Papagei, der in einem Käfig in Nähe der Kasse der Musik- und Filmabteilung hing, schien dies alles nicht zu beeindrucken. Offenbar empfand er sich als der heimliche Star dieses Antiquariats, in dem die Zeit so seelenvoll festgehalten wurde. Einige der Besucher schienen diesen Narzissmus zu fördern. Sie fotografierten ihn mit ihren Mobiltelefonen, während der Papagei den Begeisterungsrummel der Verzückten stumm und mit geradezu professioneller Herablassung über sich ergehen ließ. Ganz mit sich selbst beschäftigt, zupfte er sich gelassen die Federn, als ginge ihn diese verrückte Spezies nicht das Geringste an.

*

Dann war es endlich so weit: Daria trat in das Antiquariat, und sie zogen zusammen los. Nicht weit von dem verfallen wirkenden Veterinärkrankenhaus entfernt, dem Sitz der Sinfonia Varsovia, deutete Daria, als sie mit Albert dort vorbeikam, auf einen Gedenkstein, der an den Aufstand vom 1. August 1944 erinnerte. „Man verbindet mit dem Warschauer Aufstand vor allem die Stadtteile Śródmieście, Stare Miasto, Żoliborz, Powiśle oder Wola, doch auch hier in Praga, wo der Aufstand kürzer dauerte, gab es Mutige", sagte sie.

Albert las die Inschrift und fühlte wie stets, wenn es um die Nazigeschichte in Polen ging, eine moralische Zerknirschung, wie er sie schon als Kind bei den Fahrten der Eltern mit dem Auto nach Holland empfunden hatte. Damals war der Anblick der Soldatenfriedhöfe der Auslöser gewesen, in Warschau waren es die (selbstverständlich auch in Żoliborz) häufig anzutreffenden Kriegs-Denkmäler, Gedenksteine und Häusertafeln in Erinnerung an den Aufstand am Ende des Krieges, die ihn an die Schuld seines Herkunftslandes erinnerten, auch wenn er – wie er es gegenüber dem Priester klargemacht hatte – das Konzept der Kollektivschuld ablehnte. Gleichgültig konnte ihn das Gewicht des deutschen Blutvergießens dennoch nicht lassen. Dafür war die Last der Schuld einfach zu groß. Allein zig Tausende Zivilisten hatten ihr Leben verloren durch Erschießungen in Warschau bei der Niederschlagung des Aufstands, den Andrzej Wajda in seinem Film *Der Kanal* sehr berührend geschildert hatte, innerhalb von zwei Monaten. Am 2. Oktober 1944 war der Warschauer Aufstand zu Ende, und der Teil der Stadt am linken Flussufer war auf Anweisung Hitlers der totalen Zerstörung geweiht.

Der Mann an der Spitze der Nazi-Mörder in Warschau war, wie Albert Simon wusste, ein Kaschube gewesen – geboren in der gleichen Stadt wie seine Mutter: Erich von dem Bach-Zelewski. Persönlich war er von Hitler zur Niederschlagung des Aufstands beauftragt worden. Albert erzählte Daria davon und hielt ihr auch das frisch erworbene Kaschubei-Buch entgegen. Sie schwieg. Sie schien angesichts dieser Verwicklungen nach den richtigen Worten zu suchen, ohne ihn verletzen zu wollen.

„Warum haben Sie das Buch gekauft, Albert?"

„Ich möchte das Leben meiner Eltern verfilmen. Ich bin Regisseur." Sie schien nicht überrascht zu sein.

„So etwas habe ich geahnt."

„Ja?"

„Schon als Sie reinkamen ins Antiquariat."

„Wahrscheinlich kommen häufiger Künstler zu Euch", bemerkte Albert Simon.

„Das meine ich nicht", entgegnete Daria. „Ich habe gesehen, dass Sie sich von etwas befreien wollen. Etwas, das mit Ihrer Vergangenheit zu tun hat."

Sie gingen weiter. Zunächst über die Ulica Grochowska, vorbei an Häusern mit sehr individuell und bunt gestalteten Gardinen und Balkons. In Żoliborz konnte man den Eindruck haben, in einer modernen TV-Serie zu wandeln, so homogen und technisch modernisiert durch westeuropäische Baumärkte wie *Leroy Merlin* oder *Praktiker* sahen die Wohnungen und Häuser inzwischen aus. Hier dagegen konnte man noch etwas von dem polnischen Freiheitsgeist spüren, der jeden gestalten ließ, wie er wollte. Mit dem Material, das ihm zur Verfügung stand, seine Phantasie beflügelte. Über ein Fenster mit orangefarbener Gardine und einem seltsamen Mischmasch aus Weihnachtsschmuck und Fischer-Technik mussten sie beide lauthals lachen.

„Wie bei Bareja", sagte Albert unter Anspielung auf die polnischen Kult-Komödien der Siebzigerjahre, in denen der Regisseur, der in Łódź studiert und im Ruhrgebiet gestorben war, die absurden Unzulänglichkeiten des kommunistischen Regimes der Volksrepublik Polen effektvoll aufspießte.

Schließlich erreichten Daria und Albert Simon den Skaryszew-Park und gingen entlang des Kamionkowskie-Sees spazieren. Enten bewegten sich in der sommerlichen Wärme und glitten anmutig durch Schilfblätter, die in Nähe des Ufers auf dem See schwammen. Ein Schwan setzte auf der Mitte des länglichen Sees mit kräftigem Flügelschlag zur Landung an, als käme er von einem illustren Interkontinental-Ausflug zurück.

„Hier war ich früher häufig joggen", sagte Albert mit Nostalgie in der Stimme. „Ich hatte mein Studium beendet, war nach Warschau gezogen, wo ich dank eines glücklichen Zufalls ein Zimmer in Saska Kępa fand. Ausgerechnet in dem Haus, in welchem Witold Lutosławski eine Zeit lang gewohnt hat."

Daria ließ sich von der Nennung des berühmten Komponisten nicht beeindrucken. „Der reiche Deutsche", neckte sie Albert, galt Saska Kępa neben Żoliborz doch als Warschaus Nobelviertel.

„Das dachten alle", verteidigte sich der Regisseur. „Dabei konnte ich kaum die Miete bezahlen. Ich musste für wenig Geld viele Stunden in einem staatlichen Fernseharchiv arbeiten, wo sie mich dank meiner Deutsch-Kenntnisse anstellten. Nebenher schrieb ich das Drehbuch für meinen ersten Film, der später in Deutschland gedreht und produziert wurde. *Requiem*. Nach der Arbeit und vor dem Schreiben ging ich hier joggen, um meinen Kopf freizubekommen."

Daria zeigte auf eine Trauerweide, die gerade von einem Pudel inspiziert wurde. „Ein schöner Baum."

„Stammen Sie eigentlich aus Grochów, Daria?", fragte Albert Simon.

„Wir sind hier nicht geboren, meine Schwester und ich, aber aufgewachsen. Ich komme eigentlich aus Śródmieście."

Albert spürte, dass sich hinter diesem Umzug eine traurige Geschichte verbarg, verbergen musste – wer zog schon freiwillig von der gediegenen Stadtmitte Warschaus nach Praga? Doch er fragte nicht nach. Er ließ Daria weiterreden.

„Wir haben früh unsere Eltern verloren", sagte sie und blieb abrupt stehen, um auf das dunkle Wasser des Sees zu schauen, das sich nun durch eine leichte Brise zu kräuseln begann. Doch statt mehr zu der Ursache des Verlusts zu sagen, erläuterte sie den Stadtteilwechsel technisch. „Eine Tante, die in Grochów lebte, hat uns aufgenommen."

Sie gingen weiter. „Ich rieche den Duft der Schokoladenfabrik", sagte Albert Simon nach einer Weile und machte eine genießerische Miene. „Bei meinen Joggingläufen war dies der inspirierendste Abschnitt." Daria lachte. Sie näherten sich der Wedel-Schokoladenfabrik, einem geradezu herrschaftlich wirkenden Fabrikgebäude in der Nähe des Sees mit langer Tradition.

„Vielleicht inspiriert Sie der Geschmack auch bei dem neuen Projekt. Ich glaube, es gibt dort inzwischen eine Verkaufsstube, in der man sitzen und etwas trinken kann", sagte sie.

„Gehen wir dorthin", erwiderte Albert Simon. „Es muss bei diesem Wetter ja keine heiße Schokolade sein."

„Wie viel Zeit haben Sie für die Doktorarbeit?", fragte Albert, während er einen Schluck aus dem Espresso-Becher nahm.

„Ich habe mich noch nicht angemeldet", antwortete Daria, die ein Eis mit Original-Wedel-Schokocreme gewählt hatte. „Ich bin mir noch nicht sicher, ob die Flüsse wirklich mein Thema sind."

„Warum zweifeln Sie?", wollte Albert Simon wissen. „Ich finde, das ist ein sehr schöner Stoff. Der Fluss, an dem ich geboren wurde, der Rhein, ist von vielen Dichtern besungen worden. Die Weichsel und die Oder sicherlich auch. Die Rhone, die Maas, der Arno, die Themse. Warum nicht?"

Sie hörte ihm aufmerksam, fast andächtig zu. Als würde sie staunen, wie leicht er all diese Flüsse nahm, wie leichtfüßig er verbinden und Grenzen überspringen konnte. „Ich mag besonders ein Fluss-Gedicht", bemerkte sie nach einigem Nachdenken, und Albert sah in ihrem träumerisch-melancholischen Blick, wie wichtig ihr die Verse waren. „Es stammt von einem Übersetzer aus Kattowitz, der lange in Ost-Berlin gelebt hat. Das lyrische Ich geht an der Weichsel in Warschau entlang und schaut hinüber auf Praga, wo einst die sowjetische Armee stand und nicht in den Aufstand eingriff. Die Gefährten desjenigen, der sich erinnert, leben nicht mehr." Sie begann, das Gedicht zu rezitieren:

„An dem siechen Fluß wandernd
  sein Sterben beklagend
  beklage ich die toten Gefährten
  und die verheerende
  Wirkung der Zeit."

„Das gefällt mir", sagte Albert Simon nach einem Moment der Stille, die nur von einem seichten Popsong im Radio, das im hinteren Teil des Wedel-Cafés zu hören war, überblendet wurde. „Ja, die Flüsse laden uns zur Reflexion ein. Über uns selbst und die Vergänglichkeit. Vielleicht wäre Kattowitz eine gute Location für meinen Film? Für die Szenen, die im Ruhrgebiet spielen?"

Daria nickte. „Warum nicht? Die Drehgenehmigung erhält man dort sicherlich einfacher. Meine Schwester schimpft manchmal, dass in Deutschland alles sehr bürokratisch ist."

„Allerdings!" Albert Simon musste an die Konfrontation mit der Dame von der *Europa Filmförderung* denken. Wie anders war die Begegnung mit Daria.

Im Radio waren nun Nachrichten zu hören. Der neue ukrainische Präsident Petro Poroschenko, ein Unternehmer, der bewiesen hatte, dass man mit Schokolade reich werden konnte, nannte die Attacke auf das Flugzeug aus Amsterdam einen „terroristischen Akt" und machte prorussische „Freischärler" dafür verantwortlich. Das ukrainische Militär sei unschuldig. Wladimir Putin hingegen forderte eine sofortige Waffenruhe zwischen Separatisten und ukrainischen Soldaten. Derweil seien, wie die Nachrichtensprecherin verlautbarte, internationale Experten der OSZE unterwegs zur Absturzstelle.

Als Albert Simon und Daria wieder hinaustraten und aus der Ferne das für die Europameisterschaft 2012 neugebaute Nationalstadion in rot-weißem Glanz sahen, fragte Daria ihn, wie er das Filmprojekt finanzieren wolle. Er schwieg, dann sagte er: „Ich muss erst das Drehbuch schreiben, dann kann ich mich um die Finanzierung kümmern."

„Wie lange dauert das Schreiben?"

„Ich will es dieses Jahr beenden", antwortete er zu seinem eigenen Erstaunen. „Wenn ich mich nicht selbst unter Druck setze und antreibe, wird es nichts."

Das verstand Daria, auch wenn sie ihr Dissertationsprojekt, wie überhaupt ihr wissenschaftliches Arbeiten, nicht mit dieser Methode ausübte. Das Wort Entschleunigung schien ihr auf die Stirn geschrieben. „Ich war hier am See oft spazieren, als ich meine Magisterarbeit schrieb. Ich habe sie im allerletzten Moment beendet, als ich dachte, dass ich sowieso keine Chance mehr habe", flüsterte sie leicht beschämt.

Albert Simon blieb stehen. „Vielleicht ist es möglich, dass wir uns trotzdem weitertreffen und uns über unsere Projekte austauschen?"

„Gern", sagte Daria, und Albert Simon spürte, dass sie es ehrlich meinte. Er hörte das Klingeln seines Mobiltelefons. Es war die Autowerkstatt. Er gab ihr spaßeshalber das Mobiltelefon. Sie meldete sich, sprach kurz mit ihrem Cousin Bartek, der sich kaum zu wundern schien, dass Albert Simon auch der anderen der beiden Schwestern begegnet war. „Der Wagen ist fertig", sagte Daria und reichte Albert Simon das Mobiltelefon. „Nur die zwei letzten Dosen des Sixpack möchte mein Cousin gern behalten."

*

Während der folgenden Wochen konzentrierte sich Albert Simon ganz auf das Schreiben des Drehbuchs. Dazu betrachtete er alte Familienfotos und las auch die Briefe, die Onkel Siegfried als junger Mann an die Familie geschrieben hatte, und in denen er aus dem Duisburger Junggesellenheim über die Arbeit unter Tage berichtete, in ruhiger und unaufgeregter Art und sichtlich darum bemüht, dass sich niemand Sorgen mache. Der Schwester, Albert Simons Mutter, gratulierte der Onkel zur begonnenen Lehre als Friseurin. Von der Großmutter waren mit schwungvoller Frauenhandschrift verfasste Gedichte erhalten geblieben, bei denen sich Albert Simon nicht ganz sicher war, ob es ihre eigenen waren oder ob sie diese – vielleicht zum Auswendiglernen – aus Büchern abgeschrieben hatte. In einem Gedicht schrieb sie von der inneren Sonne, die in jedem Menschen scheine, aber nur zu erkennen sei, wenn der Mensch den Weg nach innen antrete. Ein schönes, geradezu alchemistisches Motiv, wie Albert Simon fand, und er schämte sich etwas, dass er seine Großmutter, die ihre Zeit – solange er sie kannte – mit dem Lösen von Kreuzworträtseln verbracht hatte, unterschätzt hatte.

Die eigentliche Überraschung neben ein paar Jugendfotos seiner, soweit er sich erinnern konnte, stets blonden Mutter, auf denen sie mit dunklem Pagenschnitt und strahlendem Lächeln zu sehen war und ihn an eine verflossene holländische Jugendliebe erinnerte, waren die Erinnerungsfragmente seines Vaters, in denen dieser seine Erfahrungen als Kind in einem Duisburger Bunker festgehalten hatte. So nüchtern und bodenständig, wie Albert Simon ihn stets erlebt hatte, schrieb der Vater auch. Dabei aber durchaus einfühlsam und auf genauen Beobachtungen fußend. „Der Schlackenbergbunker war der sicherste Bunker in unserer Region. Die glühende, flüssige Hochofenschlacke, die als Rückstand bei jedem Abstich eines Hochofens bei der Erzeugung des Roheisens anfiel, wurde jahrelang immer auf dieselbe Stelle gegossen, so dass ein gut 12 Meter hoher Berg entstanden war. In diesen Berg waren Gänge und Stollen getrieben worden. Es gab mehrere Ein- und Ausgänge, Druckschleusen und eine Sauerstoffversorgung. Die dicke Schicht aus Schlacke konnte von keiner Sprengbombe durchschlagen werden. Selbst wenn ein Eingang getroffen worden wäre, hätten die Druckschleusen eine Gefährdung der schutzsuchenden Menschen verhindert. Wenn wir den Bunker erreicht hatten, gingen wir zu einer bestimmten Stelle in den Stollen, an der auch Bekannte und Nachbarn saßen. An beiden Seiten waren lange, schmale Sitzbretter angebracht. Dort saßen wir, fühlten uns im Augenblick sicher und warteten darauf, dass der Angriff vorüberging. Jeder hoffte, dass sein Haus nicht getroffen und zerstört würde. Man sprach mit den Nachbarn und Bekannten über die Sorgen, die man sich um die eingezogenen Ehemänner, Brüder und Söhne machte. Mehrere Frauen hatten ihr Strick- oder Häkelzeug mitgebracht. Einige Leute prahlten gerne mit den Auszeichnungen und Orden, die ihre an der Front kämpfenden Männer erhalten hatten."

Wieso hatte der Vater ihm diese Aufzeichnungen nie gezeigt? Warum interessierte Albert sich erst jetzt dafür? Irgendwie schienen beide, Vater und Sohn, all die Jahre aneinander vorbeigelebt zu haben, unfähig, sich für die Welt des anderen zu interessieren, obwohl dies für die eigene Entwicklung fruchtbar hätte sein können. Wäre Albert Simons Filmkarriere stringenter verlaufen, wenn er sich mehr von seinem Vater hätte sagen lassen und seine Arbeitsethik entschiedener übernommen hätte, anstatt sich in vielen kleinen Aktivitäten zu zerstreuen? Hätte er sich früher mit seiner Herkunft beschäftigen sollen?

*

Was für Albert Simon nach der Lektüre der Familiendokumente feststand, war die Ästhetik des geplanten Films: Es sollte kein Historienfilm sein. Kein Film mit Soldatenheeren und Panzern. Das wäre, wie er mit realistischem Blick auf das eigene Bankkonto fand, auch unmöglich zu bezahlen. Worauf es ihm ankam, war die psychologisch-metaphysische Dimension, wie sie in den Filmen Andrei Tarkowskis oder Ingmar Bergmans aufleuchtete. Was passierte mit den Menschen im Innern? Was hatte seine Mutter, die stets vom Anblick im Eis erfrorener Pferde und Leichen während der Flucht gesprochen hatte, am Leben gehalten? Was war ihre Hoffnung? Wieso hatte sie sich als junge Frau, die nach der Friseur-Ausbildung bei den Duisburger Karmeliterinnen auch noch das Schneidern lernte und davon träumte, bei einem Theater Kostüme zu entwerfen und vielleicht auch eines Tages auf der Bühne zu stehen, dazu entschieden, eine Albrecht-Filiale in Duisburg-Meiderich zu leiten? Wieso hatte sie eine Hellseherin aufgesucht, welche ihr den zukünftigen Ehemann genau beschrieben hatte? Schwarze Haare, blaue Augen, Vorname Ernst. Und wieso war dieser in der Glaskugel bereits sichtbare Ehemann eines Tages in der Filiale tatsächlich aufgetaucht und hatte die an der Kasse sitzende Mutter ganz beiläufig angesprochen, um sie in ein Tanzlokal einzuladen?

Im Rahmen einer filmischen Low-Budget-Produktion ließen sich diese inneren Konflikte und Ereignisse visuell vermutlich viel intensiver und eindringlicher gestalten, fand Albert Simon, und entschied sich außerdem dazu, dass der Film in Schwarz-Weiß gedreht werden sollte. Denn tatsächlich – mochte seine monochrome Erinnerung an Hamborn auch trügen: So sah er das Leben seiner Eltern von Kriegsbeginn an bis zu den ersten gemeinsamen Jahren in Duisburg-Walsum, und auch seine ersten eigenen Eindrücke von der Welt waren schwarz-weiß. Grau und ohne Farben. Wie die „Wochenschau"-Propaganda der Nazis, wie die ersten Fernsehsendungen der 1960er Jahre, wie die frühen Filme von Jim Jarmusch und Fotos von Henri Cartier-Bresson. Was, wie er wusste, ein reichlich obskurer Assoziations-Mix war, aber so war es nun einmal. Warum auch nicht?

Was den Schreibprozess auflockerte, waren die gelegentlichen Begegnungen mit Daria im Skaryszewski-Park, der im Wandel der Jahreszeiten zu ihrem geheimen Treffpunkt wurde und dabei unauffällig die Farben seines Kleides aus Wiesen, Büschen und Bäumen wechselte; wobei Albert Simon mithilfe von Mützen und Sonnenbrillen stets darauf achtete, nicht von irgendjemandem erkannt zu werden. Manchmal ließ er sich auch einen Bart wachsen. Das Trauma des vermeintlichen Enthüllungs-Online-Artikels ließ sich offenbar nicht so leicht überwinden. Zumal, wenn er gelegentlich von seiner Ehefrau via SMS an Rechnungen erinnert wurde, die anstehen würden, eigentlich schon lange überschritten seien und auf die er in manchen Fällen tatsächlich nicht gekommen wäre, weil für ihn das Netz der Wohnungs-Nebenkosten mindestens so undurchschaubar war wie das Autobahnnetz im Rheinland. Anscheinend war er doch verdammt dazu, der Träumer zu sein, der tricksen musste, um durchs Leben zu kommen. Um nicht komplett unterzugehen.

Am angenehmsten war es für Albert, wenn er Daria am Abend nach einem intensiven Schreibtag in ihrer geräumigen Wohnung in der Nähe des Antiquariats aufsuchen konnte, die sie zusammen mit ihrer Schwester von der Tante geerbt hatte. Dort sprachen Albert und Daria, die sich inzwischen duzten, bei würzigem Tee und Gebäck und Bachs „Kunst der Fuge" im Hintergrund über ihre Tagesarbeiten mit allen Höhen und Tiefen. Verrückte Buchwünsche von Kunden, ängstliche Promotionsfortsetzungsversuche. Zurückgelehnt an ihren dunkelbraunen Holzschrank aus der Zeit des Zweiten Weltkrieges schaute er auf die flackernden Kerzen, die Daria stets in großer Zahl auf einen ebenfalls antiquarisch erworbenen Holztisch stellte. Anders als in der Film- und Werbewelt, in der Albert mit Ausnahme seiner engsten Mitarbeiter niemandem so recht über den Weg traute und sich mit Informationen zu Projekten stets zurückhielt, verspürte er gegenüber Daria keinerlei Misstrauen. Er vertraute ihr, und er war dankbar, wenn sie ihm manchmal ein Wort oder ein Bild nannte, das aus ihrer Sicht für den weiteren

Verlauf des Films eine wichtige Bedeutung haben könnte. Im Laufe der Wochen zeigte sich, ihre Hinweise waren immer richtig. Darüber hinaus erzählte er ihr von seinem alchemistischen Welt- und Menschenbild, der geheimnisvollen Korrespondenz der Gegensätze, Innen und Außen, Männlich und Weiblich, Animus und Anima. So wurden sie auf eine ganz natürlich-organische Weise ein Liebespaar, und da sie sich so nah und vertraut waren, empfand Albert Simon, als beide zum ersten Mal miteinander schliefen, auch keinerlei Schuldgefühle. Mochte die Kirche es auch „Ehebruch" nennen, aus seiner Sicht hatten ihre Körper nur das getan, was zwischen ihren Seelen längst Wirklichkeit war: Einswerdung. Dies konnte unmöglich eine Sünde sein.

Nur manchmal, wenn Albert Simon wieder in die Eigentumswohnung in Żoliborz zurückkehrte, die seiner Frau und ihm gehörte, und dabei einen Gegenstand bemerkte, ein Schaf aus Plüsch oder einen Teddybär mit Herz, der mit der gemeinsamen Ehegeschichte und der ein oder anderen Krankheit, nicht nur der Krebs-Erkrankung, in Beziehung stand, fühlte er in sich einen Gefühlsstrudel der Schuld und traurigen Nostalgie aufsteigen. Warum hatte seine Frau in all den Jahren mit ihm nicht das künstlerische Interesse teilen können, wie es Daria als Muse und Geliebte tat, die einfach sie selbst war, und als solche genau zu ihm passte, während seine Frau außer dem gemeinsamen pragmatischen Denken und leicht sarkastischen Humor in einer anderen galaktischen Umlaufbahn unterwegs zu sein schien, was Albert Simon ihr aber nicht zum Vorwurf machen konnte und wollte. Es war so, weil es eben so war, weil niemand aus seiner Haut konnte und es auch nicht sollte. Dies musste Albert Simon nüchtern konstatieren – genauso wie die inspirierende Wirkung, welche Darias Gegenwart auf ihn hatte, sinnlich, intuitiv und intellektuell – in schöpferischer Ergänzung zu den allerdings immer noch schmerzenden Worten des Vaters, die ihm Tante Renate übermittelt hatte: „Warum hat dein Vater dann kurz vor seinem Tod, als er noch mal hier war, gesagt, dass du lieber etwas Vernünftiges hättest studieren sollen, anstatt als Regisseur von unbedeutenden Werbefilmen zu arbeiten? Zumal die frühen Kinofilme ja auch nicht gerade einen Brand der Begeisterung ausgelöst hätten?"

*

Anfang Dezember war es dann soweit. Ausgerechnet an dem Tag, als der polnische Ministerpräsident und Kaschube Donald Tusk zum Präsidenten des Europäischen Rates wurde und hoch und heilig versprach, sein Englisch aufzubessern („to polish my English"), gelang es Albert Simon, die Arbeit am *Transmutation*-Manuskript zu beenden. Zur Feier des Tages lud er seine neue Liebe, Daria, die Antiquariatsverkäuferin und gehemmte Doktorandin, in ein Restaurant in der Warschauer Altstadt ein, in dem man vorzügliche Teigtaschen essen konnte. Dazu bestellten sie einen ausgezeichneten heißen Tee mit allerlei Gewürzen und Früchten, von dem sich beide bei den winterlichen Temperaturen, die mittlerweile herrschten, eine schützende Wirkung gegen allerlei Viren versprachen, die im Umlauf sein sollten. „Auf dein Film-Projekt", sagte Daria und stieß mit ihm an.

„Auf mich und deine Doktorarbeit", sagte Albert Simon, worüber sie beide lachen mussten.

„Die Flüsse sind jetzt erstmal zugefroren", bemerkte Daria. „Aber ist es nicht unglaublich, dass du innerhalb von vier Monaten das Manuskript geschrieben hast?", fragte sie begeistert. „So schnell!" Ihre Augen leuchteten vor Freude und Bewunderung.

„Ja", sagte Albert Simon. „Das ist es: unglaublich. Irgendwie bin ich schneller vorangekommen als die Weltgeschichte. Abgesehen vielleicht von Donald Tusk."

„Wie meinst du das?" Daria schaute ihn fragend an.

„Na schau, der Tag, als ich mich definitiv entschieden habe, den Film zu drehen, war der Tag des MH-17-Flugzeugunglücks in der Ukraine. Der 17. Juli. Was ist seitdem geschehen – außer, dass Tusk einen gewaltigen Karrieresprung gemacht hat und nun Präsident des Europäischen Rates ist? Die Bergung der Wrackteile ist zwar abgeschlossen, aber noch immer hat man nicht alle Leichen geborgen. Die OSZE, die mit Putin und Poroschenko in Minsk einen Waffenstillstand etablieren wollte, kommt nicht richtig weiter, weil die Kämpfe nicht aufhören oder wichtiges Beweismaterial inzwischen zerstört oder beseitigt wurde. Und die Politiker im Westen, einschließlich des Weltsicherheitsrates, haben weiterhin keinen Plan, wie sie die zerstrittenen slawischen Brüderstaaten versöhnen können, weil sie sich nicht in die slawische Seele einfühlen können, und selbst wenn sie es könnten, bliebe das Problem, dass beide Seiten, besonders aber Russland, viel zu unberechenbar und gewalttätig sind, als dass man sie steuern könnte."

Daria nickte. „Vermutlich hast du Recht. Leider."

Albert Simon nahm einen Schluck Tee. „Ja, mir wäre es auch lieber, ich würde mich irren."

In diesem Moment klingelte Alberts Smartphone. Es war seine Frau Agata. Was denn nun, schon wieder eine Rechnung? Er spürte, dass sich sein Oberkörper verkrampfte und seine Hände leicht zu zittern begannen. Er meldete sich aber so locker wie möglich: „Hallo." Albert war erleichtert, als er hörte, dass die Stimme seiner Frau freundlich klang. Sie wolle ihn nicht lange stören, sagte sie höflich, es gebe allerdings eine Sache, die wichtig sei, weil sie den Eindruck habe, dass in den vergangenen Monaten „eher wenig Geld eingespielt" worden sei, wie sie sich ausdrückte, was natürlich eine elegante Umschreibung des Faktums war, dass überhaupt kein Geld hereingekommen war, weil Albert sich eben ganz auf das Schreiben des *Transmutation*-Film-Manuskripts konzentriert hatte. Jetzt aber gebe es, wie seine Frau sagte, eine Chance, vor Weihnachten „richtig gutes Geld" zu verdienen, was vielleicht ganz nützlich sei, wenn sie dies „als seine langjährige Managerin" so direkt sagen dürfe. „Schieß los'", sagte Albert, der schon beim Blick auf die – wenn auch nur leicht – gestiegenen Teigtaschen-Preise einen Moment der materiellen Sorge gespürt hatte, wie früher als bettelarmer Student, wenn er nachts wach geworden war und fürchtete, eines Tages doch im Stahlwerk arbeiten zu müssen vor lauter brotloser Kunst. „Ich bin ganz Ohr."

So erzählte ihm seine Frau von dem „Warschauer Regenbogen", einer LGBT-Kunstskulptur, die bekanntlich auf dem Plac Zbawiciela, dem Erlöserplatz, stehe und immer wieder das Ziel von schwulenfeindlichen Attacken durch Nationalisten und religiöse Fundamentalisten sei. Etwas davon war ihm aus den Medien bekannt. Sie habe erfahren, dass die Stadtverantwortlichen dringend einen Werbefilm für die Skulptur veröffentlichen wollten, in dem für Respekt und Toleranz im Umgang mit der Kunst, mit Menschen und ihren diversen sexuellen Orientierungen geworben werden solle. Die künstlerische Gestaltung sei dem Regisseur im Prinzip völlig freigestellt, sie müsse allerdings mit der Agenda kompatibel sein und schnell umgesetzt werden, weil man Angst vor erneuten „Wellen der Gewalt und Zerstörung" habe.

Albert Simon dachte nach. Eigentlich wollte er mit solchen Projekten, so würdig und recht und gutgemeint sie auch sein mochten, nichts mehr zu tun haben, um sich ganz der künstlerischen Arbeit widmen zu können, andererseits konnte er nicht leugnen, dass dieses Projekt neben dem finanziellen Anreiz auch weltanschaulich interessant war, weil er damit nach dem skandalösen Online-Artikel sicherlich wieder eine gute Presse bekommen würde – abgesehen vielleicht von irgendwelchen fanatischen, national-katholischen Nischenblättern, deren Berichterstattung ihm aber vollkommen egal war.

„Ich sage nicht Nein", antwortete er seiner Frau, die versprach, ihm die Projektausschreibung via E-Mail umgehend weiterzuleiten und – wenn möglich – an den entsprechenden Stellen ein gutes Wort für ihn einzulegen. Worauf

Albert Simon etwas sarkastisch bemerkte: „Du meinst für uns", denn natürlich profitierte sie auch von einer Zusage. Sie teilten immerhin noch das Konto zur Lebensführung.

Als er das Gespräch beendet hatte, bemerkte er in Darias Gesicht eine gewisse Traurigkeit.

„Deine Frau?"

„Ja."

Sie hatten es in den vergangenen Wochen und Monaten vermieden, über seine ungeklärte Ehesituation zu sprechen. Den Ehering hatte Albert Simon schon bald nach ihrem Kennenlernen dezent von seiner Hand entfernt. Doch je näher sie sich kamen, desto natürlicher schien es für beide, dass Albert Simon sich bald von seiner Frau trennen würde. Im Sinne von Scheidung. Daria hatte dies nicht offen von ihm gefordert, aber sie hatte ihn durch geschickte Fragen zu dem Punkt geführt, dass er selbst dieses Thema ins Spiel gebracht hatte, jedoch mit der Klausel, dass er erst seinen Film drehen müsse, weil er sonst den Kopf nicht wirklich frei habe für die Neuausrichtung seines Lebens. Daria hatte dies verständnisvoll akzeptiert. Zeugin eines Gesprächs von Albert Simon mit der Ehefrau zu sein, schienen bei ihr jedoch Gefühle der Eifersucht auszulösen, die sie nicht mochte, allerdings auch nicht ignorieren konnte. Genauso wenig wie er.

„Es tut mir leid", sagte er zerknirscht. Worauf Daria ihm behutsam die Hand reichte.

„Was hat deine Frau gesagt?"

„Sie hat ein interessantes Projekt im Angebot. Die *Regenbogen*-Skulptur auf dem Erlöserplatz soll mithilfe eines Werbespots vor diesen Betonköpfen verteidigt werden, die sie ständig zu zerstören versuchen."

Daria schaute ihn mit Augen an, deren Tiefe nicht zu errechnen war. Fand sie einen solchen Film gut oder schlecht? Fürchtete sie, dass er durch dieses Projekt wieder enger an seine Frau gebunden werden könnte? Albert konnte aus Darias Augenglanz nichts Genaues herausdeuten. „Es wäre gut wegen des Geldes", sagte er und verschwieg damit elegant die nach dem Online-Artikel anvisierte Image-Korrektur. „Auch wegen des Filmprojektes. Ich muss es mir überlegen." Daria drückte seine Hand.

*

„Wirklich eine tolle Aussicht." Albert Simon stand mit der Koordinatorin für städtische PR am Fenster einer höheren Etage des Kulturpalastes mitten im Warschauer Zentrum. Er war in all den Jahren nur selten in Stalins architektonischem Geschenk im Zuckerbäckerstil gewesen, als welches der Palast im polnischen Bewusstsein galt. Gemeinsam schauten sie hinab auf das hektische Treiben an der herrschaftlichen Ulica Marszałkowska, einer der wichtigsten Verkehrs- und Geschäftsstraßen der polnischen Hauptstadt, einer Art Nord-Süd-Achse ohne Erhöhung. Passanten mit ersten Weihnachtseinkäufen huschten an den mit riesigen Mode- und Parfüm-Postern bedeckten Kaufhäusern vorbei, die vor der Modernisierung lediglich die graue Tristesse des Kommunismus getragen hatten.

„Wir freuen uns sehr, dass wir Sie für das Projekt gewinnen konnten. Die Präsidentin Warschaus lässt sie auch schön grüßen. Sie ist persönlich sehr angetan von Ihrer Idee: Den Erlöserplatz mit der *Regenbogen*-Skulptur zunächst in der nächtlichen Dunkelheit zu filmen, um dann durch das zunehmende Tageslicht eine Form von Erwachen zu zeigen – ein Erkennen der vielen Farben des menschlichen Lebens. Blau, Orange, Gelb … Wie sind Sie eigentlich auf diese Idee gekommen?"

„Morgens beim Duschen", sagte Albert Simon. „Direkt nach dem Schlaf ist das Unbewusste sehr mächtig."

Die blonde Koordinatorin mit Perlenkette und Stöckelschuhe schaute ihn ehrfürchtig an, auch wenn es in Polen – anders als in Deutschland – eigentlich üblich war, abends zu duschen, um nicht schmutzig und verschwitzt ins Bett zu steigen. „Megacool."

So unterschrieb Albert Simon kurzerhand den Vertrag. Die in Aussicht gestellte Geldsumme für ihn und seine Filmcrew war unwiderstehlich. „An die Arbeit!"

*

In der Nacht vom 6. auf den 7. Dezember, es war Albert Simons Geburtstag, fuhr er zum Erlöserplatz. Mit dabei seine langjährige Kamerafrau Mariola Mazur aus Bydgoszcz, eine gutaussehende Walküre, die als Jugendliche bei einer Solidarność -Jugendgruppe aktiv gewesen war, und sein langjähriger Produktionsleiter Dominik de Boer, dem „Netzwerk-General", wie Albert Simon den dunkelhäutigen Mann aus Südafrika respektvoll-ironisch nannte aufgrund seiner zahlreichen Kontakte in die Film- und Medienwelt und wegen seiner universellen technischen Fähigkeiten. Sie parkten den Filmproduktionsbus, der Dominik de Boer gehörte, auf einem freien Platz innerhalb des Kreisverkehrs. Dann trugen sie das Equipment auf die grüne Verkehrsinsel inmitten des Erlöserplatzes, um es in der Dunkelheit in Nähe der bunt schimmernden *Regenbogen*-Skulptur zu platzieren. Normalerweise war in den in ansehnlichen Kolonnaden und Arkaden befindlichen Bistros und Bars rund um den Platz der Bär los, doch es war bereits spät und eine ungemütliche Winterwetterlage, so dass die jungen hippen Leute offenbar entschieden hatten, lieber zu Hause zu bleiben, um die kleinen Geschenke auszuprobieren, die ihnen der Nikolaus gebracht hatte.

Die Kirchenglocken schlugen. Wehmütig schaute Albert Simon über das Einbahnstraßenschild zwischen Yogazentrum und Erlöserkirche hinüber auf das Kino Luna, welches sich unweit des Platzes auf der hier allmählich auslaufenden Ulica Marszałkowska befand. Es war ein altes Programmkino im Stil des sozialistischen Realismus, wie der **ganze Bezirk**, in dem Albert vor der Erfindung von DVDs und Netflix viel Zeit verbracht hatte. Mit dem gelb-roten Bus von Saska Kępa über die Aleja Armii Ludowej kommend war er damals regelmäßig dicht hinter dem Botanischen Garten der Universität an einer Art Straßenbahn-Viadukt ausgestiegen, um die steilen Treppenstufen zur Ulica Marszałkowska hinaufzusteigen. Den kurzen, restlichen Weg zum Kino war er weiter zu Fuß gepilgert. Wenn sein *Transmutation*-Film dort die Premiere haben könnte, dachte Albert Simon sehnsüchtig – es wäre die Erfüllung eines Traums. Doch so viele Hürden waren noch zu nehmen. So viele Fragen zu klären. Immerhin, dessen war sich Albert Simon sicher, mit diesem LGBT-Werbespot war er auf dem richtigen Weg.

*

Eine moderne Straßenbahn mit der Aufschrift „Hybrydowy ekologiczny" fuhr dicht an ihnen vorbei. Am Erlöserplatz liefen nicht nur vier Straßen für den Autoverkehr zusammen, sondern auch zwei Schienenstränge. Die Straßenbahn, die gerade vorbeifuhr, war fast leer. Sicherlich eine der letzten Bahnen, dachte Albert, denn nachts fuhren sie hier nicht. Nur eine ältere Frau mit einem weißen Barrett war darin zu erkennen. Sie betete offenbar den Rosenkranz, wie Albert Simon an ihrer devoten Körperhaltung ablas. Doch ihm entging nicht, dass sie – wenn auch nur kurz – mit geradezu aggressivem Blick auf die *Regenbogen*-Skulptur blickte. Der Spot war wirklich sinnvoll, wie Albert fand, und er wunderte sich nicht zum ersten Mal, warum ausgerechnet die Angehörigen der Religion der Liebe so hasserfüllt sein konnten, wenn andere Menschen, die nicht ihren Glauben und ihre Gebote teilten, sich an einem anderen Wertesystem orientierten und dabei ihren sexuellen Gefühlen folgten.

Es war bereits nach Mitternacht. Albert Simon schüttelte sich vor Kälte und betastete die Blumen, die dem LGBT-„Regenbogen" sein imposantes Farbspektrum in Rot, Orange,

Gelb, Grün, Dunkelblau und Lila verliehen. Die Blumen waren aus Plastik. Kein Wunder, dass sie in der Vergangenheit so schnell durch mutwillige Zerstörer hatten entzündet werden können. Mariola Mazur leuchtete unterstützt von Dominik de Boer mit der gewohnten Souveränität die Szene aus. Eigentlich eine ziemlich bescheuerte Idee, das Erwachen des Regenbogens an einem kalten Dezembertag zu filmen, dachte Albert Simon für sich, aber gut; er hatte für das schnell verfasste Exposé sofort eine Zusage bekommen, das allein zählte. Der Vertrag garantierte ihm viel Geld, und für seine befreundeten Mitarbeiter fiel auch ein großes Stück vom städtischen Finanzkuchen ab. Außerdem war es wirklich ein optimales Timing, sich mit diesem Film positiv in die öffentliche Erinnerung zu rufen, nachdem er dieses Jahr – quasi seit Februar – völlig abgetaucht war. Pünktlich zu Weihnachten würde der *Regenbogen*-Spot in die Kinos kommen, hatte die Blondine von der städtischen PR-Abteilung gesagt, er würde auch im staatlichen Fernsehsender TVP laufen, der von der bürgerlichen Regierungspartei kontrolliert wurde, die auch medienpolitisch in Polen das Sagen hatte.

Albert Simon ging zu seinen Kollegen.

„Na, wie läuft's?"

„Easy", sagte Mariola Mazur. „Ich nehme bereits auf. Das Schwierigste wird sein, während der ganzen Zeit wach zu bleiben." Sie lachte.

Dominik de Boer blieb ernst und verantwortungsvoll wie immer. „Im Bus können sich zwei Personen hinlegen und schlafen. Am besten, wir führen ein Schichtsystem ein. Ruht euch aus, ich bleibe die nächsten zwei Stunden hier."

Mariola Mazur und Albert Simon stimmten Dominiks de Boers Vorschlag nicht sofort zu, doch allmählich überkam beide die Müdigkeit, während Dominik de Boer, zehn Jahre jünger als Albert Simon, einen sehr frischen, ausgeschlafenen Eindruck machte.

„Wirklich", sagte Dominik, um sein Angebot zu unterstreichen. „Es genügt, wenn eine Person die Nachtwache hält."

Sie willigten ein. „Dann bis später", verabschiedeten sich Mariola Mazur und Albert und legten sich im kühlen Bus mit allerlei Film-Equipment unter die ausliegenden Winterdecken.

„Tut mir leid, Mariola, dass ich dir immer nur so unromantische Locations anzubieten habe", entschuldigte sich Albert ironisch bei seiner langjährigen Mitarbeiterin, deren gut trainierte Schultern er nun spürte.

„Man gewöhnt sich bei dir daran und härtet ab", frotzelte sie zurück. Dabei sah er die kleine Lücke in ihren oberen Vorderzähnen aufblitzen, die ihn schon immer an das Gebiss der Popsängerin Madonna erinnert hatte. Es war ein verruchtes Detail an ihr, das ihm gefiel.

Was hatten sie beide, Mariola und er, in den vergangenen Jahren nicht alles zusammen produziert und trotz technischer Widrigkeiten durchgestanden: Einen Werbefilm für Moskitonetze am Amazonas, einen Marketingfilm für Bohrinseln im Kaspischen Meer, einen Image-Film für eine europäische Hotelkette in Asien; im Zuge der EU-Osterweiterung im Jahr 2004 hatten dann auch die Aufträge in Europa einen neuen Drive erhalten, gefährliche Trips in östliche Naturreservate und vom Einsturz bedrohte Siedlungen, zum Beispiel in Rumänien, gehörten zum Auftragsprogramm im Sinne der EU-Integration. „Vielleicht kommt bald noch ein viel aufregenderes Projekt dazu", sagte Albert, während er aus dem Busfenster blickte, um einen prüfenden Blick auf den Erlöserplatz zu werfen, wo aber nichts Außergewöhnliches zu sehen war. Dominik de Boer rauchte eine Zigarette und schaute auf sein Smartphone; ein paar Tauben hatten auf der *Regenbogen*-Skulptur Platz genommen, um eine nächtliche Ruhepause einzulegen. Leichter Nebel breitete sich aus.

„Für welchen Auftraggeber soll es sein?", fragte Mariola Mazur. „Wer ist der Produzent?"

Albert Simon drehte sich zu ihr um: „Ich bin es."

„Für dich allein?"

„Ja", sagte Albert Simon mit seinem schelmisch-schüchternen Lächeln. „Ich habe ein Drehbuch für einen Spielfilm geschrieben. Ich werde es euch zeigen. Eine Art filmisches Kammerspiel, einige Szenen kann ich mir gut in Schlesien vorstellen. Wir brauchen unbedingt ein Stahlwerk. Oder zumindest Reste davon. Aber auch am Meer muss gedreht werden."

„Das klingt interessant", sagte Mariola Mazur. Die kleine Lücke in ihrer oberen Zahnreihe blitzte erneut auf.

Trotz dieses mondänen Details war Albert Simon dankbar, dass Mariola Mazur ihm in all den Jahren nie zu persönliche Fragen gestellt hatte, wie es zum Beispiel die Dame in Köln getan hatte, auch jetzt wollte sie nicht wissen, warum ein Stahlwerk so wichtig oder ob dies ein autobiographisch gefärbtes Projekt sei. Mariola Mazur war ein Profi mit bewährtem Charakter. Auch über ihr Leben hatte sie nie viel gesprochen. Es hieß, ihr Mann, ein Finne, sei Alkoholiker, und sie würde inzwischen mit einer Frau zusammenleben, doch auch darüber hatten sie nie gesprochen. Sie horchten einander nicht aus, das Private war tabu. Nur die Arbeit zählte.

„Weißt Du schon, welche Schauspieler du nimmst?", fragte Mariola Mazur.

„Darüber werde ich noch mit Dominik sprechen", sagte Albert und lehnte sich entspannt auf seiner Schlafunterlage zurück. Das Netzwerk des Südafrikaners, der, wie es hieß, wegen seiner unerwiderten Liebe zu einer Polin in das Land emigriert war, galt als sehr zuverlässig.

„Du kannst mit ihm sprechen, wenn ich ihn in zwei Stunden ablöse", sagte Mariola Mazur.

„Eine kleine Besetzung genügt meines Erachtens, auch bei

Regieassistenz und Aufnahmeleitung. Die Kameraarbeit wird nicht aufwendig sein. Schwarz-weiß, low budget. Ein europäischer Kunstfilm im Stil von Jim Jarmusch schwebt mir vor."

Mariola Mazur schüttelte belustigt den Kopf. Dass ein Amerikaner zum Symbol des europäischen Autorenkinos geworden war, entbehrte nicht einer gewissen Komik. Sanft berührte sie seinen Arm. „Casting-Gespräche im nächtlichen Winterbus. Typisch Albert Simon. Immer bei der Arbeit, immer unter Strom. Doch warum nicht? Ich hätte mal wieder Lust auf ein künstlerisches Projekt. Herzlichen Glückwunsch übrigens."

Albert Simon freute sich, dass Mariola seine Arbeitsethik bemerkt und trotz aller privaten Distanz sogar seinen Geburtstag nicht vergessen hatte. Daria, fiel ihm ein, wusste es nicht – woher auch, er hatte es ihr nicht gesagt. Ob seine Frau, die natürlich auch sein Geburtsdatum kannte, sich im Laufe des nun angebrochenen Tages noch melden würde, das würden die kommenden Stunden zeigen. Je unkomplizierter der Tag verlief, desto besser.

„Danke, Mariola. Gute Nacht."

„Dobranoc."

*

Irgendwie bin ich wirklich ein Kind des Ruhrgebietes, sagte sich Albert Simon, während er sich die Schlafdecke etwas höher ans Kinn zog und den Lärm eines vorbeifahrenden Wagens hörte, aus dem aggressive Heavy Metal-Musik erklang. Er musste an den Thyssenkrupp-Pförtner mit dem Anti-Atomkraft-T-Shirt denken, der aus der gleichen Stadt wie Mariola kam und dessen Leben völlig anders verlaufen war als das ihre, sicher auch deshalb, weil er zu einer anderen Zeit in einer anderen Familie und vielleicht auch mit einem anderen Geschlecht als sie auf die Welt gekommen war. War er als Pförtner glücklich? War dies sein Schicksal, eine Strafe oder hatte es ihn einfach nicht interessiert, Karriere zu machen? Aber was bedeutete es schon, Karriere zu machen? Man lebte ein paar Jahrzehnte, dann starb man. Egal, ob man als Pförtner oder gefeierter Filmstar gearbeitet hatte. Den Ruhm und die Popularität, welche manche mit höchster Anstrengung zu ergattern versuchten und nur wenige vorübergehend oder anhaltend erwarben, konnte keiner dieser Auserwählten mitnehmen. Trotz allem. Fellini, Pasolini, Truffaut – alle tot. Nur ihre Filme lebten weiter, die von ihnen geschaffenen Bilder und Dialoge lebten weiter in der Erinnerung derjenigen, die aber auch langsam ausstarben. Alles war relativ, alles vergänglich.

Mit diesen düsteren Gedanken schlief Albert Simon ein. So tief, dass er den Stabwechsel zwischen Dominik de Boer und Mariola Mazur, der zwei Stunden später erfolgte, nicht mitbekam und auch nicht, wie der Nebel sich allmählich auflöste, so dass die *Regenbogen*-Skulptur, die von einer polnischen Künstlerin namens Julita Wójcik angefertigt worden war, bald in völliger Klarheit unter dem ebenso klaren Nachthimmel stand. Doch dann passierte es.

*

„Aufstehen, aufstehen", schrie Mariola Mazur und trommelte wild gegen die Türen des Produktions-Busses. Albert Simon hatte, als er wach wurde, für einige Sekunden nicht die geringste Ahnung, was zum Teufel er in diesem Bus machte, warum er neben Dominik de Boer lag und worum es überhaupt ging. Er hatte von Daria, Monika und seiner Ehefrau geträumt, von irgendwelchen Untergrundflüssen, durch die sie zu viert waten musste, als würde es sich um eine *Kanal*-Neuverfilmung von Andrzej Wajda handeln. Vor wem waren sie auf der Flucht? Vor den Deutschen, vor den Russen, vor sich selbst? Erst allmählich begriff Albert Simon, worum es in der Realität ging. Was die Realität war. Das Hier und Jetzt.

„Seht doch nur", schrie Mariola Mazur nun mit aller Kraft, die ihr stimmlich zu Verfügung stand. Sie zeigte mit ausgestrecktem Arm auf das bogenförmige *Regenbogen*-Gerüst, das in Flammen stand, riesige Rauchschwaden stiegen in den Warschauer Nachthimmel auf. Es war ein dramatischer Anblick. So gewaltig war das Feuer, als wäre auf dem Erlöserplatz eine Bombe eingeschlagen.

Dominik de Boer, der wie Albert Simon aus dem Tiefschlaf geweckt worden war, rieb sich die Augen, als würde er unter einer Halluzination leiden. Albert Simon dagegen berappelte sich beim Anblick der brennenden *Regenbogen*-Skulptur. Er sprang auf: „Wir müssen das Equipment wegräumen. Nicht, dass es durch die Hitze der Flammen zerstört wird!"

Hastig rannte er zu der grünen Insel inmitten des Platzes, um die Standkamera, die weiterhin auf „Aufnahme" stand, zu schützen. Die beiden anderen folgten ihm. Es blieb ihnen keine andere Wahl: Sie mussten die Standkamera so schnell wie möglich demontieren. Doch das war nicht so einfach. Die Hitze, die das Feuer ausströmte, war enorm, fast handgreiflich spürbar wie die Feuerglut im Duisburger Stahlwerk, fand Albert. Dabei wusste er, dass das Feuer in Warschau eine völlig andere Qualität hatte. Mochte es auch den Zusammenstoß konträrer Stoffe dokumentieren, wie das Feuer im Stahlwerk. Die hier involvierten Substanzen ließen sich aber nicht zu einer harmonischen Synthese verbinden. Sie schlossen sich gegenseitig aus, sie eliminierten einander.

In diesem Moment hörten Albert Simon, Mariola Mazur und Dominik de Boer die Signale der herankommenden Feuerwehr und Polizei aufheulen. Innerhalb weniger Minuten, die den dreien wie chaotisch zusammengeschnittene Filmschnipsel vorkamen, war der Platz belagert von Einsatzkräften, die versuchten, mit Wasserstrahlen das Feuer zu löschen und gleichzeitig die Straßen rund um den Platz sorgfältig abzuriegeln. An den Fenstern der umliegenden bogenförmigen Häuser, die zum Teil aus der Vorkriegszeit stammten und Albert Simon wegen ihrer klassizistisch-sozialistischen Bauweise stets gefallen hatten, ragten mit einem Mal ein Meer von Köpfen hervor, als würden die Feuerwehrleute und die Polizisten sowie Albert Simon und seine Produktionsgefährten sich inmitten der grünen Verkehrsinsel auf einer Opernbühne befinden, deren Spiel und dramatischen Gesang man von den hohen Rängen aus mit Ergriffenheit verfolgen konnte. Vereinzelt wurden blitzende Smartphones hochgehalten, um die unerwartete Nachtaufführung zu fotografieren und zu filmen. „Oh lodernd Feuer! Oh göttliche Macht!" hörte Albert Simon die Stimme Peter Ustinovs aus der berühmten Verfilmung des *Quo vadis*-Romans von Henryk Sienkiewicz erklingen. Was war hier Traum, was war Wirklichkeit? Die Vertreter der Staatsgewalt ließen keine Zweifel aufkommen. „Ist das Ihre Standkamera", schnauzte ein kugelrunder Polizist in dunkelblauer Einsatzkleidung, der plötzlich auftauchte, die drei an. Sie nickten. Es war nach der Deinstallation keine Zeit mehr gewesen, das Film-Equipment komplett in den Produktionsbus zu tragen. „Wird beschlagnahmt", rief der Polizist streng. Sofort ergriffen vier seiner Kollegen die Kamerateile. „Wir nehmen dann auch Ihre Personendaten auf", schnauzte der Polizist sie an. „Ausweise, Papiere, Drehgenehmigung. Zack-Zack! Her damit!"

Das ist ja schon fast der gleiche Sound wie in Deutschland, dachte Albert Simon, während der Polizist mit gründlichem Blick ihre Papiere überprüfte. Erst als der Polizist ein offizielles Schreiben der Stadt Warschau mit der Drehgenehmigung entdeckte, wurde er versöhnlicher. „Haben Sie etwas Verdächtiges bemerkt?", fragte er die drei mit verschwörerischer Miene.

Mariola Mazur, unter deren Wache das Feuer ausgebrochen war, verneinte stellvertretend für Albert Simon und Dominik de Boer. „Nein. Nichts. Gar nichts. Plötzlich waren die Flammen da. Einfach so. Ich kann es mir nicht erklären. Hätte ich doch nur besser aufgepasst."

Nie zuvor hatte Albert Simon seine einsatzerprobte Mitarbeiterin aus Bydgoszcz in solch aufgewühlter Stimmung erlebt. Derart echauffiert.

Der Polizist nickte. Darauf sagte er in ganz ruhigem, verständnisvollem Tonfall: „Vielleicht können wir auf Ihren Aufnahmen jemanden erkennen. Den Brandstifter. Die Blumen sind ja wohl nicht von allein in Flammen aufgegangen. Wir werden das Material sehr genau prüfen. Haben Sie dafür bitte Verständnis. Die vorläufige Beschlagnahmung geschieht in öffentlichem Interesse. Wir melden uns bei Ihnen."

Er ließ die drei allein, und sie schauten gebannt auf die Feuerwehrleute, die die Flammen dank der monströsen Leitern und einer Kohorte von Löschfahrzeugen unter Kontrolle bekamen. Ein „Brand der Begeisterung", den sein Vater ihm bei den ersten Filmen als Wirkung abgesprochen hatte, war dies zwar immer noch nicht, dachte Albert sarkastisch, aber schon ein starkes Zeichen. Der heroische Einsatz der Leute von Polizei und Feuerwehr war real, echt, authentisch. Ohne die Aura falschen, künstlichen Ruhms. So vollendete er also sein 44. Lebensjahr.

*

Dominik de Boer, der etwas Zeit gebraucht hatte, um sich in der Gefahrensituation zurechtzufinden, bewies nun, je wacher er wurde, dass er wie schon so oft in der Vergangenheit ein gutes Gespür für günstige Gelegenheiten hatte. Niemand hatte sie angewiesen, von der Grünfläche zu verschwinden, bemerkte er gegenüber Albert Simon und Mariola Mazur, ergo hatten sie einen außergewöhnlichen Standortvorteil gegenüber den zahlreichen Amateurfilmern an den Fenstern und Balkonen. Sie waren näher dran am Geschehen, warum nicht davon profitieren? Dominik de Boer zog sein Smartphone hervor und filmte den Einsatz der Feuerwehrleute, die allmähliche Verwandlung des Farbspektrums der künstlichen Blumen in homogenes Schwarz, ihre Auflösung ins Nichts. „Kurzfristige Exposé-Änderung", sagte er und feixte: „Falls wir von der Polizei kein Material zurückerhalten!"

Albert verstand de Boer sofort und brachte das neue Konzept spielerisch auf den Punkt: „So würde die Welt ohne Toleranz und Freiheit aussehen. Wollen wir das? Der Werbespot als mahnendes Dokument der Zerstörung."

*

Als die ersten, völlig übermüdet wirkenden Journalisten mit Kameras und Mikrophonen die Absperrungen durchschritten, war das Feuer längst gelöscht. Es war ein trauriger Anblick, der sich ihnen bot: Die einst so lebensfrohe *Regenbogen*-Skulptur stand wie ein schwarzes Dinosaurier-Skelett in der Dunkelheit, umgeben von Asche. Nun folgte die Farce: Die Kamerateams mit Reportern der verschiedenen Sender versuchten sich in Nähe der abgebrannten Skulptur in Szene zu setzen. Ein gedrängtes mediales Konkurrenzgebaren entrollte sich vor ihnen, das Albert ebenso unwürdig wie stimmig erschien. So war die menschliche Natur, besonders die journalistische. Er schaute auf seine Armbanduhr. Es war schon fast sieben. Die ersten Gläubigen, die verwundert, aber nicht gerade unglücklich zur Grüninsel herüberschauten, strömten zur Erlöserkirche.

„Verschwenden wir keine Zeit. Sicherlich gehen die Filmchen, welche die Anwohner gedreht haben, längst viral. Dominik, wir sollten so schnell wie möglich deine Aufnahmen mit Musik und Text versehen."

Sie liefen zum Filmproduktionsbus und schnitten die mit dem Smartphone aufgenommenen Filmbilder zu einem kurzen, aber berührenden Spot zusammen. Albert verfasste dazu einen kurzen Sprechertext. Da er durch das Schreiben des Drehbuchs in Übung war, fand er zügig die richtigen Worte, die Mariola Mazur in Ermangelung einer

Sprecherin aufsagte. Sie machte das überraschend gut, wie beide Männer fanden. Ihre rauchige Stimme hatte ein Timbre erotischer Sachlichkeit. „Ein neuentdecktes Talent", bemerkte Albert anerkennend, worauf Mariola Mazur dankbar sein Knie berührte. Schon bald konnten die drei das Ergebnis betrachten und klatschten erleichtert in die Hände: „Meisterstück!" Auch wenn dies nur ein improvisierter Spot war, er war optimal improvisiert, indem er zeitnah auf den erneuten Brandanschlag reagierte, denn um einen solchen musste es sich doch handeln.

Nun stand allerdings die Frage im Raum, ob die städtische PR-Abteilung wirklich auf diesen Spot, der nichts mehr mit dem eingereichten Konzept zu tun hatte, zurückgreifen wollte. Doch was wäre die Alternative gewesen? Warten, bis die *Regenbogen*-Skulptur renoviert war? Das Anliegen der Präsidentin der Stadt kam in dem neuen Spot viel glaubwürdiger rüber. Albert sendete das Filmchen via WeTransfer an die Koordinatorin, die heute am Sonntag zwar sicherlich nicht in ihren E-Mail-Account gucken würde; aufgrund der Nachrichten zur abgebrannten *Regenbogen*-Skulptur war es aber möglich, dass sie vielleicht doch früher als gewöhnlich ihre E-Mails überprüfen würde. Zumal sie wusste, dass heute auch der Dreh des Spots anstand.

*

Es war nun hell. Albert Simon, Mariola Mazur und Dominik de Boer beschlossen, zu einem Café in der Nähe zu fahren, um nach diesem ebenso anstrengenden wie überraschenden Nachtverlauf ordentlich zu frühstücken. Als sie im Café Platz nahmen, sahen sie auf dem riesigen TV-Monitor neben der Bar, dass es in den Morgennachrichten nur ein Thema gab: Den brennenden Regenbogen auf dem Erlöserplatz; als würde Gott – quasi in Ergänzung zur Dornbusch-Szene im Alten Testament – durch dieses Ereignis zur ganzen polnischen Gesellschaft sprechen. Zornig, strafend. Einer der ziemlich unausgeschlafen wirkenden Journalisten, die sie vor Ort gesehen hatten, fasste für einen Privatsender die Lage und die Stimmung zusammen: „Wann wird Polen endlich in Europa ankommen und das Mittelalter hinter sich lassen?" Während er mit pathetischer Stimme sprach, wurde er plötzlich von dem kleinen, kugelrunden Polizisten, der das Filmmaterial von Albert Simons Crew beschlagnahmt hatte, gebeten, ein paar Schritte zur Seite zu gehen, weil er offensichtlich die von der Polizei eingesetzte Absperrung überschritten hatte. Über diese Ermahnung irritiert, fiel dem Journalisten der Regie-Stecker aus dem Ohr, worüber nicht nur Albert Simon, Mariola Mazur und Dominik de Boer schmunzeln mussten, sondern auch andere Gäste, die sich wie sie zu früher Stunde im Café eingefunden hatten.

*

Albert nahm einen Schluck aus seiner Kaffeetasse und lehnte sich entspannt zurück. Die drei waren zufrieden. Sie hatten deutlich bessere Bilder verwendet als das, was nun zu sehen war: Verwackelte Aufnahmen aus der Höhe, die einige der Anwohner via Twitter ins Netz gestellt hatten. „Ziemlich unscharf", wie Dominik de Boer mit dem gnadenlosen Auge des Perfektionisten anmerkte. Doch mit seiner Einschätzung hatte er vollkommen Recht. Dann folgten Interviews mit Anwohnern, die nichts Konkretes wussten über die Brandursachen, aber alles Mögliche und Unmögliche spekulierten („Adventskerzen", „Zigaretten", „Feuerwerkskörper"). Sie erinnerten Albert Simon an die Menschen am Niederrhein, die es auch nicht eingestehen konnten, etwas nicht zu wissen. Schließlich wurde ein Statement des Pressesprechers der Feuerwehr live ausgestrahlt, der jedoch auch noch nichts Genaues sagen konnte, weil es dafür, wie er betonte, noch zu früh sei. Viel zu früh.

Nach einer kurzen Wetterprognose bat schließlich die Polizei die TV-Zuschauer um Mithilfe: Aufnahmen eines „zufällig am Einsatzort arbeitenden Kamera-Teams" wurden gezeigt. Albert Simon, Mariola Mazur und Dominik de Boer, die sich bereits an den Verzehr des Frühstücks mit Rührei gemacht hatten (Albert liebte Rührei ohne Schinken, „jajecznica"), unterbrachen das Essen und folgten mit fast angehaltenem Atem der Ausstrahlung. Ihre Aufnahmen von der *Regenbogen*-Skulptur in der Dunkelheit während der Schicht von Mariola Mazur waren zu sehen. Der Erlöserplatz war dunkel, doch der „Regenbogen" samt farbigen Blumen noch intakt. Plötzlich tauchte eine dunkle Gestalt auf, die verstohlen neben dem Regenbogen stehend begann, mit einem Feuerzeug, wie es aussah, das Monument zum Brennen zu bringen. Kleine Flämmchen verbanden sich zu einem immer größer werdenden Feuerherd. Für einen Moment war nun das Gesicht der Person zu sehen, bei der es sich zweifellos um einen Mann handelte, der nicht sehr groß war. An dieser Stelle fror der von der Polizei bearbeitete Film ein, das Gesicht wurde immer weiter vergrößert, bis es zwar nicht ganz scharf, aber doch mit einigen markanten Zügen zu erkennen war. Graue Haare, Seitenscheitel, säuerliche Miene.

Es war ein hündisch wirkendes Gesicht, dachte Albert Simon bei sich, und als er sich dieser Metapher bewusst wurde, war ihm klar, dass er den Mann kannte. Der Brandstifter. Albert konnte das Gesicht einer Person zuordnen, ohne den geringsten Zweifel. Ob seine Frau, die damals vor der Hochzeit auch hatte beichten müssen, weil dies eben zu einer kirchlichen Hochzeit gehörte und eine kirchliche Hochzeit auch bei einer Familie mit Parteivergangenheit in Polen nichts Ungewöhnliches war, wie Albert damals gelernt hatte, ob seine Frau sich ebenfalls an den Mann, genauer gesagt, an den Priester und Beichtvater erinnern würde? Ihr visuelles Gedächtnis war in der Regel nicht so gut wie seines; es funktionierte besser bei Zahlen und Fremdwörtern, wie er früh festgestellt hatte, aber vielleicht hatte sich dieses Gesicht ihr dennoch eingeprägt. Bei allem, was rund um ein solches

Ereignis wie eine Hochzeit stattfindet, ist man schließlich sensibler und merkfähiger als in ganz gewöhnlichen Zeiten.

„So ein Schwein!", schimpfte Mariola Mazur, als sie die vergrößerte Aufnahme des Täters sah. „Hoffentlich finden sie ihn. Sehr bald!"

Auch Dominik de Boer war verständlicherweise empört, als er das vergrößerte Bild sah, das auf Grundlage ihres Films als Fahndungsfoto diente. „Sofort kastrieren, diese homophobe Sau, wenn sie ihn haben", forderte er.

So derb hatte ihn Albert Simon in all den Jahren, die sie zusammenarbeiteten, nie sprechen gehört. Der deutsche Regisseur mit den kaschubischen Wurzeln hingegen schwieg. Er überlegte: Es wäre sicherlich relativ leicht, über die Hochzeitsdokumente den Namen des Beicht-Priesters, den er längst vergessen hatte, ausfindig zu machen und diesen dann der Polizei mitzuteilen. Aber wollte er das? Wollte er ihn wirklich verraten? So bösartig dieser Mensch auch war? Er besaß gegenüber dem Priester, der ihn aufgrund seiner Nationalität moralisch verurteilt hatte und ihm wohl nur aus Angst vor seinem Vorgesetzten eine Beicht-Bescheinigung ausgestellt hatte, keinerlei Sympathien, überhaupt nicht. Aber ihn zu verraten, ihn den Behörden auszuliefern, kam Albert Simon wie eine Form von Verpetzen vor. Trotz der Intoleranz des Mannes, seiner Homophobie und seines kriminellen Vorgehens gegen die öffentliche Ordnung.

Warum diese Scheu? Albert Simon grübelte, während er sich wieder über das Frühstück hermachte. Die beiden Crewmitglieder, Mariola Mazur und Dominik de Boer, blickten weiterhin mit einer Mischung aus Andacht und Zorn auf den TV-Monitor. Albert Simon fand, dass sie – er und seine Filmcrew – mit dem aus dem Film-Material generierten Fahndungsfoto bereits genug in die Realität eingegriffen hatten. Er wollte nicht noch mehr involviert sein.

*

Alberts Smartphone klingelte. Die Nummer, die das Display anzeigte, kannte er nicht, doch er nahm das Gespräch an. „Słucham?" Es war die Dame von der städtischen PR-Abteilung, die blonde Koordinatorin. „Verzeihen Sie den frühen Anruf am Sonntag, Pan Albert", flötete sie. „Ich fand Ihre Nummer in den Bewerbungsunterlagen. Ich soll Sie und Ihr Kamerateam von der Präsidentin herzlich grüßen. Wir haben Ihren Ersatzspot, wenn ich so sagen darf, erhalten, und finden ihn großartig! Er wird, wie ich vom Medienreferat höre, ab sofort im Fernsehen, im Kino und in allen öffentlichen Verkehrsmitteln der Stadt laufen. Umgehend! Außerdem dankt die Präsidentin Ihnen, dass Sie mit Ihrer Produktion die Arbeit der Polizeikräfte so tatkräftig unterstützen. Sie werden dafür eine zusätzliche Prämie erhalten. Bleiben wir in Kontakt."

Albert Simon war zunächst sprachlos, als er diese Worte hörte, dann bedankte er sich höflich und im Namen des ganzen Teams bei der morgendlichen Anruferin. Gab es auch in Deutschland Behörden, die so früh und engagiert im Einsatz waren? Zweifel waren durchaus angebracht, fand er. Albert Simon berichtete seinen beiden Mitstreitern von den guten Nachrichten und bestellte, auch weil heute sein Geburtstag war, drei Gläser Sekt. Auf diesen Erfolg, so traurig der Anlass auch war, mussten sie anstoßen. „Auf die Farben des Regenbogens!"

Als sie die Sektgläser geleert hatten, erzählte Albert Simon den Kollegen von seinem geplanten Spielfilm-Projekt, das eine „thematische Herausforderung" sei, wie er sich ausdrückte. „Aber wichtig – für mich persönlich. Es geht um eine Flucht aus Gdynia am Ende des Zweiten Weltkriegs und um eine Liebe im Schatten eines Stahlwerkes."
Dominik de Boer wirkte nicht abgeneigt. „Vielleicht kön-

nen wir junge Schauspielstudenten anheuern. Das macht es viel billiger."

„Schon wieder eine gute Idee", sagte Albert Simon schalkhaft zu seiner filmischen Allzweckwaffe. Dann wurde er wieder ernst. Erfolge ausgiebig zu genießen, lag nicht in seinem Naturell. Er konnte ohne zu spielen freundlich, sogar charmant sein, aber nie über einen längeren Zeitraum. Etwas trieb ihn ständig an: weitermachen, weiterarbeiten, fokussiert sein; eine „innere Unruhe" war in ihm, die schon einer frühen Schulfreundin in Duisburg aufgefallen war.

„Wenn ich doch nur schon wüsste, wo man den Film, für den mir kein großes Budget zur Verfügung steht, drehen könnte", seufzte Albert Simon in einem Anflug von prätentiösem Selbstmitleid, das gelegentlich auch typisch für ihn war.

„Gdynia ist Gdynia", sagte Dominik de Boer. „Das bekannteste Stahlwerk in Polen dürfte Huta Katowice in der Nähe von Kattowitz sein. Dąbrowa Górnicza, glaube ich, heißt die Stadt, in der es steht." Dominik de Baer sagte mit lässigem Stolz diese Sätze, die er nun anhand einer schnellen Google-Suche bestätigt sah. Der heutige Erfolg, der letztlich auf seinem spontanen Dreh beruhte, hatte sein ohnehin schon starkes Selbstvertrauen nicht gerade geschwächt, und mit der Idee, Schauspielstudenten zu engagieren, hatte er an den Erfolg direkt anknüpfen können.

„Gut", sagte Albert und übernahm die Gesamtrechnung. „Es ist mein Geburtstag!"

Er verabschiedete sich dankbar von den beiden. „Ich fahre mit der Straßenbahn zurück, um mich nochmal hinzulegen. Schönen Sonntag! Ich schicke Euch heute noch das Filmmanuskript. Je eher wir beginnen, desto besser."

„Schönen Geburtstags-Sonntag", riefen ihm die Kollegen hinterher, deren Gesichter aber bereits wieder dem Monitor zugewandt waren, um weiter der laufenden Berichterstattung zu folgen. Gut möglich, dass der Spot bald zu sehen sein würde. Der Filmausschnitt, die Frucht einer entbehrungsreichen Nacht, hatte beide elektrisiert.

*

War sie es? Oder war sie es nicht? Albert Simon schaute auf das lange blonde Haar der Frau, die einige Sitzbänke vor ihm in der Straßenbahn saß. Ihr Haar reichte weit über die Rückenlehne des Sitzes. Nun wurde sie von dem jungen Mann, der neben ihr saß, leidenschaftlich geküsst. Wenn sie es war, war der Mann deutlich jünger als sie, denn Patrycja Dudek, eine der bekanntesten polnischen Jazzsängerinnen der Gegenwart, seine Nachbarin und Beinahe-Affäre, war in Albert Simons Alter. Genau zehn Tage nach ihm, wie er dank Wikipedia wusste, hatte sie Geburtstag.

Er schaute aus dem Straßenbahnfenster hinunter auf den nach der Stadt Danzig benannten Zugbahnhof im Stadtteil Muranów, der tiefer lag als das Straßenbahnnetz an der Grenze zu Żoliborz. Einige Möwen hatten sich von der Weichsel kommend hierhin verirrt. Oder gab es in dieser tristen Gegend am Rande des Terrains, wo früher das jüdische Ghetto gewesen war und wo man sich 1968 der jüdischen Bewohner erneut entledigt hatte, diesmal von Seiten der Kommunisten, irgendeinen Reiz, den er übersehen hatte? Die modernen Bürogebäude, in denen sich aseptisch wirkende Schönheitspraxen befanden, die mit dem Hinweis „gabinet medyczno-estetyczny" versehen waren, konnten es nicht sein. Dass die Praxisbesitzer sich ausgerechnet hier angesiedelt hatten, war Albert stets aufgestoßen. Makaber. Er erinnerte sich an Warschauer Filmaufnahmen aus den Vierzigerjahren, die Goebbels zur „späteren Erziehung unseres Volkes" einzusetzen gedachte. Während seiner Arbeit beim Fernsehen hatte er sie sichten müssen. Immer ging es, wie Slavoj Žižek sagen würde, um das ideologische Ideal eines neuen, vermeintlich perfekten Menschen. Albert schaute wieder auf die langen blonden Haare einige Sitzreihen vor ihm. Er spürte in sich ein merkwürdiges Gefühl der Eifersucht aufsteigen, das er sich rational nicht erklären konnte. Er hatte doch Daria, die sinnlich, geheimnisvoll und poetisch war, warum spürte er nun Neid auf den jungen Mann, der sich inzwischen wie eine Raubkatze an die Sängerin schmiegte? Weil er ihr, die in seinem Alter war, nicht die Erquickung an einem Jungbrunnen gönnte? Aber er hatte doch auch einen adäquaten Jungbrunnen gefunden. Daria.

In diesem Moment sah Albert Simon, dass in den kleinen Monitoren, die dicht unter der Decke der Straßenbahn installiert waren, die Smartphone-Aufnahme vom Brand der *Regenbogen*-Skulptur zu sehen war, die Dominik de Boer geistesgegenwärtig gedreht hatte. Ihr LGBT-Spot lief, und Albert fand, dass er auch hier mit einem deutlich kleineren Bildschirm funktionierte, vermutlich, weil die Bilder so direkt waren. Geradezu dokumentarisch wirkten sie. Diese Direktheit oder Authentizität wollte er auch bei seinem Filmprojekt unbedingt erzielen. Dass die Aufnahme hier und da leicht wackelte, wie bei Lars von Triers frühen Dogma-Filmen, störte überhaupt nicht. Auch Mariola Mazurs Stimme hatte, wenn man sie hier, also außerhalb des Produktionsbusses hörte, eine ungeheuer starke Wirkung – man spürte ihren Zorn, ihre Wut und ihre Betroffenheit, gemixt mit unterschwelliger Erotik. Auch sein Text passte. Nicht zu viele, nicht zu wenig Worte. Im Minimalismus lag das Geheimnis. Keep it simple. Schade nur, dass Patrycja Dudek, die hoch zum Monitor blickte, um mit ihrem jungen Lover den Spot zu verfolgen, nicht wusste, dass er, Albert Simon, für den Spot verantwortlich war. Das musste in den Medien unbedingt noch lanciert werden.

Die Straßenbahn erreichte die Haltestelle am Plac Wilsona. Albert Simon vermied es, durch die gleiche Tür wie Patrycja Dudek auszusteigen. Wahrscheinlich hätte sie ihn gar nicht bemerkt, so fasziniert schien sie von dem Jüngelchen zu sein, mit dem sie nun Arm in Arm durch die Straße zu ihrem Haus ging. Ohne Angst vor Paparazzi. Während Albert Simon mit bitterer Miene bewusst langsamer ging, um nicht den Eindruck zu erwecken, er würde ihr folgen oder sie gar belauern.

*

Als Albert die Tür zur eigenen Wohnung öffnete, wartete eine Überraschung auf ihn: Agata, seine Frau, saß adrett gekleidet mit einer Geburtstagstorte, auf welcher aus Schokolade die Ziffern „44" geformt waren, am Küchentisch. „Happy Birthday, Albert", sagte sie und sprang auf. Wie das freudig verspielte Mädchen, das sie zu Beginn ihres Kennenlernens zeitweise gewesen war. Er ließ sich von ihr zweimal auf die Wange küssen. Zugegeben, er freute sich, sie nach langer Zeit wiederzusehen. Die Haare trug sie länger und leicht gewellt. Ihre Gestalt war kräftiger geworden. Gut sah sie aus. Und überhaupt: Harmonie war besser als Streit, dachte er, Begegnung besser als kalte Distanz. Dennoch überlegte Albert: Hatte sie ihre Strategie geändert? War die Geburtstagstorte ein Trick? Und: Was würde passieren, wenn ihn ausgerechnet in diesem Moment Daria anrufen würde? Unauffällig verriegelte er sein Smartphone auf Anrufsperre.

„Ich habe in den Nachrichten den wunderbaren Spot gesehen, den ihr heute Nacht gedreht habt – du und dein Team", sagte Albert Simons Ehefrau nun mit einer Begeisterung für sein professionelles Schaffen, die er in den vergangenen Jahren vor lauter business as usual kaum noch bei ihr wahrgenommen hatte. „Er geht unglaublich unter die Haut." Sie strahlte ihn an, dass es ihn regelrecht verlegen machte. Doch sie war noch nicht fertig. „Deshalb dachte ich, in diesen Zeiten darf man nicht nachtragend sein. Du hast einen Fehler gemacht, okay, aber das kann passieren. Wer weiß, vielleicht werde ich auch einmal schwach bei einem bekannten Sänger oder einem populären Schauspieler?" Sie lachte kokett. Auf eine Weise, die Albert Simon unbehaglich war. Wollte seine Frau wirklich um jeden Preis zurück in den Status quo ante? Warum? Und: Wollte er das auch? War die Begegnung und Beziehung mit Daria nicht die Erfüllung einer langgehegten Sehnsucht? Die Tür zu einem neuen Leben, das ihn selbst in dieser kurzen Zeit viel mehr mit sich selbst in Verbindung gebracht hatte als all die Jahre zuvor mit seiner Frau im Dienst der EU und sonstiger Werbetreibender?

„Hast du die Nachrichten gesehen?", fragte Albert nüchtern.

„Ja, natürlich", antwortete seine Ehefrau selbstbewusst, als würde ihr generell nichts Wichtiges entgehen, und fügte leicht theatralisch hinzu. „Irgendwie kommt mir das Gesicht des Täters bekannt vor, aber ich kann mich leider nicht erinnern, woher. Man sieht im Leben so viele Gesichter. Hast du eine Ahnung?"

„Nein, leider nicht", log Albert Simon. „Überhaupt nicht."

Er wollte in sein Zimmer gehen. Seine Frau hielt ihn fest. „Schau, was ich dir noch mitgebracht habe! Ökologische Wintersocken, der beste Schutz gegen Erkältungsviren."

Albert Simon nahm das Geschenk langsam an. „Das ist sehr lieb von dir. Danke." Er befühlte die Socken. „Sehr weich."

„Ja, und sehr wärmend!" Seine Frau zeigte auf die Geburtstagstorte. Diese Charme-Attacke musste lange und gründlich vorbereitet worden sein, da war sich Albert inzwischen sicher. „Ich dachte, wir könnten sie zusammen essen. Zur Feier des Tages", sagte Agata ganz unbeschwert und leicht, als wäre nie ein Riss zwischen ihnen beiden aufgetreten. Sie will wirklich die Versöhnung, dachte Albert Simon. Um jeden Preis. Doch wollte er sie auch? Wollte er – bei aller Sympathie – wieder mit ihr zusammenleben? War die Affäre oder Fast-Affäre mit Patrycja Dudek nicht ein Symptom dafür gewesen, dass etwas in ihrer Ehe schon länger nicht in Ordnung war? Signifikat und Signifikant? Er suchte nach einer Ausflucht.

„Ich würde gern mit dir den Kuchen essen", sagte Albert. „Wirklich. Ich brauche aber unbedingt etwas Schlaf. Ich habe die ganze Nacht kein Auge zugetan."

Seine Frau blickte ihn an. Wie erstarrt. Dann – innerhalb weniger Sekunden – schien ihre exzellente Laune in Zorn und Wut umzuschlagen. Mit kaltem Grimm wich sie zurück. „Wenn du deinen Geburtstag lieber verschlafen willst, Albert, gern. Einen schönen Tag noch!"

Sie zog sich hastig einen eleganten Wintermantel über, öffnete die Wohnungstür und ging zielstrebig hinaus und Richtung Plac Wilsona, wie Albert vermutete, wo sie die Metro nehmen würde. Er schaute ihr wehmütig vom Fenster aus hinterher. Er hatte Mitleid mit ihr, so stolz und selbstbewusst sie auch ging. Mitleid mit ihr und mit sich selbst. Denn sie hatte trotz ihres zuweilen recht unsensiblen Pragmatismus einen guten Kern, ein gutes Herz, und so einfach ließen sich die gemeinsamen Jahre nicht streichen. Sehr oft hatte sie ihm mit ihrer Entschlossenheit und ihrer geschickten Diplomatie und Kontaktfähigkeit geholfen. Ich verdanke ihr viel, aber liebe ich sie auch?, fragte sich Albert Simon. Irgendwie schon, aber nicht so poetisch wie Daria. Vernünftiger. Pragmatischer. Aber dennoch. Etwas war da. Er konnte es nicht leugnen. Und das machte die „Angelegenheit" nicht leichter.

Er fuhr den weißen Apple-Computer hoch, der wie ein neuzeitlicher Hausaltar an der Wand seines Arbeitszimmers stand. Er sendete das *Transmutation*-Manuskript an die E-Mail-Adressen seiner beiden Filmcrew-Mitarbeiter („Pozdrawiam, A."), dann legte Albert sich auf das graue Ikea-Sofa im Wohnzimmer. Durch das Fenster konnte er kurz vor dem Einschlafen sehen, wie immer größer werdende Schneeflocken langsam vom Himmel herunterrieselten. 44 Jahre. Er betrachtete die Innenflächen seiner Hände mit den faltigen Verästelungen der Haut. War er zu alt für einen radikalen Neuanfang? War die Beziehung mit Daria wirklich tragfähig oder allzu sehr auf Gefühl gebaut? Fest stand: Dank Agatas Tipp mit dem LGBT-Spot würde bald eine Menge Geld auf sein Konto kommen. Ihr gemeinsames Konto.

*

Es war ein Labor mit vielen Bottichen und Reagenzgläsern, in dem Albert Simon herumwerkelte. Rauch stieg auf. In manchen Töpfen auf einem Herd zischte es. Verschiedene Metalle verwandelten sich in Hieroglyphen. Welche chemische Stoffverbindung war die Richtige, um den Probanden auf den Weg der Erfüllung und des Glücklichseins zu führen? Welche neuen Substanzen erweiterten das Bewusstsein so, dass er die richtigen Entscheidungen treffen würde? Denn darauf kam es an, um zum Licht aufzusteigen, auch wenn es kein reines Licht war, sondern ein Licht, in dem auch Schattenanteile waren. Licht und Finsternis. Ein Klumpen Kohle lag auf dem Labortisch, ein Stück Stahl. Doch ein seltsamer Glanz strömte von einem verborgen wirkenden Gegenstand aus: war es ein Bernstein?

*

Als Albert Simon wach wurde, hatte er das Gefühl, eine lange Reise hinter sich zu haben, eine Art psychedelischen Trip ohne Drogen. Er schaute auf die Uhr. Kein Wunder: Er hatte mehr als fünf Stunden geschlafen. Draußen schien es bereits schon wieder dunkel zu werden. Oder war das eine optische Täuschung? Vielleicht waren es die prallen Schneewolken, die sich vor die Sonne geschoben hatten und zu dieser Verdunklung führten. Am besten wäre es, wenn sie so schnell wie möglich mit dem Dreh in Gdynia beginnen könnten, dachte Albert, der Schnee und die Ostsee, das drückte genau die historische Realität aus. So war es damals gewesen. So hatten seine Familienmitglieder es erlebt. Doch noch hatte er nichts gehört von Dominik de

Boer und Mariola Mazur. Oder hatten sie bereits geantwortet? Er stand auf und ging zum Computer. Nein. Keine Antwort von beiden. Nur eine Mail von seiner Frau, in der sie ihm ihre Enttäuschung über sein schroffes Verhalten noch einmal penibel auf die Nase band und detailliert schilderte, wie aufwendig es für sie gewesen sei, die Torte zu organisieren und vom Haus der Eltern zur Wohnung in Żoliborz zu gelangen. Dies solle kein Vorwurf sein („wirklich nicht"), aber er sei eben ein schwieriger Mensch („sensibel und schroff zugleich"), deshalb hätte ihre Familie sie auch vor der Hochzeit gewarnt („eine Farce"), doch sie habe die Hoffnung gehabt, dass er sich an ihrer Seite positiv entwickeln würde. Eine Zeit lang habe es ja auch so ausgesehen. Albert Simon las den Text nicht zu Ende. Er fuhr den Computer herunter. Er packte die Geburtstagstorte ein, zog sich den Mantel über und ging hinaus zum Wagen.

Es dauerte einige Zeit, bis er den silbernen Mazda 3 von Eis und Schnee befreit hatte. Ein neues Problem tauchte auf: Hatte er vor lauter Drehbuchschreiben im Herbst überhaupt daran gedacht, die Winterreifen zu montieren? Er versuchte, sich zu erinnern. Für die praktischen Dinge fehlte ihm oftmals das Gedächtnis. Unwahrscheinlich. Das würde eine schöne Rutschpartie nach Praga geben. Doch die Überraschung des Wiedersehens war es ihm wert. Sollte Daria nicht zu Hause in ihrer Wohnung sein, würde er trotz Kälte auf sie im Wagen warten, sagte er sich. Notfalls bis in die Nacht. Er wollte sie sehen und mit ihr den Geburtstagskuchen essen. Unbedingt.

Tatsächlich war es ein Abenteuer, bei diesem Wetter mit dem Mazda über die Weichsel zu kutschieren. Es war dichter Verkehr auf der Brücke vor dem Nationalstadion, welches normalerweise zu Abend in den polnischen Nationalfarben rot-weiß leuchtete, sich nun aber hinter einer weißen Schneewand zu befinden schien. Der Streudienst war überall im Einsatz; unruhig flatterten einige Möwen umher. Die alten Scheibenwischer von Alberts Mazda kamen kaum damit nach, den Neuschnee von der Windschutzscheibe zu entfernen. Er musste einen Gang schneller schalten. Doch dieser hektische Anblick machte ihn nervös. Also entschied er sich, einen langsameren Wischgang einzustellen und dafür durch weiße Kristalle zu schauen, bis diese zur Seite geschoben wurden. Das Kaleidoskop des Winters. Während der Fahrt durch Saska Kępa mit dem tiefverschneiten Skaryszewski-Park zur Linken stellte Albert sich vor, wie es jetzt wohl am Erlöserplatz aussehen mochte: Sicherlich war dort auch alles weiß, nur das, was von der *Regenbogen*-Skulptur übriggeblieben war, das schwarze Dinosaurier-Skelett, würde einen unerwarteten dunklen Kontrast bieten. Als wäre über Nacht die Eiszeit eingebrochen und hätte Tiere und Menschen in ihrer Schutzlosigkeit überwältigt. Ein bisschen war es wohl auch so.

Und in der Ukraine an der Absturzstelle? Wie sah es dort aus? Wahrscheinlich lag der Schnee dort noch höher als hier in Polen. So hoch und unüberwindbar, dass die Bergung der noch vermissten Leichen in diesem Jahr unmöglich geworden war. Doch das war jetzt, wie Albert Simon feststellte, nicht mehr das mediale Thema. Auch im Autoradio war weiterhin nur von der *Regenbogen*-Skulptur die Rede. Dem „feigen Anschlag auf Toleranz und Vielfalt", die „Demokratie", wie es bei Radio TOK FM hieß. Auch auf anderen Kanälen wurde ausschließlich davon berichtet. Es sei denn, man wechselte auf die einschlägigen Sender, auf denen zwischen Rosenkränzen und anderen Gebeten vom „Advent" und der „Geburt des Herrn" gesprochen wurden. Von der Überwindung der „Finsternisse".

*

In Grochów angekommen, hatte Albert Glück. Daria war zu Hause und freute sich über den unerwarteten Besucher. Als sie den Kuchen mit der Zahl „44" sah und von Albert Simons Geburtstag erfuhr, zögerte sie für einen Moment, als wäre ihr der deutliche Altersunterschied zwischen ihnen erst jetzt so richtig klar geworden. Dann umarmte sie ihn ausgelassen und küsste ihn mit einer solchen Hingabe und Leidenschaft, dass er an Patrycja Dudek und ihren Loverboy denken musste. War Daria seine junge Liebesfee? Vielleicht hatten sie beide, die Sängerin und er, bei ihrer Geburt im Dezember 1970 einen Extralöffel Aphrodisiakum abbekommen, der jedoch nicht zwischen ihnen beiden, sondern auf andere, jüngere Menschen wirkte. Frauen wie Männer. Eine andere Erklärung hatte Albert Simon nicht, wenn dies denn überhaupt eine Erklärung war. Es ließ sich weder belegen noch widerlegen.

Als Daria und er den Kuchen aßen, erhielt er auf seinem Smartphone eine Nachricht von Dominik de Boer. „Grandios, Albert. Ich bin dabei."

Albert Simon freute sich. Denn auch wenn er selbst von der Qualität seines Skripts überzeugt war, allmählich hatten sich bei ihm auch Zweifel an dem Drehbuch eingeschlichen, so sehr er diese Gedanken auch verdrängte, die für einen schöpferischen Menschen an sich doch ganz normal waren.

„Nun kann nichts mehr schiefgehen", sagte er zu Daria. „Mein bester Mitarbeiter macht mit!" Von den dramatischen Dreharbeiten rund um die *Regenbogen*-Skulptur sagte er nichts. Er fürchtete, dass dieses Thema Daria, sollte er es ihr gegenüber ansprechen, traurig machen würde, weil dieses Projekt zu eng mit seiner Frau verknüpft war. Dass Daria gerade einen Kuchen aß, den seine Ehefrau herbeigezaubert hatte, sagte er ihr auch nicht.

*

In den kommenden Wochen erstellte Dominik de Boer den Drehplan. Eng abgestimmt mit Albert. Wie ein himmlisches Weihnachtsgeschenk war es für den deutschen Regisseur, als er erfuhr, dass das Stahlwerk Huta Katowice, an dem sie drehen würden, sich tatsächlich in Dąbrowa Górnicza befand und dass ausgerechnet in dieser Stadt Krzysztof Kieślowski eine Zeitlang als Jugendlicher gelebt hatte. Sein Vater hatte an Tuberkulose gelitten, was häufige Wohnungswechsel der Familie nach sich zog. Das, fand Albert Simon, war ein gutes Zeichen.

Schockiert reagierte der Filmregisseur auf den islamistischen Anschlag auf die Redaktion der französischen Satirezeitschrift „Charlie Hebdo" zu Beginn des neuen Jahres, die 12 Menschen das Leben kostete und Albert Simon in seiner Skepsis gegenüber Religionen bestätigte. Dabei war er sicher: Terroristen und Fundamentalisten verfremdeten keinesfalls den Glauben zu einer Fratze, sie zeigten sein wahres Gesicht. War es nicht auch bei Wladimir Putin so, der sich gern in Gesellschaft russisch-orthodoxer Popen zeigte? Als am 24. Januar ein Wohnviertel der ukrainischen Hafenstadt Mariupol das Ziel eines Raketenangriffs wurde, war der Sekretär des Nationalen Sicherheits- und Verteidigungsrats der Ukraine sicher, dass der russische Präsident dafür „persönlich verantwortlich" sei. Erst Anfang Februar 2015 wurde in den Nachrichten wieder der Malaysia-Flug MH17 erwähnt: Die Medien berichteten, dass unbewaffnete niederländische Soldaten in der Ukraine mithilfe von Anwohnern auf weitere persönliche Gegenstände und Leichenteile gestoßen waren. Gehörten sie zu den drei Absturzopfern, die man noch nicht identifiziert hatte? Von dem Warschauer *Regenbogen*-Brandstifter hingegen, das meldeten die Medien auch, fehlte weiterhin jede Spur.

*

Wenige Tage später war es soweit: Der Dreh ging los. Albert Simon stand neben seiner Kamerafrau Mariola Mazur und beobachtete, wie eine Möwe im Hafen von Gdynia dicht über einen Zerstörer der polnischen Kriegsmarine hinwegschwebte wie eine Drohne. Es war ein historisches Schiff, das jedes Jahr im Frühling und Sommer die Touristen anzog. Jetzt aber war es hier in der Hafengegend menschenleer. Eisschollen schwammen vor dem Bug des Zerstörers. Ein kalter Wind wehte über den Hafenkai. Von den Fisch- und Touristik-Buden in Nähe des Aquariums hatten nur wenige geöffnet: Unverwüstliche Fischverkäufer und Bernsteinschmuckhändler hielten die Stellung.

Sie haben mich nicht im Stich gelassen, die Möwen, sinnierte Albert Simon beim Betrachten ihrer Bewegungen. Von Duisburg über Köln und Warschau bis an die Danziger Bucht sind sie mir gefolgt und haben mein Projekt begleitet – allen Schwierigkeiten zum Trotz. Auch jetzt sind sie da, trotz dieser extremen Minus-Temperaturen und des rauen Windes, ohne durch mit Daunenfedern bestärkte Winterjacken geschützt zu sein wie wir Menschen. Über welch wunderbare Resilienz die Natur doch verfügt.

Der erste Take stand auf dem Plan. Mariola Mazur filmte, wie eine slowakische Schauspielerin um die vierzig mit einem Jungen in der Pubertät und einem noch nicht zehnjährigen Mädchen im kalten, vom Meer herüberwehenden Wind stand. Einige Schneeflocken fielen mit perfektem meteorologischem Timing nieder. Die drei Mimen wirkten wie verloren angesichts der Weite des grauen Himmels und der peitschenden See, doch der Junge, der Albert Simons Onkel Siegfried auf der Flucht darstellte, verzog seinen Mund trotz der Widrigkeiten zu einem selbstbewussten Lächeln, Siegfrieds Durchblicker-Lächeln. Albert musste, als er die treffende Mimik sah, schmunzeln und an Tante Renate denken, die keine Ahnung hatte, was hier – mehr als 1000 Kilometer von ihrer Wohnung in Duisburg-Homberg entfernt – alles für seinen dritten Spielfilm veranstaltet wurde; wie die Bewegungen ihres verstorbenen Ehemannes als Jugendlicher nachgestellt und filmisch interpretiert wurden. Doch was sollte Albert Simon sagen, der erst vor zwei Monaten 44 Jahre alt geworden war und nun quasi seine Mutter als zehnjähriges Mädchen vor sich sah: Dick verpackt in

Winterkleidung, mit Handschuhen und einer historischen Puppe, die Daria im Antiquariat organisiert hatte und die tatsächlich aus der Zeit des Zweiten Weltkrieges stammte ... Es ließ Albert Simon nicht gleichgültig: Dort, wo das Mädchen stand, war die Mutter vor 70 Jahren um ihr Leben gelaufen, um gerade noch rechtzeitig einen Walfischfänger zu erreichen – das rettende Ersatz- und Fluchtboot.

So war das beim Film, dachte Albert Simon. Man spielte das Leben, aber ohne die Erschwernisse des Lebens, ohne die Begrenzungen von Zeit und Raum. Durch diese fiktive Freiheit wurde das Leben realer, intensiver. Was zählte, waren die Details, der Mensch und sein Geheimnis.

Dominik de Boer kam zu Albert Simon, um ihm den Drehplan für die nächsten Tage zu zeigen. „Wenn wir hiermit durch sind, fahren wir nach Dąbrowa Górnicza, um die Aufnahmen im Stahlwerk zu machen. Die Dreherlaubnis habe ich organisiert. Wir können dort vermutlich auch schon die Außenszenen abdrehen, die in der Stadt spielen. Es soll wärmer werden." In Kattowitz, so Dominik de Boer, würden dann auch die Darsteller der Eltern als junge Erwachsene zum Filmteam stoßen. Hier in Gdynia brauche man sie noch nicht.

Albert nickte zufrieden. Er war dankbar, dass Dominik de Boer, seine filmische „Allzweckwaffe", neben den Schauspielern auch die Statisten organisiert hatte, welche die anderen Flüchtlinge darstellten. Alt und Jung, groß und klein, Frauen und Männer, sie würden bald kommen. Für eine Aufnahme in der Totalen.

*

Nicht, dass Albert Simon davon träumte, einen großen Auftritt zu haben, aber als er mit einem Megaphon in der Hand vor der Masse von Menschen stand und ihnen Anweisungen gab, wie sie sich bei der nächsten Szene verhalten sollten, spürte er doch eine gewisse Genugtuung. Er hatte es geschafft. Er war wieder Spielfilm-Regisseur, er verwirklichte sein eigenes künstlerisches Projekt. Gegen alle Schwierigkeiten von außen. Er machte keine Werbung, betrieb keine gesellschaftspolitische Erziehung, sondern schuf Kunst, die einfach nur existierte, ohne Zweck und ohne Absicht, als freie Reflexion über das Leben. Könnte sein Vater ihn doch jetzt nur sehen! Dann käme er nicht umhin, ihn zu respektieren und ihn, vielleicht, sogar zu lieben. Seine Miene verdüsterte sich etwas bei dem Gedanken. Doch nur kurz.

Die Statisten legten los, und Albert Simon entging nicht, während er ihrem Treiben zusah, die bittere historische Ironie, dass die deutschen Flüchtlinge von Polen gespielt wurden, also von Angehörigen der Nation, die nicht nur das erste Opfer des deutschen Überfalls, sondern nach dem Krieg selbst ein Opfer von Vertreibung geworden war. Was wohl die Dame mit den roten Lippen von der *Europa Filmförderung* zu einer solchen Besetzung gesagt hätte? Verwegen? Abwegig? Geschmacklos? Nun zeigte sich aber, dass es ging. Die Gespenster wurden lebendig. Albert Simon hatte sich nicht stoppen lassen von ihrer Negativität, von ihren toxischen Einwänden, ihrem Desinteresse. Er hatte gearbeitet – er hatte weiter an sich und sein Projekt geglaubt. Vielleicht mehr, als er jemals zuvor an irgendetwas geglaubt hatte. Was nun aufging, waren die Früchte seines Einsatzes. Er sah seine Vision Gestalt annehmen. Die Geister verwandelten sich in Körper, die Gespenster begannen zu sprechen.

*

Am späten Nachmittag, es war bereits dunkel, traf Albert Simon sich in einem Lokal in der Nähe des Hafens mit einer Journalistin von PAP, der Polnischen Presseagentur, die mit ihm ein ausführliches Interview führen wollte. Er trat etwas verspätet ein und stieß auf eine kleine, stämmige Frau, die zu ihren rot und grün gefärbten Haaren gepiercte Nasenringe trug, Kaugummi kaute und ihn von Anfang an, wie er

verwundert feststellte, mit feindlicher Distanz gegenüber-
trat. Dabei hatte sie in der Interview-Anfrage sehr freundlich geklungen und hatte Interesse an ihm, seinen früheren
Arbeiten und seinem aktuellen Projekt signalisiert, und er
hatte deshalb angenommen, dass der *Regenbogen*-Spot ihm
tatsächlich Glück gebracht habe. So etwas sei wie sein Co-
meback-Ticket. Und nun dies? Sogar auf seine Entschuldigung wegen der Verspätung reagierte die Journalistin kühl.

„Sie drehen nach langer Pause einen Spielfilm", sagte sie zur
Einstimmung ziemlich barsch und hielt ihm ihr Mobiltele-
phon im Aufnahmemodus direkt vor die Nase. „Warum?"
    Albert Simon räusperte sich. „Können wir das Aufnahme-
gerät vielleicht auf den Tisch stellen? Es ist ziemlich ruhig
hier. Wenig Außengeräusche. So ist es für mich etwas un-
bequem." Er hoffte auf das Verständnis der Interviewerin.
Tatsächlich empfand er ihr Verhalten als grenzüberschrei-
tend. Doch die Journalistin stellte das Aufnahmegerät nicht,
wie Albert Simon es wünschte, auf dem Tisch ab, sondern
bedrängte ihn weiter damit. Ohne Höflichkeitsabstand. Er
war perplex, doch sein Wille zur Selbstdisziplin setzte sich
durch. Weitermachen, sagte er sich, sich nichts anmerken
lassen! Es ist eine Grenzüberschreitung, zweifellos, doch
Aufhören kommt nicht in Frage. PAP ist zu wichtig.

„Ich drehe den Film, weil ich nach langer Zeit wieder etwas
zu sagen habe oder sagen muss", sagte er. „Es ist ein durch
meine Familiengeschichte geprägter Plot. Sehr persönlich.
Es geht um den Krieg und die Flucht, die Gegensätze des
Lebens, die Architektur des Zufalls. Ein sehr aktuelles Thema, wie ich finde."
    „Was haben Sie denn konkret zu sagen?", wollte die Jour-
nalistin mit kühler Stimme wissen. Die Pupillen zwischen
ihren Augenschlitzen huschten nervös umher.
    War das eine Frage oder eine Provokation? Albert Si-
mon besann sich: Ruhig bleiben! Sich nur nicht aufregen,
nicht in Versuchung führen lassen! Höfliches Interesse am

künstlerischen Prozess war also mittlerweile auch in Polen im Filmgeschäft und in der Medienwelt tabu. Ausgerechnet in dem Land, das auf ihn, den Gast, damals in den Neunzigerjahren noch so kultiviert gewirkt hatte mit allerlei altmodischen Höflichkeitsetiketten. Etiketten wie etwa den Handkuss, den er zwar antiquiert, aber durchaus als rührig empfunden hatte. Verbindend, respektvoll. Außerdem gab es damals, trotz der frischen kommunistischen Wunden und Erfahrungen, nicht diese Art des Lauerns, wie es ihm nun – 25 Jahre nach Einzug der Demokratie – in Person dieser Journalistin entgegentrat; sie erinnerte ihn in ihrem Habitus an Darstellerinnen der polnischen Kult-Komödie „Sexmisja" aus dem Jahr 1983, in der ein fiktiver totalitärer Frauenstaat des Jahres 2044 sarkastisch aufgespießt wird.

„Wissen Sie", sagte Albert Simon nun, „ich trage in mir Ost und West. Meine Mutter stammt aus Lauenburg, das ist in der Nähe von hier; mein Vater kommt, wie ich, aus dem Ruhrgebiet. Der Krieg, so tragisch er war, hat meine Eltern zusammengebracht. Es gibt demnach immer ein Plus im Minus, bei allem, was geschieht, und so schrecklich es auch sein mag. Überspitzt gesagt: Ohne Hitler würde es mich nicht geben. Ich weiß nicht, warum das so ist. Ist Gott der Teufel? Das Böse auch das Gute?" Er lachte kurz auf, verstummte jedoch, als er das ungerührte Gesicht der Journalistin sah, welches auf ihn – abgesehen von den unruhigen Augen – wie eine leblose, durch zahlreiche Antidepressiva ruhiggestellte Maske wirkte. Trotzdem machte er weiter. „Mit meinem Film möchte ich diese Fragen stellen, ich möchte das Unerklärliche hinter den politischen Zeitabläufen erforschen. Das interessiert mich. Das Mysterium coniunctionis, das Geheimnis der Gegensätze und Widersprüche, die einander brauchen, spielt dabei eine wichtige Rolle: Industrie und Natur, Frauen und Männer, Krieg und Frieden, Licht und Finsternis, Gut und Böse. Ich finde das spannend."
Die Interviewerin sagte nichts. Sie kaute gelangweilt auf

ihrem Kaugummi herum, als wären Gegensatzpaare für sie ein alter Hut. Aus der Zeit gefallen. Reaktionär. Sie war, wie Albert überlegte, der Typ von Person, die man sich gut mit einer Ratte auf der linken Schulter vorstellen konnte.

„Welches Plus sehen Sie, wenn es um Ihre Beziehung zu Frauen geht? Ihre Ehe scheint am Ende zu sein, seitdem Sie eine Affäre mit der Sängerin Patrycja Dudek hatten …"

Albert Simon räusperte sich. Dann fixierte er die Interviewerin mit einem drohenden Blick, was aber bei dieser statt Ernsthaftigkeit oder gar Respekt nur noch mehr gelangweilte Abwehr hervorrief. „Zunächst möchte ich dementieren, dass ich eine Affäre mit Patrycja Dudek hatte – kategorisch. Ich schätze ihre Musik. Wir sind gute Freunde. Sie ist eine große Künstlerin. Sehr talentiert. Was meine Ehe betrifft, möchte ich Sie darauf hinweisen, dass dies meine private Angelegenheit ist. Ich habe nicht vor, mich öffentlich dazu zu äußern. Wir wollten über meine aktuelle Arbeit sprechen. Das schrieben Sie jedenfalls in ihrer Interviewanfrage."

Albert Simon versuchte der Interviewerin weiterhin in die Augen zu schauen, doch sie wich seinem Blick aus. Als wolle sie einem Vertreter des Patriarchats nicht gestatten, sie mit dem berüchtigten männlichen Blick zu manipulieren und Dominanz auszuüben. Stattdessen stellte sie eine weitere Frage: „Es gibt zunehmend Proteste von Seiten der LGBTIQA+-Lobby, dass Ihr Spot, für den es zu Beginn auch Lob gab, ein zu düsteres Bild von den Zukunftsperspektiven der LGBTIQA+-Community in Polen zeichne. Der Spot würde, so heißt es, die Community zu passiv zeigen. Als hilflose Opfer. Wie stehen Sie zu diesen Vorwürfen?"

Albert hatte um die Jahreswende die wachsende Kritik durchaus wahrgenommen, doch die Konzentration auf das Spielfilmprojekt, das seine ganze Aufmerksamkeit verlangte, hatte ihn die Kritikpunkte nicht weiter ernstnehmen lassen. Kritik gab es immer für alles und von allen möglichen Leuten. Zumal das Wichtigste, das Geld, bereits auf seinem

Konto war. Deshalb wurde er unsicher, wie er sich gegen diese Vorwürfe am besten verteidigen sollte. Die wesentlichen Anliegen „der Community" konnte er nachvollziehen. Es war gut, dass Homosexualität den Ruch des Pathologischen oder Kriminellen verloren hatte. Wenn es Menschen mit diesen Neigungen gab, hatte die Natur oder derjenige, der sie entworfen hatte, sich sicherlich etwas dabei gedacht. Dass die Auflösung der binären Identitäten jedoch zu einer schier endlosen Zahl neuer Identitäten geführt hatte, empfand er – angelehnt an Reflexionen Slavoj Žižeks – als widersprüchlich und absurd. LGBTIQA+ – was würde als nächster Buchstabe kommen?

Doch Albert Simon riss sich zusammen. Er dämpfte seine Stimme, so dass sie gelassen wirkte. Diplomatisch. „Es war für mein Team und mich eine große Ehre, den *Regenbogen*-Spot zu drehen. Es ist unbedingt Solidarität mit den so lange schon und immer noch diskriminierten sexuellen Gruppen und Minderheiten notwendig. Gerade hier, in Polen. Das brauche ich Ihnen nicht weiter zu erklären. Wir hatten ursprünglich ein anderes Skript im Sinn, aber das Feuer, dieser feige Brandanschlag auf die *Regenbogen*-Skulptur, hat unser Konzept zunichte gemacht. Wir können das Feuer des Hasses aber nur stoppen, wenn wir den Hass überwinden. Mit einem Appell an das Gute im Menschen. Das ist nicht resignativ, sondern realistisch. Man kann den Spot, so spontan er auch entstanden ist, also durchaus als ein Plädoyer für Toleranz, Respekt und Dialogbereitschaft verstehen. Er zeigt die Wirklichkeit – und nur die interessiert mich."

Albert Simon war zufrieden, so phrasenhaft seine Worte zum Teil auch klangen. Er hatte sie nüchtern und trotzdem eindringlich artikuliert.

Doch die PAP-Journalistin hakte unbeeindruckt nach: „Gab und gibt es in Ihrem Produktionsteam wenigstens eine Person, die zur LGBTIQA+-Community gehört?"

Nun wusste Albert Simon endgültig, wohin der Hase lief. Dies war kein Interview, keine echte Begegnung auf Augenhöhe, sondern eine Art ideologisches Verhör, ein Tribunal. Es saß hier nicht mit einer Journalistin zusammen, um über seine künstlerischen Visionen zu sprechen – er saß auf der Anklagebank. In einem Beichtstuhl mit Aufnahmegerät. Hatte er das richtige Bewusstsein? Die richtige Gesinnung? Nur das zählte. Sofort verwies Albert Simon die Fragerin in die Schranken. „Das ist kein Thema für uns. Darüber reden wir nicht. Wir kennen uns seit Jahren und machen unsere Arbeit."

Bei diesen ruhig formulierten Worten musste Albert an sein langjähriges gutes Verhältnis zu Mariola Mazur und Dominik de Boer denken, von denen er tatsächlich nicht wusste, was sie in ihren Schlafzimmern taten. Er wollte es auch nicht wissen, es ging ihn nichts an.

„Nicht darüber reden, das klingt verdächtig nach Verdrängen im Sinne von zwangsnormativer Heterosexualität als weiterhin ultimativem Maß, als müssten andere Orientierungen verschämt unter den Teppich gekehrt werden", stichelte die PAP-Journalistin.

Albert stellte sich vor, wie sie wohl als achtjähriges Mädchen im weißen Kommunionkleid ausgesehen hatte, das sie mit Sicherheit getragen hatte, auch wenn sie nun alles tat, um diesen Teil ihrer Geschichte zu verdrängen. Doch was waren damals ihre Träume und Ängste gewesen? Ihre Familiensituation? In diesem Moment bemerkte der Regisseur, wie eine attraktive Asiatin mit langen, tänzelnden Beinen in Winterstiefeln und Nerzmantel gefolgt von einem älteren Herrn das Lokal betrat.

Er schüttelte den Kopf. „Ich weiß nicht, wie es klingt oder klingen sollte. Das ist auch nicht mein Problem. Es gibt, wie wir seit Freud und Lacan wissen, beim Menschen immer unbewusste Anteile, die verdrängt werden. Das lässt sich nicht ändern. Unsere Arbeit hat aber nichts mit dieser Form von Verdrängen zu tun, sondern mit gelebter Kollegialität, Professionalität und Respekt vor der Person", sagte er und fügte etwas bissig hinzu. „Was einem bei anderen verdächtig vorkommt, ist oft nur das eigene verdrängte Unbewusste."

Diese Form der Verteidigung oder Beschwichtigung ließ die PAP-Journalistin nicht gelten. Sie rollte aggressiv mit den Augen, setzte kurzzeitig ein falsches Lächeln auf und atmete tief durch. Und sie hatte noch andere Pfeile in ihrem Köcher: „Wie professionell war eigentlich die Projektausschreibung und Vergabe des Auftrags durch die Stadt Warschau? Es gibt Gerüchte, ernstzunehmende Gerüchte, dass es keine wirkliche Ausschreibung gab und dass Sie den Auftrag nur aufgrund von persönlichen Kontakten erhalten haben."

Albert Simon schluckte. Er spürte eine innere Unruhe in sich aufsteigen, die er sich auf keinen Fall anmerken lassen wollte. Jetzt war wirklich höchste diplomatische Kunst gefragt.

Leicht stotternd antwortete er: „Um solche Dinge kümmert sich mein Management. Mir ist keine fehlende Professionalität aufgefallen. Das Exposé wurde akzeptiert. Mehr kann ich dazu nicht sagen."

Unmittelbar nach dieser Aussage stand er zur Überraschung der Interviewerin und auch zu seiner eigenen Überraschung auf, um zu gehen.

„Aber ich habe noch einige Fragen", sagte die PAP-Journalistin gleichermaßen entrüstet wie beleidigt. Jetzt konnte Albert Simon sie sich gut als TV-Richterin im Nachmittagsprogramm eines Privatsenders vorstellen. Oder als Profilerin in einer Reality-Staffel.

„Nicht heute", sagte Albert Simon kurz angebunden. „Ich bin müde. Es war der erste Drehtag. Ich bitte Sie um Verständnis." Er wollte der Interviewerin dennoch versöhnlich die Hand zum Abschied reichen, doch sie reagierte nicht und ließ ihre freie Hand auf dem Tisch. In der anderen Hand hielt sie weiter das Aufnahmegerät, das sie noch immer so dicht wie möglich an sein Gesicht geheftet hatte, wie ein digitales Folterinstrument. Kein Artikulationslaut durfte ihr entgehen.

Es reichte Albert. „Danke für Ihr Interesse an meinem neuen Film."

*

Er war nicht müde. Wie unter Strom lief der deutsche Filmregisseur mit den kaschubischen Wurzeln durch die kalte
Dunkelheit des Winterabends am Strand entlang, über den
zum Teil mit Schnee bedeckten und aufgrund der winter-
lich niedrigen Temperaturen undurchdringbar festen Sand.
Albert spürte, wie er sich vor Wut auf die Lippen biss. Er
schmeckte es. Kaltes Blut. Sein Blut. Nur der Anblick und
der Klang des Meeres, das regelmäßige Heran- und Hin-
weggleiten der Wellen am Strand beruhigte ihn, je länger
er ging. Die Bewegung schien ihn allmählich aufzuneh-
men in den ewigen Rhythmus einer kosmischen Gelassenheit: Systole und Diastole, Ebbe und Flut. Warum war das
menschliche Miteinander so sehr von Störungen behaftet?
Warum gab es keine Harmonie?

Weit draußen auf dem düsteren Meer sah Albert Simon die
Lichter einzelner Schiffe – oder waren es herabgestürzte
Sterne, die SOS funkten? Er überlegte, ob er Daria anrufen solle. Nein. Das ging nicht. Hatte sie nicht von Anfang
an bei dem LGBT-Spot oder, wenn das der Journalistin und
ihrer Community lieber war: bei dem LGBTIQA+-Spot ge-
zögert, als würde er sich damit in die falsche Richtung bewegen? Nun konnte er nicht auf ihren Trost hoffen. Er hatte
geglaubt, dass ihre Zurückhaltung darauf zurückzuführen
sei, dass seine Noch-Ehefrau ihm das Projekt nahegelegt
hatte. Doch das musste nicht so sein. Es war wohl nicht der
einzige Grund, das spürte er. Vielleicht hatte Daria geahnt,
dass mit diesem Spot jede Menge Ärger auf ihn zukom-
men würde. Eine Form von Aufregung, die er aufgrund des
Spielfilms überhaupt nicht gebrauchen konnte. Doch das
war leicht gesagt und noch leichter gefühlt. Ohne das Geld
von der städtischen PR-Abteilung für den Spot hätte er die
Dreharbeiten zum Spielfilm gar nicht beginnen können,
low budget-Konzept hin oder her, allein die Reise- und Un-

terbringungskosten verschlangen ein Vermögen. Hoffentlich konnten sie den Zeitplan einhalten. Albert Simon band sich den Schal enger und zog sich die Wintermütze tiefer ins Gesicht. Gut, dass die Handschuhe gegen diese eisige Kälte resistent waren.

Er stampfte weiter über den festen Sand und sah von fern den Danziger Industriehafen mit seinen imposanten Verladekränen, wo einst die Gewerkschaft Solidarność, bevor die Mitglieder sich intern immer mehr zerstritten hatten, durch Arbeitsniederlegungen, Rosenkranz-Gebete und zähe Verhandlungen mit den Herrschern den Untergang des Kommunismus eingeleitet hatte, während im Westen die IG Metall, der sein Vater angehörte, für höhere Löhne und weniger Arbeitszeit stritt: 35 Stundenwoche bei vollem Lohnausgleich.

Wie ein großes Duisburg am Meer, fand Albert Simon, so erschienen ihm die drei Städte an der Danziger Bucht von hier aus: Gdynia, Sopot und Danzig. Das war interessant. Doch was nützte dies alles, wenn sein Comeback-Versuch durch eine aufstrebende und von wem auch immer geförderte PAP-Journalistin torpediert wurde, die ihm vor lauter Aktivisten-Eifer zuerst eine falsche Gesinnung und schließlich sogar kriminelle Praktiken zuzuschustern versuchte. Woher kam das? Wer steckte dahinter? Doch nicht etwa seine Frau, Agata, weil sie wegen des verschmähten gemeinsamen Geburtstagsessens beleidigt war? Hatte sie ihm diese Falle gestellt? Aus Rache? Nein, nein, sagte er sich. Unmöglich. Sie hing ja selbst, vermutlich viel stärker als er, in dem Ausschreibedschungel mit drin, der ihn unter juristischen Gesichtspunkten keine Sekunde lang interessiert hatte. Wobei: Dass Anfang Dezember mit dem *Regenbogen*-Spot alles so schnell und reibungslos über die Bühne gehen konnte, war ihm auch etwas merkwürdig vorgekommen, aber da er so fixiert auf sein Filmprojekt gewesen war, hatte er keinen Anlass für kritische Nachfragen gesehen.

„Wenn alles glattläuft, umso besser, wo muss ich unterschreiben?" Das hatte er gedacht – mit seiner typischen Naivität in geschäftlichen Dingen. Auch nach so vielen Jahren in diesem Beruf.

Was konnte er jetzt tun? Einen weiteren Skandal nach der Geschichte mit Patrycja Dudek wollte er unbedingt vermeiden, doch wenn die PAP-Redakteurin als Kaugummi kauende Meisterin der Grenzüberschreitung so schrieb, wie sie Fragen stellte, dann musste er mit dem Schlimmsten rechnen. Vielleicht sogar mit einem Skandal, der ein weit schlimmeres Ausmaß annehmen würde als die harmlose Pseudo-Affäre vor fast einem Jahr. Was sollte er tun? Er schaute umher, ob er am Strand einen Steinbrocken fand, um ihn mit aller Kraft ins Wasser zu schleudern. Irgendwie musste er sich abreagieren. Doch er sah keinen solchen Stein und auch kein Miniaturboot, mit dem er flugs dem Lauf der Zeit hätte trotzen können. Düsen, fliegen, vielleicht schweben.

Ich darf mich nicht zu sehr in das Ganze hineinsteigern, ermahnte Albert Simon sich selbst, während er an einem Obdachlosen vorbeischritt, der eingehüllt in zahlreiche Wolldecken und Plastiktüten auf einer Art Strandmatratze lag und offenbar, wie die nicht zu unterschätzende Anzahl von leeren Wodkaflaschen um ihn herum dokumentierte, seinen Rausch ausschlief. Ausgerechnet hier bei diesen herausfordernden Temperaturen. Ein Gestrandeter, so wie ich, dachte Albert. Ausgestoßen von der Zivilgesellschaft. Okay, sagte sich der Filmregisseur nun zur Beruhigung, es wird nach diesem Pseudo-Interview-Verhör einen Verriss geben. Okay! Aber das war es dann vermutlich auch schon. Kein normaler Mensch würde ihm daraus einen Karrierestrick drehen. Einfach nach vorne schauen, wie ein alter Professor den jungen Studenten an der Filmhochschule zu sagen pflegte, als es darum ging, wie man mit schlechten Kritiken umgehen soll. So machte Albert sich Mut. Denn: Es war jetzt wirklich nicht die Zeit für Ängste und Zweifel; er musste stark sein, durchhalten. Morgen standen Aufnahmen in einem Schiff an, in dem die Flucht über die Ostsee nachgespielt wurde. Die legendäre Flucht im Walfischfänger. Der mythologische Gegenstand so vieler Familienfeiern. Albert Simon rieb sich die Nase. War er heute Abend nicht auch geflüchtet? Vor der Journalistin und ihren Fragen? Einfach so, ohne dass der Fluchtmechanismus ihm bewusst gewesen wäre? Nur weg. Souverän war das nicht, wie er zugeben musste, aber vermutlich verfügte er derzeit über keinen besseren Schutzmechanismus.

Er sah herauf zum Abendhimmel. *Qui se défend s'accuse.* Es blieb wirklich nur das Abtauchen. Zeit verstreichen lassen. Auch wenn das digitale Netz, das die klugen, Diktatur-erfahrenen Professoren der Filmhochschule Anfang der Neunzigerjahre noch nicht gekannt hatten, nichts vergaß. Na und? Bald würde sowieso ein anderer ins mediale Blickfeld geraten. Das alte Spiel: Der Lauf der Welt, so schien es, wurde stets von Inquisitoren diktiert. Von moralischen Bluthunden. Nur die Agenden der ideologischen Umerziehung änderten sich oder kämpften gegeneinander. These – Antithese – Synthese. Hegel, Marx und Žižek behielten recht.

Plötzlich sah Albert Simon in der Dunkelheit etwas Kleines, Orangenfarbenes vor seinen Füßen aufleuchten. Was war das? Er beugte sich herunter und hob vorsichtig und mit geradezu behutsamer Andacht einen Bernstein auf, dessen Farbe und Form ihn an gefrorenen Honig auf einem Teelöffel denken ließ. Bernstein, der Schatz der Kaschuben, das Totem seiner Ahnen, wie er schmunzelnd dachte. Vielleicht ein Glücksbringer? Er rieb den Sand ab, der an einigen Stellen an dem Stein haftete. Das wäre ein schönes Geschenk für Daria, wenn sie hier wäre, sagte er sich und stellte sich, während er den Stein betrachtete, Darias Wärme und Güte ausstrahlendes Gesicht vor, so als wäre dieses Gesicht mithilfe geheimer Chiffren in den Stein eingezeichnet. Ich kann ihn ihr ja als Souvenir mitbringen. Doch solange ich hier an der Küste bin, beim Dreh, sagte er sich, darf er mein Glücksbringer sein.

*

Am nächsten Morgen traf Albert sich in aller Frühe mit Mariola Mazur und Dominik de Boer. Sie besprachen den Drehplan des Tages. Albert war etwas mulmig mit Blick auf den Dreh im Walfischfänger. „Ich habe im Drehbuch geschrieben: Flüchtlinge, dicht beieinander. Sie beten das Vaterunser. Im Prinzip ist es das auch, aber mir wäre es recht, wenn man die Worte nicht verstehen könnte. Das macht es ehrlicher und gleichzeitig geheimnisvoller. Nur ein Murmeln, ein Flüstern."

Mariola Mazur stimmte zu. „Das kommt meiner Vorstellung sehr entgegen. Ich dachte, als ich diese Stelle las, sowieso schon: Achtung, nicht dass es wie Radio Maryja oder TV Trwam wirkt."

„Bloß nicht!", sagte Albert, der, abgesehen von den katholischen Intellektuellenblättern Tygodnik Powszechny aus Krakau und Więź in Warschau, nichts von religiösen Medien hielt. Er holte zu einer kleinen Ansprache aus, während er sich Kaffee aus der Thermoskanne eingoss. „Die Menschen, die in diesem Boot saßen, befanden sich mit einem Fuß im Grab. Im Nichts des Meeresgrunds. Jederzeit konnten sie über eine tödliche Mine fahren oder von russischen Torpedos abgeschossen werden. Sie hatten ihren Tod direkt vor Augen. Diese Dramatik muss rüberkommen. Die Angst und die verzweifelte Hoffnung, dass sie aus irgendeinem Grund geschützt seien. Als könnte man bei dieser Lotterie durch Mentalkraft überleben."

Mariola Mazur und Dominik de Boer spürten, wie nah Albert Simon diese Szene ging. Er nahm ihre Empathie wahr, und deshalb tat er etwas, was er sonst bei Dreharbeiten oder im Zusammenhang mit einem Filmprojekt noch nie gemacht hatte – er gab ein persönliches Statement ab: „Meine Großmutter, meine Mutter und ein Onkel saßen zu

Kriegsende in einem solchen Boot. Hätten sie die Überfahrt nicht überlebt, gäbe es mich nicht."

Die polnischen Kollegen schwiegen. Für sie als Polen war es trotz ihrer Sympathie für Albert und der grandiosen slawischen Fähigkeit zur Empathie nicht ganz so einfach, sich tief in das Leiden deutscher Flüchtlinge, Angehörige des damaligen Kriegsgegners, einzufühlen, zu groß und zu schwer war der Schatten der deutschen Gräueltaten. Durch Generationen hindurch. Das spürte Albert. Zur besseren Erklärung seiner persönlichen Erregung und um zurück zur Arbeit zu kommen, fügte er aber noch etwas hinzu: „Diese Szene darf deshalb keine religiöse Show sein. Sie hat für mich etwas geradezu Heiliges. Sie ist bedeutsam. Es war ein existenzielles Geschehen." Mariola Mazur und Dominik de Boer nickten. Mehr musste nicht gesagt werden.

Während Albert Simon beobachtete, wie die Schauspieler und Statisten auf ihre Plätze geführt wurden und Mariola Mazur mithilfe eines Assistenten die Ausleuchtung durchführte, wurde ihm bewusst, wie unterschiedlich die drei – die Groß-mutter, die Mutter und der Onkel – sich nach dieser wundersa-men Rettung weltanschaulich verhalten und weiterentwickelt hatten. Seine Großmutter war bis an ihr Lebensende sonn-tags in die Kirche gegangen, täglich hatte sie den Rosenkranz gebetet und in ihrem Wohnzimmer hing über dem Sofa ein Bild vom Heiligsten Herzen Jesu. Seine Mutter hingegen hat-te sich zu einer Verehrerin Rudolf Steiners entwickelt, ohne jedoch Mitglied der Anthroposophen-Gemeinde zu werden. Dafür war sie, wie er, zu wenig ein Gemeinschaftstyp. Sie las alles, was mit dem Aufkommen des New Age auf den Markt kam, besonders die Bücher von Shirley MacLaine hatte sie verschlungen. Onkel Siegfried hingegen war ziemlich schnell Mitglied der SPD und ein glühender Verehrer von Herbert Wehner und Willy Brandt („Uns Willy") geworden, so wie Alberts Vater es auch war. Nur mit Helmut Schmidt fremdelte der Onkel. So wie später mit Gerhard Schröder, dem „Brio-ni-Kanzler", dem Onkel Siegfried aber anrechnete, die ewige

Kohl-Regierung abgelöst und ein gutes, freundschaftliches Verhältnis zu Putins Russland aufgebaut zu haben. „Nie wieder Krieg gegen Russland. Wir haben nur gemeinsam eine Chance." Ob Onkel Siegfried das nach der Krim-Annexion immer noch gesagt hätte?

Die Kamera lief. Eng aneinandergedrückt saßen die Flüchtlingsdarsteller zusammen, eingehüllt in Decken. Dadurch, dass am frühen Morgen gedreht wurde, sahen die Gesichter allesamt noch sehr müde und unausgeschlafen aus. Ein guter Effekt. Denn genau das sollten sie auch, um die Strapazen der Flucht zu veranschaulichen. Hier und da flackerten Kerzen auf, doch der Schiffsraum war so dunkel wie ein Walfischbauch. Nun waren Nahaufnahmen dran: Mariola Mazur filmte das Gesicht einer älteren Frau; sie bewegte langsam die Lippen und schloss die Augen. Andere Statisten, an denen Mariola Mazur samt Kamera langsam vorbeiging, taten es ihr gleich. Als die Kamera an dem kleinen Mädchen angekommen war, das Albert Simons Mutter darstellte, rief Mariola Mazur nach einer eindringlichen Zeit der Stille: „Cut!" Die Darsteller entspannten sich, standen auf, dehnten ihre Glieder. Manche gähnten oder schüttelten sich, um die Müdigkeit und die Kälte zu vertreiben.

Albert Simon schaute sich mit Mariola Mazur auf einem kleinen Computerbildschirm das Ergebnis an; heutzutage war das aufgrund der modernen Technologie problemlos möglich. Was für ein Unterschied zu den Produktionsbedingungen seiner Vorbilder und seinen ersten filmischen Gehversuchen! Albert zeigte ihr nach dem Betrachten der Sequenz den hochgestreckten Daumen. „Doskonale!" Perfekt. Mariola Mazur lächelte. Auf eine leicht mondäne Weise, wie er fand, oder bildete er sich das nur ein? Überhaupt hatte er den Eindruck, als wäre Mariola Mazur trotz der Kälte von einem Dior-Parfümschweif umgeben.

*

Normalerweise vermied es Albert Simon während der Drehzeiten kategorisch, auf seinem Smartphone im Internet zu surfen. Doch dieses Mal war es anders. Sie hatten hier in Gdynia für die Dreharbeiten ein Schild mit der Aufschrift „Warnemünde" installiert, und als sie die Szene der Ankunft des Walfischfängers im rettenden Hafen drehten, der auch noch genau der Hafen war, in dem Alberts Vater fast 70 Jahre später verunglücken sollte, ging Albert Simon unauffällig online, um unter Google News nach Neuigkeiten zu suchen. Er gab seinen Namen in die Suchmaschine ein. Er wollte wissen, ob der Artikel oder das Interview der PAP-Journalistin schon online war. Offensichtlich nicht. Nein, nichts zu sehen.

Er atmete erleichtert auf. Jedoch stieß er bei Google auf einen Hinweis, dass sein Name seit zwei Tagen auf der Website einer radikalen Klimarettungsorganisation mit Sitz in Schlesien zu finden sei. Albert Simon sah, dass niemand vom Drehteam ihn beobachtete. Alle waren, wie es sich gehörte, auf den Dreh konzentriert. Er überlegte. Mariola Mazur und Dominik de Boer hatten die Lage im Griff. Also öffnete Albert Simon die geheimnisvolle Website. Er überflog einige ziemlich dilettantisch verfasste Pamphlete und Aufrufe, die mit Fotos von Großdemonstrationen an Industrieanlagen geschmückt waren. Da − in einem Blogeintrag von „GaiaX86" − entdeckte er seinen Namen.

Worum ging es? Albert Simon wurde vorgeworfen, mit einem Filmprojekt begonnen zu haben, in dem − wie man wisse − die Industriekultur und die traditionelle fossile Energiegewinnung verherrlicht werde. Obwohl diese Methoden doch, wie es wissenschaftlich längst erwiesen sei, den Tod der Umwelt bewirken würden. Den Tod von Mutter Erde. Es sei ein ökologisch reaktionärer Film, rückwärtsgewandt, anthropo-fixiert. Die Dreharbeiten seien deshalb unbedingt durch großangelegte Störaktionen zu behindern, notfalls auch gewalttätig, ansonsten wolle man sich einmischen, sobald Albert Simon und sein Team in Schlesien angerückt seien. Wie man aus sicheren Quellen wisse, hielten sie sich derzeit noch in Deutschland auf. Die *Europa Filmförderung* habe die Förderung dieses Filmprojektes dankenswerterweise ebenso abgelehnt wie das Polnische Filminstitut (Polski Instytut Sztuki Filmowej), man wisse aber, dass es für den Film einen rechtspopulistischen Sponsor gebe, der seinen Sitz in Ostdeutschland oder Bangkok habe. Es sei deshalb eminent wichtig, das Drehen dieses Filmes zu verhindern. Zumal wohl auch die NS-Vergangenheit in Schlesien glorifiziert werden solle. Der Regisseur, der bisher zwei Kinofilme veröffentlicht habe, die eigentlich ganz in Ordnung gewesen seien, und lange Zeit als renommierter EU-Werbefilmer gearbeitet habe, habe sich – wie es aussehe – in letzter Zeit bedauerlicherweise immer stärker radikalisiert und sei bereits im vergangenen Jahr mit frauenfeindlichen Verhaltensweisen (Gewalt gegen die Ehefrau und eine bekannte Sängerin) auffällig geworden. Er sei möglicherweise auch in einen Finanzskandal rund um die Warschauer Präsidentin Edyta Szmalska verwickelt. Sobald man mehr wisse, so „GaiaX86", würde man den Eintrag updaten. Für weitere Hinweise oder auch belastendes Material sei man aber in jedem Fall dankbar.

Albert Simon stellte das Smartphone auf Flugmodus und steckte es tief in die Tasche seiner Winterjacke. Er sah, wie das kleine Mädchen, das seine Mutter darstellte, noch etwas ängstlich, aber doch erleichtert, von dem Schiffssteg stieg und ihre Füße vorsichtig auf das sichere Land setzte. Mit der authentischen Weltkriegs-Puppe im Arm, die vor all dieser Zeit vermutlich einem polnischen Mädchen etwas Trost im Unheil von Gewalt und Zerstörung gegeben hatte. Neben dem Mädchen gingen die Darsteller der Großmutter und des Onkels. Auch in ihren Gesichtern konnte Albert einen Gedanken, ein Gefühl klar und deutlich erkennen: Gerettet. „Cut", rief Mariola Mazur, und Albert zuckte zusammen, so authentisch erschien ihm das Bild der flüchtenden Familienmitglieder. Für einen Augenblick erschien es ihm, dass sie es tatsächlich waren. Glorifizierung der Nazi-Zeit in Schlesien? Auf was für einen Quatsch manche Leute in ihrem Kampf gegen das Böse doch kamen. Fake-News waren nichts dagegen. Oder, anders ausgedrückt: genau dies waren Fake-News.

*

Beim Mittagessen während der Drehpause in einem Restaurant in Hafennähe herrschte ausgelassene Stimmung. Die Statisten, die Schauspieler, sie alle warfen die durch die Dreharbeit heraufbeschworene Last der Nazi-Vergangenheit ab und blödelten um die Wette. Sie zogen den Käse auf einer Pizzascheibe in die Länge und spießten so viele Pommes Frites wie möglich auf eine Gabel; die Kinder beherrschten das, und es stachelte die Erwachsenen zu Konkurrenzwettbewerben an, die auf diese Weise ihre Spiellust und Lockerheit ausdrückten. Auch Mariola Mazur wirkte entspannt. Sie lachte und erzählte Anekdoten aus ihrer Filmvergangenheit. Dabei erwähnte sie bisweilen Albert Simon und ihre gemeinsamen grotesken Erfahrungen bei internationalen Filmdrehs. Wieder sah sie ihn mit diesem mondänen Lächeln an, das Albert bei ihr in all den Jahren der gemeinsamen Arbeit so nicht erlebt hatte. Waren dies vielleicht die erotischen Wallungen der Wechseljahre? Die Jüngeren unter den Zuhörern hörten den Geschichten gebannt zu, als wären sie in einem Vorlesungssaal. Die Älteren fragten hier und da nach, um die Geschehnisse mit ihrem eigenen Erfahrungsschatz zu verknüpfen. Albert fühlte sich bei dem ein oder anderen Lob der langjährigen Kollegin gerührt und geschmeichelt; für einige Momente konnte auch er seine durch das PAP-Interview und die Website geweckten Sorgen vergessen. Im Prinzip lief ja doch alles, wie es aussah, nach Plan. Als Dominik de Boer rausging, um eine Zigarette zu rauchen, folgte ihm Albert aber sofort.

„Willst du auch wieder mit dem Rauchen anfangen?", fragte der Produktionsleiter ihn ironisch.

„Vielleicht sollte ich es", sagte Albert mit einem besorgten Duktus in der Stimme, der Dominik de Boer nicht entging. „Probleme?"

Albert Simon hielt ihm sein Smartphone hin, damit Dominik de Boer den Blogeintrag der radikalen schlesischen Naturschützer lesen konnte, was dieser auch tat. Während er las, glühte seine Zigarette aufgrund des eisigen Meerwindes so schnell weiter, dass die Asche von allein auf den Boden fiel. Welche Verschwendung. Dominik de Boer hatte zu Ende gelesen. Als er wieder einen Zug an der Zigarette nehmen wollte und sah, dass diese bereits verglüht war, warf er den Stummel leicht verärgert weg.

„Mach dir keine Sorgen, Albert, wegen der Umweltfreunde. Das kriegen wir hin. Mail mir das mal zu, dann leite ich es weiter an die Polizei. Wir haben die Drehgenehmigung; da können sich diese Hansel von mir aus an den Stahlkocher kleben, der Dreh wird definitiv stattfinden."

Albert war erleichtert. Auf seinen dunkelhäutigen Kollegen war wirklich in jeder Krise Verlass.

Doch Dominik de Boer war noch nicht fertig mit seiner Einschätzung der Lage. „Was mir mehr Sorgen macht, ist der Hinweis auf die Warschauer Präsidentin Edyta Szmalska und einen möglichen Finanzskandal in ihrer Behörde. Weißt du davon etwas?"

Albert Simon überlegte, ob er seinem Produktionsleiter, der den *Regenbogen*-Auftrag aufgrund seines beherzten Handelns gerettet und dafür ebenfalls mit einer beträchtlichen Summe entlohnt worden war, von dem unerfreulichen Interview mit der PAP-Journalistin und dem im Raum stehenden Vorwurf berichten solle, dass es bei der Ausschreibung des *Regenbogen*-Spots nicht ganz mit legalen Dingen zugegangen sei. Doch er unterließ es. Warum unnötig Unruhe in das Team bringen, wenn die Dreharbeiten doch so gut voranschritten? Wahrscheinlich würden sich die Vorwürfe gegen die Präsidentin sowieso schon bald in Luft auflösen und damit auch die Vorwürfe in Verbindung mit der Ausschreibung.

„Nein, nichts", antwortete Albert also.

Doch Dominik de Boer war neugierig geworden. „Dann lass uns doch mal schauen, was darüber in den Medien steht." Dominik de Boer hantierte mit Albert Simons Smartphone. „Darf ich?"

Albert Simon nickte. Jetzt war es eh zu spät. Der Produktionsleiter gab den Namen der Präsidentin bei Google News ein.

Das Suchergebnis war überwältigend. Es gab aktuelle Artikel in Hülle und Fülle. Wobei ganz oben ausgerechnet ein Artikel angezeigt wurde, zu dem nicht nur das Gesicht der Politikerin zu sehen war, sondern erstaunlicherweise auch das Gesicht von Albert Simon. Das Entsetzen darüber war bei ihm und Dominik de Boer gleich groß.

Dominik klickte den Link an. Er gehörte zu einer konservativen Zeitung, doch der Text war eine Agenturmeldung, gerade mal 5 Minuten alt, die man übernommen hatte. Eine Agenturmeldung von PAP. Demnach hatte Edyta Szmalska in ihrer langen Präsidentschaftszeit eine Art Selbstbedienungssystem etabliert, bei dem sie die verschiedenen Gelder, die ihr für die verschiedenen Bereiche der städtischen Weiterentwicklung zur Verfügung standen, ganz nach Gusto einsetzte, ohne darüber genau Buch zu führen. Dass sie sich und ihre engsten Mitarbeiter auch selbst mit ominösen Prämien bereichert hatte, schien eine ausgemachte Sache zu sein. Nun kam es laut Stimmen der Opposition darauf an, dass die Justiz mit Wirtschafts- und Steuerprüfern durchgriff, doch ob die dabei nötige politische Unabhängigkeit gewährt sein würde, war zweifelhaft.

Auch im Bereich der Kultur, so konnten Albert Simon und Dominik de Boer lesen, habe es erstaunliche Abläufe gegeben. Es wurde die Finanzierung eines Theaters genannt, das eine Schauspiellegende leitete, die Vergabe von Geldern an verschiedene kulturelle Stiftungen und als dritter Punkt die Ausschreibung und Finanzierung eines Werbe-Spots, den der seit Langem in Polen lebende deutsche Regisseur Albert Simon (*Requiem, Der Tag*) gedreht habe und der durch seine

Ehefrau und Managerin eingefädelt worden sei, was darauf schließen lasse, dass auch diverse Künstler wissentlich bei diesem Korruptionssystem der Edyta Szmalska mitgemacht hätten oder dies immer noch tun würden. Es liege im Interesse des polnischen Steuerzahlers, dass endlich Transparenz in diese Angelegenheit gebracht werde. Notfalls müsse man sich an die Europäische Union wenden. Trotz zehnjähriger EU-Mitgliedschaft habe Polen offensichtlich immer noch nicht das gebotene rechtstaatliche Niveau erlangt, wenn eine langjährige Präsidentin der Hauptstadt so lange unbehelligt ihr dunkles Spiel betreiben könne – mit Methoden, die an die Mafia erinnerten. Im Übrigen hätten alle namentlich Genannten für Aussagen zu den Vorwürfen gegenüber PAP nicht zur Verfügung gestanden.

Dominik de Boer schaute betreten auf die graue Hafenanlage und das nicht minder trist wirkende Meer, über dem Scharen von Möwen gerade wilde Loopings drehten. Er wendete sich abrupt Albert Simon zu. „Also hast du doch mit PAP darüber gesprochen!", fauchte Dominik de Boer ihn an. „Und mir sagst du, du wüsstest nicht, worum es geht? Du bist involviert – und du hast Mariola und mich wissentlich mit hineingezogen. Tolles Skript!"

Albert Simon kratzte sich nervös an der Schläfe. Etwas musste er dem befreundeten Kollegen sagen. Nur was? Es fiel ihm schwer, die ganze Wahrheit rauszulassen. Es ging nur scheibchenweise. „Dominik, ich habe mit dieser PAP-Journalistin über unser aktuelles Filmprojekt gesprochen. Ich kann dir ihre Interview-Anfrage zeigen." Er griff nach dem Smartphone und öffnete den Mail-Account. „Hier. Siehst du?"

Er überreichte Dominik de Boer das Smartphone mit der Mail-Anfrage der PAP-Journalistin auf dem Display. „Ich habe keine Ahnung, wie sie auf derartige Unterstellungen kommt."

Dominik las die Mail, die die Journalistin an Albert Simon geschickt hatte. Der Produktionsleiter rieb sich verwundert die Augen. Was und wem sollte er nun glauben? „Ihr habt nicht über Edyta Szmalska und die Finanzierung des *Regenbogen*-Spots gesprochen?" Seine Zweifel an Albert Simons Darstellung waren unüberhörbar.

„Nein", sagte Albert Simon, um allmählich eine weitere Scheibe der Wahrheit hinzuzufügen: „Sie hat mir nur eine Frage gestellt, auf die ich nicht antworten konnte, weil ich dazu wirklich nichts sagen kann."

„Eine Frage zur Ausschreibung?"

„Ja."

Dominik de Boer versuchte, sich eine weitere Zigarette anzuzünden, an der er nervös zu kauen begann. Das Feuerzeug funktionierte nicht. Wegen des Windes oder wegen seiner Nervosität? Man spürte, dass er abwägte, ob er Albert, mit dem er so viele Jahre gut zusammengearbeitet und mit dem es nie Probleme gegeben hatte, noch trauen konnte. Menschen änderten sich, oder hatte er sich von Anfang an in Albert getäuscht? Sein Bauchgefühl und sein schnelles Denken schienen ihn, anders als sonst, in dieser Situation im Stich zu lassen. Seine Haut wirkte porös. Lag es an der Angst, in etwas hineingezogen worden zu sein, das seiner Reputation erheblichen Schaden zufügen konnte?

„Hast du mit deiner Frau schon darüber gesprochen?", fragte Dominik den Deutschen.

„Nein", sagte Albert Simon zum Erstaunen des Produktionsleiters.

„Du musst unbedingt mit ihr sprechen", drängte ihn Dominik de Boer. „Am besten sofort! Ich möchte hören, was sie sagt." Er gab dem deutschen Regisseur das Smartphone zurück.

Albert Simon schaute auf das Gerät. Er versuchte, seine Gedanken zu ordnen, während die ersten Statisten, gefolgt von Regieassistenten und Aufnahmeleiterin, in ihren historischen Kleidern fröhlich an ihnen vorbeiliefen. Die gute Laune am Set war spürbar. Die Mittagspause war vorbei.

Die Dreharbeiten gingen weiter. Außenaufnahmen. Meer, Strand, Himmel. Wie peinlich diese Situation für Albert war. Und wie unpassend. Alles lief richtig und doch verkehrt. Wie in einem Alptraum. Was würde seine Frau nun sagen? Seine Noch-Ehefrau Agata, mit der er seit seinem Geburtstag Anfang Dezember nicht mehr gesprochen hatte? Ausgerechnet mit ihr sollte, musste er jetzt sprechen, um Klarheit zu bekommen und die Weiterarbeit von Dominik de Boer zu sichern? Er scrollte zu ihrem Namen, atmete tief ein und aus, dann drückte auf den Anrufbutton. Er stellte den Gerätelautsprecher auf Mithören. Dominik de Boers Anliegen, das konnte man drehen und wenden wie man wollte, war berechtigt.

Endlich, nach einer langen Weile des vergeblichen Durchklingelns meldete sich Alberts Frau mit wehleidiger Stimme. Zunächst war Albert erleichtert, er hatte befürchtet, dass sie aggressiv oder hysterisch auf seinen Anruf reagieren würde.

„Was hast du?", fragte Albert vorsichtig. „Bist du krank?"

„Migräne", klagte seine Frau. Ihre Stimme klang sehr schwach.

„Das tut mir leid", sagte Albert Simon.

In diesem Moment wandelte Mariola Mazur an ihm und Dominik de Boer vorbei und lächelte zu beiden herüber. Noch nie hatte er sie bei Dreharbeiten so entspannt und zufrieden erlebt.

„Es geht um Folgendes", setzte Albert das Telefonat mit seiner Frau fort. „Sicher hast du in den Nachrichten von dem Skandal um die Warschauer Präsidentin gehört ...".

„Was für ein Skandal?" Die Stimme seiner Frau klang authentisch, als hätte sie kein Wissen von dem, was gerade in den Medien bezüglich des *Regenbogen*-Spots ablief oder sich rund um die Warschauer Präsidentin aufschaukelte.

„Edyta Szmalska soll laut Medienberichten eine Art mafiöses Selbstbedienungssystem etabliert haben. Korruption auf verschiedenen Ebenen. Der Kultur- und Medienbereich ist auch betroffen. Es wird sogar angenommen, dass bei der Vergabe des *Regenbogen*-Spots getrickst wurde. Ist dir mehr dazu bekannt?"

„Mir?!" Die Stimme seiner Frau wurde nun trotz Migräne kräftiger. „Wieso sollte mir etwas bekannt sein? Was habe ich mit Korruption zu tun? Ich wollte dir helfen. Deshalb habe ich dich auf die Ausschreibung des Spots aufmerksam gemacht."

Er blickte Dominik an, als wollte er sich vergewissern, ob diese Antwort für den Produktionsleiter ausreichend war und das Telefonat beendet werden konnte. Die Mimik von Dominik de Boer war eindeutig: Er schien mit dem bisher Gesagten noch nicht zufrieden. Albert Simon musste weiterfragen.

„Gab es bei der Ausschreibung denn besondere Vorkommnisse?"

Agata schwieg. Sie war nun wütend, das spürte Albert Simon, ohne sie zu hören oder zu sehen. Er kannte diese gereizte Stimmung bei ihr. Gut möglich bei ihrem manchmal recht aufbrausenden Temperament, dass sie das Gespräch nun abrupt beenden würde, so wie er es bei der PAP-Journalistin gemacht hatte. Er versuchte, sich ihr Gesicht vorzustellen.

„Das kann ich nicht sagen", sagte seine Frau mit ihrer Leidensaura, aber ihre Stimme wurde nun um eine Nuance autoritärer. „Ich habe den Vertrag nicht unterschrieben, Albert. Das hast du getan. Ich habe dich nur auf das Projekt aufmerksam gemacht. Ich habe mit den Bewerbungsprozeduren nichts weiter zu tun."

„Verstehe", sagte er. „Aber war es denn ordentlich ausgeschrieben? Konnten sich auch andere Filmleute mit einem Konzept um den Spot-Auftrag bewerben? Woher wusstest du davon?" Seine Frau hustete und schnaufte. „Ich verstehe dich nicht, Albert. Erst hilft man dir und setzt sich für dich ein, dann kommst du als Richter oder Staatsanwalt und machst ein Verhör mit mir. Ich muss jetzt wirklich auflegen. Ich bin zu schwach. Ich kann nicht mehr dazu sagen."

Albert Simon hörte ein Klicken in der Leitung. Seine Ehefrau hatte aufgelegt. Die beiden Männer schauten sich mit ratlosen Mienen an. „Also, wenn ich ehrlich bin", sagte Dominik und nahm, da das Feuerzeug endlich funktionierte, einen tiefen Zug von der Zigarette, „hätte ich jetzt wohl noch mehr gute Gründe, um skeptisch zu sein. Ich weiß, deine Frau hat häufig gesundheitliche Probleme gehabt in der Vergangenheit, aber das, was ich gerade gehört habe, wirkt auf mich doch sehr … künstlich, als würde sie auf ziemlich billige Weise etwas zu verbergen versuchen."

Albert konnte ihm nicht widersprechen. So gern er es auch getan hätte. Agata war extrem unnatürlich gewesen. Andererseits wusste er, dass seine Frau einen ganz natürlichen Hang zur Theatralik hatte. Ihr Wesen war dramatisch. Doch etwas musste er dringend dem langjährigen Mitarbeiter gegenüber klarstellen: „Ich kann mir selbst keinen Reim auf das alles machen, Dominik, sosehr ich es auch versuche. Ich habe mich immer nur auf das Filmische konzentriert. Die juristischen Dinge, damit kenne ich mich nicht aus. Wirklich. Es wirkte bei dem LGBT-Projekt alles seriös, sonst hätte ich dich und Mariola nicht ins Boot geholt."

Dominik bemerkte, dass Albert Simon etwas zitterte. An seinem rechten Auge war ein nervöses Zucken zu erkennen. Er klopfte dem Filmregisseur zur Beruhigung auf die Schulter. „Jetzt drehen wir erstmal den Film weiter, Albert, solange es geht. Abführen können sie uns dann immer noch."

Albert lachte. Er war dankbar, dass Dominik trotz Skepsis weitermachte. Doch etwas in ihrer freundschaftlichen Berufsbeziehung war lädiert, das spürte er.

*

Am Abend lag Albert Simon voll bekleidet auf dem Bett seines Hotelzimmers; er hatte nur den Mantel abgelegt und die Winterstiefel ausgezogen. Es war ein hervorragender Drehtag gewesen. Eigentlich hatten sie nun alle Szenen, die sie am Meer zu drehen hatten, im Kasten. Schneller als erwartet. Sie konnten, wie Dominik de Boer beim Abendessen gesagt hatte, morgen früh abfahren, um die Ruhrgebietsszenen bei Kattowitz zu drehen, was im Team allerdings nicht gerade Begeisterungsstürme ausgelöst hatte. Wer reiste schon euphorisch quer durch Polen von Gdynia in die Industriestadt Dąbrowa Górnicza? Auch Albert freute sich nicht. Er war in einer ziemlich fahrigen Stimmung; der PAP-Artikel, die Website, das merkwürdige Gespräch mit seiner Frau in Anwesenheit von Dominik de Boer – wohin würde das alles noch führen? Albert hatte das Licht in seinem Zimmer ausgemacht, um die Lichter des Hafens, die durch die Fenster zu sehen waren, besser betrachten zu können. Licht, Wärme, Hoffnung – im kollektiven Unbewussten, fand er, gab es ein Reservoir an heilenden Symbolen, auf die das Individuum im Bedarfsfall zugreifen konnte. Licht gehörte dazu, genauso wie das Symbol des Hafens, so tödlich dieser für seinen Vater auch gewesen war.

Albert Simon schloss die Augen und dachte an die Ohnmachtsanfälle seiner Frau zu Beginn ihrer Ehe, wenn sie stritten, was relativ häufig vorgekommen war. Schon damals hatte er sich gefragt, ob sie die Ohnmacht nur spielte oder ob sie doch aufgrund einer nervlichen Überreizung davon ergriffen wurde, wie bei einer Form von Epilepsie. Diese Schwäche passte überhaupt nicht zu der robusten Erscheinung, die sie sonst der Welt präsentierte: die starke Frau, die Managerin, die weltgewandte Tochter des früheren Parteibonzen. Schon immer hatten ihn Zweifel beschlichen, ob er nicht die labil wirkende Grafikerin Anna seiner Ehefrau hätte vorziehen sollen. Deren Erfolge beim Film wirkten wie eine späte Bestätigung. So konnte man sich täuschen. Aber es half alles nichts: Er durfte jetzt nicht länger warten, er musste endlich juristische Schritte unternehmen und seinen Anwalt einschalten, Leo Rosenstein, den älteren, gebildeten Herrn mit jüdischen Wurzeln, dessen Büro sich in einem modernen Bürogebäude mitten im Zentrum von Warschau befand, in der Nähe des Museums des Warschauer Aufstands.

Wenn er noch lebte. Das letzte Mal, dass Albert Simon bei Leo Rosenstein gewesen war, lag schon einige Zeit zurück. Im Sommer 2013, unmittelbar nach dem Tod seines Vaters, als es um die Testamentseröffnung ging, hatte er den lebenserfahrenen, klugen Anwalt aufgesucht. Dies war nötig gewesen, weil eine Bekannte seines Vaters, die dieser sich im Volkshochschulkurs nach dem Tod seiner Mutter angelacht haben musste, überraschend Ansprüche geltend gemacht hatte. Das konnte Leo Rosenstein aber von Warschau aus schnell abschmettern. Er sprach ebenso gut Deutsch wie Englisch als Fremdsprache und kannte sich in den Gesetzen zahlreicher Länder aus, als hätte er sie alle studiert. Wahrscheinlich hatte er sie auch alle studiert, weil in allen Ländern der Welt Verwandte von ihm lebten. Viele seiner Kunden wohnten in New York, London und Tel Aviv. Ein Weltbürgertum, das Albert Simon imponierte, aber mit Blutverlust und Tragik erkauft war. Ein Teil von Rosensteins Familie war in Auschwitz umgekommen und der andere Teil rechtzeitig nach Palästina, England oder Amerika geflüchtet. Warum Leo Rosenstein vor diesem familiären Hintergrund ausgerechnet Sympathien für den deutschen Regisseur aus dem Ruhrgebiet, der Munitionskammer der Nazis, besaß, hatte Albert Simon nie recht verstanden, aber es hatte ihn gefreut. Vielleicht sah der Alte ihn als Todesboten, als einen Repräsentanten der Nation, der er auf den letzten Metern seines Lebens noch vergeben musste, so schwierig das auch war, vielleicht gar unmöglich. Im Angesicht eines größeren Richters kam es aber nicht nur auf erfolgreiche Geschäfte an.

Albert Simon stellte sich das listig-gütige Gesicht seines Anwalts vor. Morgen Mittag, sobald sie auf der Autobahn eine Pause machten, würde er ihn anrufen. Bei der Gelegenheit konnte er auch gleich das Thema Trennung ansprechen. Bei seinem juristischen Universalwissen konnte Leo Rosenstein vermutlich auch schnell die zivile Scheidung erwirken. Vielleicht sogar die kirchliche Annullierung? Das wohl eher nicht. Albert bedauerte immer mehr, dass er sich in der Welt der Paragraphen nicht auskannte. In diesem Punkt hatte sein Vater mit seiner Studienempfehlung („lieber etwas richtiges wie Jura") doch recht gehabt.

Albert stand auf, um den Fernseher einzuschalten. Aber warum tat er das? Wollte er sich nach den erfolgreichen Drehtagen selbst quälen? Seine Ängste bestätigt sehen? In der polnischen Nachrichtensendung, es war der 6. Februar, mangelte es nicht an Ereignissen, die sich direkt oder indirekt auf die Ukraine bezogen: Der französische Präsident François Hollande, Bundeskanzlerin Angela Merkel und Kreml-Herrscher Wladimir Putin taxierten in Moskau die Zukunft der Ostukraine aus; ferner wurde berichtet, dass die NATO als Reaktion auf Russlands Einwirkung in die Ukraine neue Stützpunkte in Osteuropa erwäge; die deutsche Verteidigungsministerin Ursula von der Leyen brachte auf der Münchener Sicherheitskonferenz eine stärkere Führungsrolle Deutschlands bei internationalen Konflikten ins Spiel; darüber hinaus unterhielt sich die gutaussehende Nachrichten-Moderatorin, die einen eleganten Pagenschnitt trug, mit Korrespondenten und Experten über den Zustand einiger Länder des Nahen Ostens. Überall, das wurde mit Traurigkeit und Enttäuschung konstatiert, gab es seit dem „Arabischen Frühling" von 2011 Instabilität und Terror. Die Taliban wüteten in Afghanistan, der Islamische Staat machte den Irak und Syrien unsicher, das mit dem Assad-Regime an sich schon genug bestraft war. Doch so schlimm dies auch alles war: tröstlich war aus Sicht von Albert Simon, dass die Warschauer Präsidentin in den Nachrichten nicht erwähnt wurde. Und auch er nicht. Es gab also durchaus noch andere journalistische Themen. Themen von wirklicher Bedeutung. Das tat ihm gut.

Er stellte den Fernseher wieder aus und setzte sich auf das Bett. Er versuchte, ruhig zu atmen, so regelmäßig wie die

Wellen des Meeres rollten. Eigentlich war es nun höchste Zeit für ein Gespräch mit Daria. Sicher wartete sie schon längst auf ein Zeichen von ihm und rief nur deshalb nicht an, weil sie ihn nicht während der Dreharbeiten stören wollte. Die Gute. Doch was sollte er ihr erzählen? Dass alles optimal lief? Das stimmte oberflächlich betrachtet mit Blick auf die Produktion. Doch sicherlich würde sie mit ihrer Sensibilität sofort erspüren (wenn sie es nicht längst schon tat oder wusste), dass etwas nicht in Ordnung war. Der mediale Wirbel um den *Regenbogen*-Spot, die Gerüchte um die Legalität der Ausschreibung. Etwas, das für ihn ganz unvorhergesehen in die Dreharbeiten hineinragte und dafür umso bedrohlicher wirkte. Was sollte er ihr sagen? Wie sollte er es ihr erklären?

Albert war sich sicher, dass Daria, die anders als er Genauigkeit und Details liebte, die Rolle seiner Frau sehr kritisch einschätzen würde, wenn er ihr alles genauestens erklären würde. Das lag auf der Hand. Sie waren Konkurrentinnen, und Frauen konnten nicht gegen ihre Natur handeln. Diese Vorstellung gefiel Albert Simon aber nicht, weil er sich nicht sicher war, ob seine Frau wirklich und wissentlich etwas Unrechtes getan hatte. Das passte nicht zu ihr. Hatte sie nicht hin und wieder Panikanfälle erlitten, wenn etwas Halbseidenes an einem Geschäft zu haften schien? Sie war keine Gangsterin. Was sollte er also tun?

Er begab sich in den Lotussitz und hatte ein paar Minuten meditiert, als er sich entschloss, Daria anzurufen. Er hockte sich so entspannt wie möglich auf das Bett und wartete, bis sie abnahm. Sofort traf es ihn ins Herz und ins Gewissen, als er Darias verheulte Stimme hörte. Sie musste von dem Skandal rund um den *Regenbogen*-Spot erfahren haben. „Was ist mit dir, Daria?", fragte er fürsorglich.

„Ich weiß nicht, Albert", sagte sie. „Ich fühle mich … komisch."

Komisch. War das ein diplomatisches Ausweichmanöver? Sicherlich hatte Daria die aktuellen Artikel über ihn gelesen. Daran war nichts komisch. Nun fühlte sie sich unwohl in Gesellschaft eines potenziellen Verbrechers. Das war normal.

„Komisch? Aber warum? Was ist denn passiert, Daria?"

Sie sagte nichts, bekam stattdessen einen Weinkrampf. Die zweite schwierige Frau an diesem Tag, dachte Albert Simon und versuchte, nachdem sie einige Zeit nichts gesagt, sondern nur geweint hatte, etwas Positives in das Gespräch einzustreuen. Er hatte sowieso nichts mehr zu verlieren. „Wir kommen mit der Produktion sehr gut voran. Dank der von dir organisierten Puppe kommt die Szene mit meiner Mutter ... mit dem Mädchen ... sehr gut rüber. Wir werden schon morgen weiter nach Kattowitz fahren können."

Stille in der Leitung. Ein leises Schluchzen. Dann, nach einigen Sekunden, die Albert Simon wie Minuten vorkamen. „Das ist gut."

Doch schon bald weinte Daria erneut. Albert ließ es zu. Er gab ihr das Gefühl, nichts sagen zu müssen, nicht auf die Uhr zu sehen, doch in seinem Kopf hämmerte weiter ein Dämon. Der Dämon der Angst um seinen Ruf, seine Reputation.

„Gibt es Ärger im Antiquariat?", fragte er einfühlsam, ohne im Geringsten daran zu glauben, dass dies der Fall sei.

„Nein", sagte Daria dann auch entschieden. „Das ist es nicht." Sie zögerte wieder, schnäuzte sich die Nase. „Es ist etwas anderes. Etwas ganz anderes."

Albert Simon bekam einen Schreck. Etwas „ganz anderes" – das konnte, das musste der Skandal rund um die Stadtpräsidentin und ihn sein, den Daria offenbar als so gravierend empfand, dass es ihr aufgrund ihres feinen Ehrgefühls nahezu unmöglich war, mit ihm offen darüber zu sprechen. Die Sekunden strichen dahin, als wären sie beide der Zeit entrückt.

„Versprichst du mir", sagte Daria nun, „versprichst du mir, Albert, dass du nicht böse sein wirst über das, was ich dir sage?"

Albert schluckte. Hatte er es sich nicht gleich gedacht? Sie hatte es rausgefunden. Nun hielt auch sie über ihn Gericht. Er war ihrer unbestechlichen Ethik ausgeliefert. Das war immerhin besser als der PAP-Journalistin ausgeliefert zu sein. Gut war es dennoch nicht.

„Ich verspreche es", sagte er. Ohne innere Verbindung mit den Worten, eher so wie damals vor vielen Jahren als Messdiener in der Ostermesse, wenn der Glaube mit den dazugehörigen rituellen Formeln erneuert und bekräftigt wurde. Ich glaube, ich widersage. Ich glaube, ich widersage.

„Gut", sagte Daria, die sich zusammennahm und trotz ihres schweren Atems das aussprach, was sie bedrückte: „Ich bin schwanger."

In diesem Moment klopfte jemand energisch an die Tür seines Hotelzimmers.

„Verzeih, Daria. Jemand klopft gerade an der Tür. Ich bin gleich zurück. Bitte bleib dran!" Albert Simon löste seine Beine aus dem Lotussitz, stand auf und ging mit leichten Schwindelgefühlen zur Tür. Er spürte Schleim in seinem Rachen aufsteigen wie immer bei zu großer Stressakkumulation. Mit dem Smartphone in einer Hand öffnete er die Zimmertür. Vor ihm stand Mariola Mazur, mit einem schwarzen Rock, der sich eng an ihre Taille schmiegte und bis zu ihren Knien reichte, einem weiten Pullover und grimmiger Miene. Die wilden, blonden Haare, die sie sonst offen trug, hatte sie zu einem Zopf zusammengebunden.

„Albert, wir müssen reden!"

Albert staunte. Noch eine Verwandlung? Dabei hatte seine Kamerafrau ihn doch heute schon dadurch überrascht, dass sie so auffällig entspannt und geradezu verführerisch-fröhlich agiert hatte. Doch er blieb beim Gedanken an Daria und die gerade mitgeteilte Neuigkeit standhaft. „Ich komme gleich zu dir, Mariola. Gib mir eine Viertelstunde! Es ist wichtig. Ich komme gleich."

Ohne die Antwort seiner Kamerafrau abzuwarten, zog er die Tür zu und ging zurück zum Bett. Er fühlte sich wie Bill

Murray in *Broken Flowers* oder *Lost in Translation*. Wie ein Mann zwischen zu vielen Frauen, dem die Dinge des Lebens entgleiten. Eine Rolle, die Albert Simon nie angestrebt hatte, weder bei der Arbeit noch privat. Und nach der es in den vergangenen Jahren auch nicht ausgesehen hatte. Doch so war es gekommen. Was war nur plötzlich mit all den Frauen um ihn herum los? In seiner aktiven Ehezeit waren ihm die Vertreterinnen des anderen Geschlechts normaler vorgekommen. Weniger bedrohlich. Vielleicht weil er distanzierter gewesen war? Nun schienen alle Kanäle offen zu sein.

„Ich bin wieder da", sagte er zu Daria, nachdem er den Lotussitz auf dem Bett eingenommen hatte. „Wir haben Zeit."

„Ja", flüsterte sie. Er spürte ihr Zögern, ihre Angst, was er als nächstes sagen würde. Sicherlich war das Warten wegen des Klopfens an der Tür für sie furchtbar gewesen. Eine Tortur. So bedrohlich wie eine Fahrt über die verminte Ostsee.

„Daria …", fing Albert Simon langsam an, wissend darum, dass jedes Wort, jede Betonung und jede Pause von ihr genauestens registriert wurde. „Das ist eine … wunderbare Nachricht. Ich meine … ein Kind. Unser Kind."

Er hörte, wie Daria, die Frau, der er erst vor sechs Monaten zufällig in einem Antiquariat begegnet war, erneut zu weinen begann. Doch es war ein anderes Weinen als zu Beginn des Telefonats. Nicht verzweifelt, sondern dankbar. Erleichtert.

„Du bist mir nicht böse?", fragte sie ihn.

„Nein", sagte Albert Simon und sah dabei sein 44 Jahre altes Gesicht, das sich im dunklen Fenster vor dem Hintergrund des Meeres und der Hafenlichter spiegelte.

„Warum sollte ich böse sein? Ein Kind. Das ist … Leben… Zukunft…Verbindung."

Daria schwieg. Vermutlich weinte sie erneut. Vor Rührung über seine einfühlsame Reaktion. Doch Albert stellte sich vor, wie es eines Tages sein würde für dieses unerwartete Wesen, das in ihr zu existieren begonnen hatte, über die Untaten des Vaters im Internet zu lesen. Es war noch nicht geboren und schon verdammt, sein Kind zu sein. Verstrickt in seinen Fehlern, seinem Lebenslauf, seinen Dämonen. Vom Kinderwagen bis zur Bahre. Bei diesem Gedanken kamen auch ihm die Tränen.

„Aber du bist verheiratet, Albert", sagte Daria nun. „Was wir gemacht haben, ist Ehebruch. Und nun auch noch ein Kind. Ist das denn richtig?"

„Du meinst, wir sollten es ...?" Er wagte das Wort nicht auszusprechen.

Daria, mit der er nie über Religion gesprochen hatte, die über der Eingangstür ihrer Wohnung aber wie in Polen durchaus auch noch heute üblich ein kleines Kruzifix hängen hatte, weinte erneut. Nun war aus Sicht von Albert Simon die Zeit reif für ein klares Wort. Entschiedenes Handeln.

„Daria, ich werde morgen meinen Anwalt anrufen, um die Scheidung einzuleiten!", sagte Albert Simon entschlossen. „Das hatte ich sowieso vor, weil es ein bisschen Ärger gibt wegen der Ausschreibung des Regenbogen-Spots."

„Was für Ärger?" Daria verstand nicht.

„Ach, nichts Besonderes. Mach dir keinen Kopf darüber", beschwichtigte Albert Simon sie. „Wahrscheinlich wird sich alles schon sehr bald einrenken oder in Luft auflösen."

„Das heißt, wir werden heiraten?", fragte Daria den Filmregisseur vorsichtig. Er schluckte.

Heirat, ein schwergewichtiges Wort. Besonders nach so vielen Ehejahren mit einer anderen Frau. Er erinnerte sich zudem, dass er einmal in einem Horoskop zu seinem Sternzeichen Schütze gelesen hatte, dass besonders den in diesem Zeichen Geborenen zuzutrauen sei, vor dem Altar die Flucht zu ergreifen, so freiheitsliebend seien sie. Hatte er es damals, vor so vielen Jahren, nicht ähnlich erlebt? So hatte er sich am liebsten aus dem Staub machen wollen, als er in der geschmückten Kirche die festlich gekleidete Hochzeitsgesellschaft gesehen und sich vorgestellt hatte, gleich seinen Finger durch einen Ring aus Gold stecken zu müssen. Doch mit Daria, das spürte er, würde es anders sein. Es stimmte. Er brauchte nicht wegzurennen. Die Harmonie zwischen ihnen beiden war ein Beweis dafür.

„Ja", sagte er so selbstverständlich wie möglich und betrachtete wieder sein Spiegelbild im dunklen Fenster, und er ergänzte: „So schnell wie möglich."

Daria schwieg, viel länger als zuvor, dann sagte sie: „Kocham cię."

Albert Simon erwiderte ihre Aussage ebenso auf Polnisch („Ich liebe dich auch") und blickte besorgt auf seine Armbanduhr. Viel länger durfte er Mariola Mazur nicht warten lassen. So wichtig das Gespräch mit Daria, die immerhin ein Kind von ihm erwartete und sich innerlich bereits auf die Hochzeit mit ihm einstimmte, auch war, er musste es dennoch allmählich zu einem Ende führen. Denn: Ohne Kamerafrau kein Film – und das Filmprojekt war auch eines seiner Kinder. Er schlug einen sanften Ton an: „Nun ruh dich aus, Daria. Das weitere besprechen wir morgen. Ich danke dir aber, dass du mich eingeweiht hast in dein, in unser Geheimnis."

Daria flüsterte: „Albert, du bist wunderbar."

Er schüttelte den Kopf. „Du auch, Daria."

*

Albert Simon ging mit langsamen, behutsamen Schritten über den Hotelflur. Seine Sorge, dass er das Zimmer von Mariola Mazur nicht finden könnte, war unbegründet. Er hörte ein lautes Poltern aus einem der Räume. Das musste sie sein. Er klopfte an der Tür, die bald darauf von Mariola aufgerissen wurde. Sie lief zurück in den Raum und setzte das Kofferpacken fort. Mit wilden Bewegungen und dem gleichen grimmigen Gesichtsausdruck, den sie schon an seiner Zimmertür gehabt hatte.

„Ich bin hier, um zu reden, Mariola, wie du es wolltest", sagte

Albert und überlegte, ob er sich auf den Stuhl, der in Nähe eines Tisches stand, setzen sollte oder ob es besser war, stehenzubleiben. Er entschied sich für das Letztere. Da Mariola nicht antwortete, sondern weiter ihre Sachen packte, darunter schwarze Dessous, die er ihr gar nicht zugetraut hätte, fügte er hinzu: „Oder willst du erst packen?"

Nun unterbrach sie ihre Tätigkeit, leicht schnaufend, und Albert Simon fragte sich, ob sie wohl in der Lage wäre, physische Gewalt gegen ihn oder irgendeinen anderen Mann anzuwenden. Eine verrückte Frage, die er sich in all den Jahren nie gestellt hatte. Eine Frage, die unnötig gewesen war. Absurd. Doch jetzt und hier − nach all dem medialen Wirbel, den auch Mariola inzwischen mitbekommen haben musste, denn anders war ihr radikaler Stimmungsumschwung nicht zu erklären, galten andere Gesetze, andere Spielregeln. Sie war noch immer die gleiche Person, doch im Bann der *Transmutation* eine komplett andere geworden. Was Alchemie doch alles anrichten konnte.

Mariola Mazur hörte mit dem Kofferpacken auf. Sie erhob sich und näherte sich ihm langsam. Den Pullover, den sie an seiner Tür getragen hatte, hatte sie inzwischen ausgezogen. Sie trug lediglich ein T-Shirt, unter dem sich ein dunkler BH abzeichnete, und weiterhin den engen, figurbetonten Rock. So modisch-feminin war sie ihm bisher bei Dreharbeiten nie begegnet. Sie besaß mit einem Mal sogar eine gewisse Ähnlichkeit mit Grażyna Szapołowska, einer polnischen Mimin, die als schwierig galt, viele Jahre aber für die Besetzung der femme fatale unverzichtbar gewesen war. Hatte Mariola diese Seite ihrer Persönlichkeit aus professioneller Disziplin bisher bewusst verborgen? Hatte sie sie zu zügeln gewusst? Oder hatte Albert ihre Signale von der Sicherheit des ehelichen Hafens aus schlicht übersehen? Nichts schien mehr so zu sein, wie es war. Sie standen sich gegenüber.

„Warum, Albert?"

Er blickte sie fragend an. „Was?"

„Das weißt du nicht?"

Also auch hier, wie bei Dominik de Boer – der PAP-Artikel sorgte für nervöse Unruhe, sagte sich der Regisseur. Was für ein Teufelsweib, diese Journalistin. Sie brachte nur Verwirrung, schürte Unfrieden, Hass.
„Noch ist nichts klar, Mariola. Es ist reine Spekulation." Dass Mariola Mazur von der Ausschreibung des Spots sprach, lag für ihn auf der Hand.
Er sah ihr stolzes Kinn. Die Kamerafrau grinste verächtlich. „Ach ja? Reine Spekulation? Das klingt in deinem aktuellen Interview aber ganz anders. ‚Die LGBTIQA+-Community ist kein Thema für uns!' Wirklich toll, Albert. Erst verbringt man eine Nacht auf dem Erlöserplatz mit dir, um einen *Regenbogen*-Spot zu drehen, dann reist man – wenn ich das an dieser Stelle mal sagen darf – für ein ziemlich dürftiges Honorar an die Küste, um sich bei Minustemperaturen den Arsch abzufrieren, und zur Belohnung erfährt man in den Medien, dass man Teil eines homophoben Produktionsteams ist. ‚Die LGBTIQA+-Community ist kein Thema für uns!' Wirklich, Albert?! Hast du als Deutscher nichts aus der Geschichte gelernt?" Mariola Mazur ging wieder zu ihrem Koffer zurück und sprach weiter, ohne ihn anzusehen. Dabei setzte sie sich aber so geschickt in Szene, dass sie stehend nach vorn zum Koffer gebeugt, Albert Simon quasi ihren Po entgegenreckte, der in dem engen Rock durchaus passabel aussah, wie Albert Simon an der Ausbeulung seiner Hose spürte. „Ich bin draußen, Albert. Mit so einem homophoben Stuss will ich nichts zu tun haben."
Albert Simon fürchtete um sein Filmprojekt: „Aber Mariola, das ist doch Blödsinn! Ich habe nichts Homophobes in dem Interview gesagt. Ich bin offensichtlich falsch zitiert worden."
Mariola Mazur lachte verächtlich. „Wie billig ist das denn? ‚Falsch zitiert worden'. Fällt dir nichts Besseres ein?"
Albert Simon ging langsam auf sie zu, die Augen weiterhin auf ihren Po geheftet. „Ich habe gesagt, dass wir alles,

was mit Sexualität zu tun hat, bei der Arbeit nicht thematisieren. Es spielt keine Rolle, welche sexuelle Neigungen ein Mitarbeiter oder eine Mitarbeiterin hat. Kompetenz zählt. Und was im Schlafzimmer der einzelnen Person geschieht, geht niemand etwas an. Ich habe die Rechte der Homosexuellen verteidigt! So wie die Rechte der Heterosexuellen."

Abrupt erhob Mariola Mazur sich, drehte sich um und baute sich breitbeinig vor ihm auf, so dass ihre Hüften noch stärker zur Geltung kamen. Sie winkelte ihre Arme an und setzte ein schmallippiges Lächeln auf. Ihr Körper, der auch mit Mitte/Ende vierzig noch erstaunlich straff wirkte, stand unter enormer Spannung. Erotischer Spannung, wie Albert Simon nicht entging. Seine angebliche Homophobie, so wurde ihm klar, war überhaupt nicht das Problem, darum ging es gar nicht. Es ging darum, dass Mariola Mazur sich durch den Satz zur unterdrückten oder verdrängten Sexualität am Arbeitsplatz in ihrer weiblichen Würde getroffen fühlte. Als Frau. Nun wollte sie ihm zeigen, was ihm da schon seit Jahren entgangen war. Wobei ihr Interesse an einer Neujustierung ihrer bisher rein kollegialen Beziehung sich vermutlich schon bei der Produktion des LGBTIQA+-Spots entwickelt hatte. Jedenfalls erinnerte Albert Simon sich daran, wie sie im Produktionsbus sein Knie berührt hatte. Ein kleines Zeichen, eine kleine Geste war es gewesen, doch durchaus vielsagend, und er hatte sie nicht vergessen. So etwas geschah nicht einfach so.

Mariola Mazur schaute ihn herausfordernd an, als erwartete sie eine Handlung von Albert Simon, die entweder unterwürfig oder erobernd sein sollte, und dabei ihrer Gegenwart als Frau angemessen Anerkennung zollte; doch weder nach dem einen noch dem anderen stand Albert Simon der Sinn. Auch wenn er nicht verleugnen konnte, dass Mariola Mazur anziehend auf ihn wirkte. Er betastete den Bernstein in seiner Hosentasche, als würden von ihm geheime Zauber- oder Abwehrkräfte ausgehen.

Er trat näher an Mariola Mazur heran, so dass er mit seinen Händen ihr Gesicht hätte streicheln können, zog seine Augenbrauen zusammen und blickte sie mit ernstem Blick an. Ihre Lippen bebten. Vor Wut. Vor Erregung. „Mariola, du weißt, wie sehr ich dich schätze. Dich und deine Arbeit. Du bist eine sehr begabte, sehr interessante Frau. Lass uns nicht von Interviews, die immer spontan und oberflächlich ablaufen, eine Beurteilung unserer Arbeit ableiten. Ich brauche dich morgen in Kattowitz. Das weißt du. Du bist wichtig für das Gelingen des Films."

Mariola Mazur atmete tief durch und spannte den Oberkörper, so dass ihre Brüste noch mehr in Erscheinung traten. Ein alter Trick der Biologie, dachte Albert Simon und überlegte: Wären seine Vorbilder unter den Regisseuren mit einer Frau in diesem Zustand ins Bett gegangen? In seiner solchen Situation? Gut möglich, aber die ernsthaften Künstler sicherlich nicht. Dafür wirkte sie zu verzweifelt, zu derangiert. Und so zog er den Bernstein aus der Tasche und begutachtete ihn mit einem gesteigerten Interesse, als wäre es der Totenschädel in der Hand Hamlets. Als würde er dadurch noch mehr an Schutzkraft gewinnen. Wie ein magisches Amulett.

„Ich werde Vater, Mariola", sagte er ganz lakonisch in die angespannte Stille und betrachtete weiter den Stein. Mariola nahm erneut einen tiefen Atemzug, dann sagte sie sehr langsam: „Da ist die Tür, Albert."

*

Am nächsten Morgen erschien Albert Simon mit Verspätung beim Frühstück. Er hatte kaum geschlafen. Zu aufreibend waren all die Dinge, die seit Produktionsbeginn geschehen waren. Dominik de Boer saß an einem Tisch, Geschirr, Tasse und Teller beiseitegeschoben, und sondierte bereits die Tageslage.

„Guten Morgen", begrüßte der Produktionsleiter den müden Regisseur des *Transmutation*-Projekts, nachdem dieser sich mit Kaffee und ein paar Brot- und Käsescheiben am Büfett eingedeckt hatte. „Ich habe bereits mit der Polizei telefoniert. Sie haben mir versichert, alles im Griff zu haben."

„Das ist gut", sagte Albert Simon und setzte sich.

Dominik de Boer nickte. „Weniger gut ist, dass wir ab heute keine Kamerafrau mehr haben."

Albert Simon blickte ihn überrascht an, ohne selbst zu wissen, ob seine Überraschung echt oder gespielt war. Vielleicht hatte er insgeheim gehofft, dass die abendliche Begegnung mit Mariola nur ein Traum gewesen war.

„Warum?", fragte Albert.

Dominik de Boer musterte ihn gründlich. „Keine Ahnung?"

„Nein", beteuerte er mit einer Unschuldsmiene, die ihm genauso ambivalent erschien wie sein Überraschungsgefühl.

„Sie empfindet dieses Projekt, so wie du es in einem Interview dargestellt hast, als homophob. Das hat sie mir schon gestern gesagt, heute Morgen ist sie abgereist."

Albert Simon runzelte mit der Stirn. „Gibt es Ersatz?", fragte er. Er wollte nach vorne schauen.

„Vielleicht", sagte Dominik de Boer. „Ich versuche, das zeitnah zu klären. Ohne Kamera kein Dreh. Wir fahren jetzt erstmal los. Nachdem Mariola dazu noch ihren offiziellen Ausstiegsgrund bei Twitter gepostet hat, wird es aber nicht so einfach sein, Ersatz zu finden."

War Albert zu müde, um nachzufragen? Er beugte sich über den Frühstücksteller und schwieg. Dominik stand auf und schaute auf die Uhr, dann richtete er sich an das ganze Team. „Abfahrt in 15 Minuten." Albert bewunderte die stoische Disziplin seines dunkelhäutigen Produktionsleiters, aber er konnte sich ungefähr vorstellen, was sich in Dominiks Kopf abspielte. Wie verschiedene disparate Gedanken, ähnlich wie Atome, immer heftiger gegeneinanderstießen, was allmählich zu einer Erhitzung und sehr bald vielleicht schon zu einer Explosion führen würde. Würde auch er aus dem Projekt aussteigen? Machte es bei derart vielen Pannen und Störfeuern überhaupt noch Sinn, weiter die Produktion zu leiten?

*

Es war ein eigenartiges Gefühl für Albert Simon, als er im Bus saß und die gedrückte Stimmung im Team wahrnahm. Sie alle mussten von dem Interview und dem Artikel wissen, nicht nur Dominik de Boer, der den Bus nun langsam vom Hotelparkplatz herunterfuhr und ihn durch die Innenstadt von Gdynia hindurchschleuste. Doch keiner sprach davon. Zur Beruhigung rieb Albert seine Finger wieder an dem Bernstein in seiner Hosentasche. Er hatte sich richtig verhalten, fand er. Sowohl beim Interview als auch danach beim Gespräch mit seiner Frau – und erst recht gestern Abend bei der im Licht des neuen Tages noch viel obskureren Begegnung mit Mariola Mazur in ihrem Zimmer.

Er nahm sein Smartphone zu Hand, wie eigentlich alle im Bus, abgesehen von Dominik de Boer, der das Fahrzeug weiterhin mit beiden Händen ruhig steuerte. Die Zeiten, als man Bücher oder Zeitungen las, schienen endgültig vorbei zu sein. Er gab den Namen von Mariola Mazur samt Twitter bei Google ein und bekam fast einen Asthmaanfall, als er bei dem Nachrichtendienst lesen konnte, wie sie „offiziell" ihren vorzeitigen Ausstieg aus dem Filmprojekt begründete: Sie warf ihm, Albert Simon, vor, sie im Hotel „sexuell belästigt" zu haben.

Eigentlich hatte Albert Simon vorgehabt, bei der nächsten Pause an einer Tankstelle bei seinem Anwalt Leo Rosenstein anzurufen, um mit ihm über die Unklarheiten bei der Ausschreibung des *Regenbogen*-Spots zu sprechen und auch um die Scheidung von seiner Ehefrau Agata auf den Weg zu bringen. Doch das hier, was Mariola Mazur in aller Öffentlichkeit abzog, war so rufschädigend, dass er nicht länger warten konnte. Die Angelegenheit duldete keinen Aufschub. Er suchte den Namen des Anwalts in der Personenliste seines Smartphones. Dabei sah er auf dem zur Nacht stummgeschalteten Gerät jede Menge eingegangene Anrufversuche von Journalisten. Die Sache ging also schon viral, verbreitete sich wie ein toxischer Virus, der aber nur für ihn tödlich sein konnte. Am Wahrheitsgehalt der Ex-Kollegin würde niemand zweifeln, sie war das Opfer. Glaubwürdig allein durch ihr Geschlecht.

Albert Simon musste an Daria denken. Und an seine Frau, Agata. Am liebsten hätte er auch sie beide angerufen, notfalls gleichzeitig, so mies fühlte er sich, so bedürftig nach weiblichem Beistand und Trost. Wie paradox! Doch der Anwalt, Leo Rosenstein, hatte nun Priorität. Er wählte seine Nummer und hielt das Smartphone an sein Ohr. Dabei spürte er die Blicke der Mitglieder des Produktionsteams. Schuldig, schuldig, schuldig, schienen ihre stummen, verstohlenen Mienen zu suggerieren. Leo Rosenstein hob nicht ab. Vielleicht steckte er gerade in einem Gerichtssaal oder saß in einem Flugzeug? Hoffentlich, so dachte Albert, lebte er noch. Denn in dieser ernsten Situation zu einem völlig unbekannten Anwalt so geschwind ein Vertrauensverhältnis aufzubauen, konnte er sich nicht vorstellen. Leo Rosenstein kannte ihn, er hielt ihn für einen guten Menschen. Jedenfalls hatte er das einmal angedeutet. Auch dies war jetzt wichtig. Neben der juristischen Kompetenz.

Während sie auf der Autobahn durch das flache Ermland fuhren, nicht weit von den Orten entfernt, wo Alberts Vorfahren mütterlicherseits als kaschubische Bauern dem waldig-hügeligen Land die Früchte der Erde abgetrotzt hatten, überlegte er, ob es sinnvoll sein könnte, Mariola Mazur anzurufen, um sie zum Löschen ihres Tweets zu bewegen. Sie wusste doch, dass das, was sie ihm öffentlich unterstellte, nicht stimmte – obwohl es natürlich wunderbar in das Narrativ derjenigen passte, die ihm auf der Öko-Website unterstellten, seine Ehefrau und die Sängerin Patrycja Dudek geschlagen zu haben. Auch wenn Albert sich nie für einen Heiligen gehalten hatte, das verzerrte Bild von ihm, das auf diese Weise generiert wurde, ähnelte einem Monster, das nichts mit dem grauen Durchschnitt seiner Existenz gemein hatte. Es war genauso falsch wie die Behauptung, sein Großvater wäre eine Nazi-Bestie gewesen.

Dennoch, je länger sie mit dem Bus fuhren, desto größer wurden Alberts Schuldgefühle gegenüber Daria und dem Kind, das, wenn alles gut ging, noch in diesem Jahr das Licht der Welt erblicken würde. Doch Daria konnte er hier im Bus – beobachtet und belauscht vom Team – unmöglich anrufen. Er musste warten, bis sie bei einer Tankstelle einen Zwischenstopp machen würden. Zu diesem Zwischenstopp kam es, als der Bus sich Łódź näherte, der Stadt seiner alten Filmausbildungsstätte. Albert Simon ging mit seinem Smartphone hinter das Tankstellenhäuschen, um ein Telefonat zu führen. Mindestens eins, hoffte er. Doch er hatte Pech: Weder Daria noch Leo Rosenstein war erreichbar. War ihnen etwas zugestoßen? Als Albert Simon um die Ecke des Häuschens lief, um zu den anderen zurückzukehren, stand plötzlich Dominik de Boer mit der Tank-Rechnung vor ihm. Sehr ernst übergab der Produktionsleiter ihm den Zettel. „Albert, ich habe mich entschlossen, euch alle nach Dąbrowa Górnicza zu bringen, doch dann trennt sich unser Weg. Ich steige auch aus. Es ist einfach zu viel. Über dieser Produktion steht kein guter Stern."

Albert Simon nickte. Er hatte es längst erwartet. „Das ist deine Entscheidung, die ich akzeptieren muss."

*

Als sie nach vielen Stunden mit Staus in Dąbrowa Górnicza einfuhren, sah Albert Simon die alten schmutzigen Arbeitersiedlungen und grauen Straßenzüge mit Hochöfen und Umrissen eines Werks im Hintergrund. Es war depri-

mierend hier, düster und dunkel. So wie seine Stimmung.
Albert Simon fühlte sich elend. Nur ein Taubenpaar, das
auf einer verrosteten Dachrinne saß, erhellte ihn etwas.
Schließlich kamen sie an das Eingangstor des Stahlwerks
Huta Katowice, das jedoch vor lauter Demonstranten kaum
zu erkennen war. Es mochten um die 500 bis 1000 Leute sein. Junge Aktivisten. Die wenigen Polizisten, die sich
hierhin verlaufen hatten, waren dagegen kaum zu identi-
fizieren. Auf den Schildern und Plakaten, die von der laut
schreienden Meute hochgehalten wurde, stand geschrieben:
„Keine homophobe Filmproduktion in Dąbrowa Górnicza",
„Deutsche Frauenschänder hinter Gittern!!", „Schützt Mutter Erde vor Film-Nazis in Schlesien", dazu konnte man
ein Foto vom am Galgen baumelnden Albert Simon sehen.
Wie zahm und versöhnlich wirkten im Kontrast dazu die
historischen Parolen der Solidarność. Mit so viel Wut und
Aufruhr hatte offenbar auch Dominik de Boer nicht gerech-
net, dachte Albert Simon, denn sonst hätte er seinen teuren
Filmproduktionsbus nicht einer solchen Bedrohung ausge-
setzt.

Es war Zeit einzuschreiten. „Die Produktion *Transmutation* wird hiermit vorzeitig beendet", rief Albert Simon so laut,
so dass alle im Bus, inklusive Dominik de Boer, es hören
konnten. „Vielen Dank für eure Mitarbeit. Fahr den Bus bitte von hier weg, Dominik. Es geht zurück nach Warschau!"

Als Albert sah, wie einige der Demonstranten nun auf den
sich wendenden Bus zuliefen und zornig gegen die Fensterscheiben schlugen, erinnerte er sich an die skurrile Szene
mit dem BMW-Leihwagen am Rhein im vergangenen Juli,
die dagegen geradezu unschuldig wirkte, idyllisch, wie die
Rosenkranz-betenden Solidarność-Demonstranten. Was in
ihm jedoch noch mehr Bitterkeit, wenn nicht sogar Entsetzen auslöste als die schier rasend gewordene Meute, war der
Applaus von Seiten der Mitglieder des Produktionsteams.
Offenbar empfanden alle den Abbruch der Dreharbeiten als
richtige Entscheidung – als eine Art Erlösung, obwohl sie

doch vor 24 Stunden noch so begeistert und engagiert gearbeitet hatten. So schnell konnte sich das Blatt wenden. Und mit ihm die Menschen. Albert griff nach seinem Asthma-Sprayer und inhalierte tief die schleimlösenden Chemikalien. Gegen dies alles und den Kohlestaub in Dąbrowa Górnicza war sogar der Bernstein machtlos.

*

Nach der bedrückend stillen Autobahn-Fahrt, während der die Mitarbeiter des Produktionsteams unentwegt Nachrichten an Freunde und Bekannte verschickt hatten, parkte Dominik de Boer den Bus auf der riesigen Freifläche vor dem Warschauer Kulturpalast. Einer nach dem anderen stieg aus: Regieassistent, Aufnahmeleiter, Schauspieler. Als Letzter verließ Albert Simon den Bus. Als er auf der gegenüberliegenden Straßenseite der Ulica Marszałkowska eine riesige elektronische Nachrichtentafel sah, auf der sein Gesicht zu sehen war, lief er los. Ohne sich zu verabschieden. Richtung Żoliborz. Auf die Rufe von Dominik de Boer reagierte er nicht. Nur weg. Flucht. Allein sein. Für sich. Ohne Menschen. Ohne Medien. Ein eisiger Wind fegte Albert Simon ins Gesicht. Die Rollen seines Koffers, den er hinter sich herzog, klangen kalt, metallisch. Als würde eine böse Macht ihn verfolgen und nach seinem Leben greifen. Doch diesmal waren es nicht die Russen oder die Rote Armee. Die Bedrohung, die Jagd war subtiler. Unsichtbar. Die Angriffe gingen tief unter die Haut, direkt in die Nervenbahn, die Bereiche der Psyche, die er weder beherrschen noch verteidigen konnte. Nach einigen Minuten bemerkte Albert, dass Passanten, die ihm entgegenkamen, ihn mit böser Miene musterten. Oder bildete er sich das nur ein? Er zog sich den Kragen seines Wintermantels höher, senkte den Kopf und schaute, während er hastig lief, starr hinunter auf den Boden. Auch hier in Warschau lag teilweise noch Schnee. Doch dieser Schnee war schmutzig, vom menschlichen Treiben befleckt.

Als er die farblosen Läden in den im sozialistischen Baustil der Nachkriegszeit errichteten Gebäuden in Nähe des Plac Bankowy passierte, erinnerte er sich an die Zeit vor der Hochzeit. Genau hier hatten er und Agata mit wenig Geld nach einem Brautkleid gesucht. Wie lang war das her? Fast zehn Jahre. Er spürte Nostalgie in sich aufsteigen, sah sie beide vor sich, Agata und sich selbst, jünger, naiver und idealistischer als heute. Waren sie nicht ein gutes Team gewesen? Sie hatten an Europa, die EU und Polens demokratischen Aufbruch geglaubt. Sein Vater hatte Agata gemocht. Sein alter Herr hatte auch ihren Vater kennengelernt. Bei einem Kurzbesuch in Deutschland, bald nach der Hochzeit. Sie hatten sich gut verstanden – trotz der Sprachbarriere. „Proletarier aller Länder, vereinigt Euch!", hatte Albert gespottet. Was machte er sich schon aus Politik.

Er hatte damals große Hoffnungen gehabt, wenn es um seine künstlerische Zukunft ging. Zwei Kinofilme hatte er bereits gedreht. So konnte es weitergehen. So musste es weitergehen. Mit einer guten Managerin an seiner Seite, wie er dachte, war dies noch einfacher zu realisieren als vorher. Ohne all die emotionalen Enttäuschungen mit Frauen, die er vor der Ehe erlebt hatte. So inspirierend dieser Zündstoff der Schmerzen auch gewesen sein mochte, doch was hatte es ihm unterm Strich gebracht? Viele Wunden und verlorene Zeit. Diese Erfahrungen wollte er mit Agata endgültig hinter sich lassen. Keine närrischen Träume mehr, keine Sehnsucht. Die Wahl für sie stand eindeutig im Geist der Sachlichkeit. Es war ihre Bodenhaftung, die ihm gefallen hatte, bis er merkte, dass er in ihrer Beziehung kreativ mehr und mehr erstickte. Als würde er zu leben aufhören. Zu atmen.

Er lief weiter. Schneller. Mit den Rollen des Koffers als ständigem Störgeräusch im Rücken. Als würde ausgerechnet er, der am liebsten unsichtbar gewesen wäre, mithilfe des kastenförmigen Reisebegleiters um Aufmerksamkeit heischen.

War das gefährlich? Würde er überhaupt ans Ziel kommen? Was war das Ziel? Er wählte die Abschnitte des Weges, wo schäbiger Schnee lag, um das lästige Geräusch zu dämpfen. Doch die Fortbewegung wurde dadurch beschwerlicher, er drohte steckenzubleiben, wie damals die Pferdewagen im meterhohen Schnee, verfolgt von russischen Panzern und Jagdfliegern. Doch es gab keine Flieger, keinen Treck. Nur ihn und seine Angst.

Es war inzwischen dunkel geworden. Auf der Ulica Gen. Władysława Andersa, benannt nach dem deutschstämmigen polnischen Weltkriegshelden General Anders, unter dessen Führung den Alliierten-Truppen schließlich doch noch die Erstürmung von Monte Cassino gelungen war, kam ihm eine ältere Frau mit Hund entgegen. Der Hund sah drollig aus, wie Albert aus einem Augenwinkel sah, doch plötzlich bellte das Tier ihn wütend an, als wäre er ein Verbrecher. Hatte er den Geruch des Bösen an sich? So fühlte er sich. Die ältere Frau zog das Tier mit der Leine hastig zu sich zurück.

Die ganze Welt hat sich gegen mich gestellt, dachte Albert Simon. Sogar die Tiere. Sie alle scheinen sich gegen mich verschworen zu haben. Warum? Was habe ich falsch gemacht? Er schaute hinauf zum bewölkten Himmel. Eigentlich nichts. Oder verdränge ich etwas? Albert Simon überlegte weiter: Sollte er Daria nicht wenigstens anrufen? Ihr sagen, dass er wieder in Warschau war, weil sie wegen Umwelt-Aktivisten die Dreharbeiten in Schlesien hatten abbrechen müssen? Vielleicht. Er sehnte sich nach ihrer Nähe, ihrer Warmherzigkeit, unter deren Einfluss immer alles gut zu werden schien. Doch war das, was er ihr zu sagen gedachte, nicht eine Halbwahrheit? Nicht ganz falsch, nicht ganz richtig. Als wenn nach dem Tweet von Mariola Mazur die Umweltschützer das Hauptproblem wären …

Nein. Er lief weiter. Hektisch, verunsichert, wie von Dämonen geplagt. Auf Höhe des Krasiński-Parkes, nicht weit vom neuen Museum der Geschichte der polnischen Juden entfernt, sah er schließlich einen Fußgängerüberweg. Höchstens ein paar Meter von ihm entfernt. Die Ampelanzeige für Fußgänger stand auf Grün. Also lief er weiter. Zügig. Immer noch zeigte die Ampel grün an. Das konnte er noch schaffen – trotz Koffer. Albert lief schneller. Noch schneller. Jetzt war die Ampel auf Rot gesprungen, aber wieso stehenbleiben? Mit einem Fuß auf der Straße war es eh schon zu spät, um zu stoppen. Also weiter. Auch wenn einige Autofahrer, die losfahren wollten und nun auf ihn warten mussten, hupten. Weiter. Jetzt noch einen Schritt, dachte Albert Simon, und er würde die Mitte der Straße erreicht haben ... in diesem Moment hörte er ein lautes Bremsen zu seiner Rechten. Ein betäubendes Reifenquietschen. Was war das? Ein Linksabbieger, ein blauer Fiat, der ihn offenbar zu spät gesehen hatte, war im letzten Moment vor dem Übergang zum Stehen gekommen. Vielleicht zwei, drei Meter von ihm entfernt, gerade noch rechtzeitig. Der Laut der Vollbremsung lag noch in der Luft, hallte nach, wie der Klang eines Messers beim ungeschickten Schneiden auf dem Teller.

Albert Simon rang nach Atem. Sein Körper war starr. Für einen Augenblick wusste er nicht, was er tun sollte. Ernst blickte er auf die Windschutzscheibe des Fiats, doch wegen der Dunkelheit und einiger Reflexlichter konnte er das Gesicht des Fahrers nicht erkennen. Also weiter. Bewegung. Hastig hob Albert Simon den Koffer an und eilte so gut es ging trotz des Schreckens weiter zum Bürgersteig. Geschafft. Er war in Sicherheit. Doch etwas fehlte, das spürte er. Was war es? Hatte er etwas verloren? Er schaute herab auf seine Beine, seine Schuhe. Nein. Das war es nicht. Was dann? Albert Simon versuchte sich zu konzentrieren. Es war ein Geräusch, das er vermisste. Ein Laut. Das Geräusch des Gasgebens, des Anfahrens. Das war ausgeblieben. Warum? Langsam drehte Albert Simon sich um. Der blaue Fiat stand tatsächlich immer noch dort, wo er im letzten Moment zum Halt gekommen war, dicht vor dem Fußgängerübergang. Warum fuhr der Fahrer nicht weiter? War

ihm etwas passiert? War er verletzt? In diesem Moment erkannte Albert Simon durch das Seitenfenster das Gesicht
des Fahrzeugführers. Starr blickte der Fahrer ihn an. Er war
nicht verletzt, aber er schien unter Schock zu stehen. Nicht
nur aufgrund des Beinahe-Unfalls. Es war der Priester und
Regenbogen-Brandstifter, der offensichtlich genau wusste,
wen er fast überfahren hatte.

*

Das Erste, was Albert Simon tat, als er in der Wohnung in
Żoliborz ankam, war, sich seiner Kleidung zu entledigen
und zu duschen, so groß war sein Bedürfnis, sich von dem
Dreck zu lösen, der an ihm zu haften schien. Er schloss die
Augen und genoss es, wie das warme Wasser über Kopf und
Körper lief. Dazu cremte er sich mit einem Duschgel ein, das
ihm Daria im Laufe des vergangenen Jahres geschenkt hatte:
Yves Rocher. *Grains de Café.* Er genoss den Duft, er schien
ihn in eine Welt der Sinnlichkeit zu führen, ohne Aktivisten-
eifer. Gleichzeitig empfand Albert diese Geschmacksnote
für ein Duschgel aber auch als dekadent. Während er sich
den rechten Ellbogen einseifte und den Coffein-Duft auf
der Haut wahrnahm, musste er an die Einstellung seiner
Mutter zu Bohnenkaffee denken. Kaffee ohne Milch hatte sie stets bestellt. Kaffee ohne Zucker. Kaffee ohne alles.
Schwarz. Das war ihre auf Entbehrung ausgerichtete Negativität. Als hätte sie trotz mancher Luxusartikel, die sie
sich hin und wieder gönnte, wie etwa HR-Nachtcreme, all
die Jahrzehnte hindurch die Entbehrungen der „schlechten
Zeit" in sich wachzuhalten versucht. War es, weil sie nur
mit diesem Leidensgefühl sicher sein konnte, überhaupt zu
existieren? AlbertsVater hätte über *Grains de Café* wahrscheinlich nur gelacht und etwas gesagt, was heute zurecht
als homophob eingestuft wurde. Albert Simon drückte den
Wasserhahn nach unten, schob den Duschvorhang zur Seite
und griff nach dem Handtuch. Sauber war er nun, aber rein?
Es war erschütternd zu spüren, wie er das Schuldgefühl, das

Mariola Mazur in ihm zu erzeugen versuchte, durch den medialen Druck internalisiert hatte. Obwohl er das nicht wollte. Wider sein besseres Wissen.

Sein Smartphone klingelte. Auch wenn er sich noch nicht am ganzen Körper abgetrocknet hatte, ging Albert Simon mit dem schnell um den Unterleib gewickelten Handtuch in das Wohnzimmer, wo das Gerät auf einem Tisch lag. Wer es wohl war? Daria? Seine Frau? Mariola Mazur? Oder vielleicht sein Anwalt Leo Rosenstein, der mit einiger Verspätung zurückrief? Weder noch. Auf dem Display wurde Albert Simon zu seiner Überraschung Tante Renate angezeigt, der er zu Weihnachten lediglich eine schnöde Karte mit den üblichen polnischen Standardgrüßen zum Fest geschickt hatte – versehen mit Agatas und seinem Namen. Solange er nicht endlich den Durchbruch im Kino geschafft hatte, wollte Albert mit der Tante keinen näheren Kontakt haben. Es war zu schmerzhaft für ihn, seitdem sie ihm die kolportierten Worte seines Vaters kurz vor der letzten Reise überbracht hatte.

Für einen Augenblick erschauderte er. Was tun, wenn der Skandal rund um seine Person sich schon bis hin nach Deutschland herumgesprochen hatte? Bis hinein in die deutschen Abendnachrichten? Rief die Tante deshalb an? Er riss sich zusammen. Keine Paranoia jetzt. Er meldete sich mit belegter Stimme. „Albert Simon." Notfalls würde er einfach auflegen oder technische Störungen simulieren.

Doch seine Sorgen waren unbegründet. Die Stimme der Tante klang schwach und matt. Fast schon wie ein Röcheln. „Bist du es, Albert?"

Er erschrak. Wie anders hatte sie bei seinem Besuch im Sommer geklungen. „Was ist passiert, Tante Renate? Du klingst nicht so gut."

„Nein", sagte sie. „Mir geht es auch nicht gut. Ich bin im Krankenhaus."

„Warum?"

„Ich hatte eine Herz-OP."

„Eine Herz-OP? Aber Du hast sie überstanden?"

„Ja. Aber ich will nicht mehr."

„Du willst nicht mehr?"

Albert Simon versuchte, das Smartphone zwischen der Schulter und dem nach links geneigten Kopf festzuklammern, um mit beiden Händen das Handtuch solider um die Hüften zu binden.

„Ich will nicht mehr", wiederholte Tante Renate. „Ich rufe an, um mich von dir zu verabschieden."

Albert wusste nicht, wie er darauf reagieren sollte. Auch technisch. Er versuchte nun, die Enden des Handtuchs an seinen Lenden zu verknoten und dabei das Smartphone in sicherer Balance zu halten. Er kam sich vor wie ein Christus, der am Kreuz Gymnastikübungen veranstaltet. Der Rollenwechsel seiner Tante von der vitalen Gastgeberin und Mettbrötchen-Spenderin zur sterbenden, lebensunwilligen Patientin ging ihm eindeutig zu schnell, auch wenn zwischen seinem Besuch in Duisburg-Homberg und heute immerhin sieben Monate lagen. Doch dieses „Ich will nicht mehr" hatte einen suizidalen Beigeschmack, der ihm nicht behagte. Die Tante schien seine Gedanken lesen zu können. Bevor er einen Einwand erheben konnte, ermahnte sie ihn. „Versuch nicht, mich umzustimmen, Albert! Das hat keinen Sinn. Ich habe meine Entscheidung getroffen. Ich will auch nicht verlegt werden. Ich will zu Sigi. Ich habe den Ärzten gesagt, sie sollen alles runterfahren. Ich kann nicht mehr laufen, ich kann nicht mehr sitzen. Ich will nicht mehr."

Nun hatte Albert Simon es geschafft. Das Handtuch saß fest um seine Hüften. Er nahm das Smartphone wieder in die linke Hand. Doch was sollte er der Tante auf diese Erklärungen hin erwidern? Er kannte ihren Dickkopf. Schon als Kind in Bitterfeld, so hatte es in ihrer Familie stets geheißen, sei sie schwierig gewesen. Er musste ihren Willen akzeptieren. Er hatte genug Ärger mit seinem eigenen Leben. „Dann wünsche ich dir alles Gute, Tante Renate, und danke dir für das, was du für mich getan hast. In all den Jahren."

Bei den letzten Worten musste er vor allem an die Gläser mit Coca-Cola denken, die sie ihm als Junge in den Siebzigerjahren in der Hochhaus-Wohnung heimlich spendiert hatte. So manipulativ ihm dies inzwischen auch vorkam. Als wollte sie, die keine Kinder bekommen hatte, sich dadurch die Zuneigung des Neffen erkaufen.

„Ja, ich weiß, ich habe viel Gutes getan", antwortete Tante Renate mit der ihr eigenen, unerschütterlichem Selbstgerechtigkeit, an der jeder Ansatz von gesunder Selbstkritik, wie er für Sterbende doch sonst üblich war, sofort abprallen musste. Ihre Stimme klang jetzt, da sie ihren Entschluss mitgeteilt hatte, dennoch stärker, gefasster. Als sei ihr durch das Bekenntnis ein schweres Joch genommen worden. Dem aktiven Sterben stand nichts mehr im Weg.

„Ich hatte ein gutes Leben. Behalt mich in Erinnerung! Tschüss, Albert."

Albert Simon zögerte noch einen Moment, dann überwand er sich.

„Tschüss, Tante Renate."

Er setzte sich auf das Sofa im Wohnzimmer, legte das Smartphone zur Seite und schaute eine Zeitlang auf die Wände, die leeren Tische und Stühle und auch auf den aufgeschlagenen Koffer vor dem Bad, den er noch leeren musste. Albert fühlte sich nach diesem Telefonat wie betäubt. Unfähig das, was er gehört hatte, zu beurteilen. Was er wusste und woran er nicht zweifelte, war, dass es Tante Renate bald nicht mehr geben würde. So wie es das Eheleben von ihm und Agata nicht mehr gab. Personen und Beziehungen, an die man sich gewöhnt hatte, verschwanden. Einfach so. Als würden sie plötzlich ins Nichts treten. War es mit seiner Filmproduktion nicht auch so? Geschluckt von einem Schwarzen Loch. Doch was für einen fulminanten Abschied hatte die Tante hingelegt. Sie ging, wie sie gelebt hatte. Nach eigenem Gesetz. Als selbstbestimmendes Subjekt.

Albert Simon streckte seine Beine. Wäre das für ihn nicht auch eine Option? Inmitten all des Unrats, der nun medial auf ihn niederprasselte?

Er stand auf und ging zur Küche und nahm aus dem Vorratsschrank eine Flasche schottischen Whiskeys. Ein Trostgeschenk seines Anwalts nach dem Tod des Vaters. Er goss sich ein Glas ein und trank dieses leer. Der Alkohol brannte ihm auf der Zunge und im Rachen. Nein, für ihn war das keine Option, fand er, weil er im Unterschied zu Tante Renate, die sich auf das Wiedersehen mit ihrem verstorbenen Gatten freute, also in fast schon christlicher Manier davon überzeugt war, dass es nach diesem Leben weitergehen würde, nicht sicher war, ob es so etwas wie eine andere Seite überhaupt gab. Leben in Ewigkeit? Wer oder was garantierte ihm das? Jesus, der am Kreuz gescheitert war? Der von sich selbst alleingelassene Gott? Dazu kam: Wen wollte Albert Simon dort denn unbedingt treffen? Seine Eltern? Seine Großmutter? Andere Gespenster?

Der deutsche Filmregisseur mit den kaschubischen Wurzeln leerte den Koffer. Er warf schmutzige Wäsche in die Waschmaschine, sortierte seine Unterlagen, ordnete alles, was zu ordnen war. Dann druckte er hastig, wie im Rausch, die Mails und Dokumente, die mit der Ausschreibung des *Regenbogen*-Spots in Verbindung standen. Er goss sich ein weiteres Glas Whiskey ein. Am Ende eines so dramatischen Tages konnte man schon mal etwas Alkohol trinken, fand er. Albert Simon ging mit dem Whiskyglas zum Sofa zurück und setzte sich. Er wagte nicht, den Fernseher anzustellen. Was würde ihn dort erwarten? Sicher würde es diesmal nicht so glimpflich abgehen wie gestern Abend. Vermutlich wurden Aufnahmen von den Protesten in Dąbrowa Górnicza gezeigt. Vermutlich wurden Mariola Mazurs Anschuldigungen ausgewalzt, im Rahmen von Spezialsendungen auf allen Kanälen. Gewürzt mit Kommentaren zu Filmregisseuren, sexuellem Machtmissbrauch, toxischer Männlichkeit. Dafür brauchte man keine große Phantasie.

*

Albert Simon schlief tiefer als sonst. Und länger. Doch auch wenn seine Träume ein seltsamer Mix aus Erinnerungen und Versponnenheiten waren (er sah russische Panzer durch Westdeutschland kurven, während Norddeutschland ebenso wie weite Teile Hollands und Englands aufgrund eines nuklear-erzeugten Tsunamis unter Wasser standen) – er fühlte sich gut, als er wach wurde. Ausgeschlafen. Befreit. Alles würde nun transparent werden, nichts mehr verborgen gehalten. Der Druck presste die Wahrheit aus ihm heraus. Alle Niederlagen und Fehler seines Lebens würden offenbar werden. Sich dies einzugestehen, löste in ihm eine seltsame Erleichterung aus. Ein Freiheitsgefühl. Es war ein Fortschritt. Als würde eine riesige Last von ihm abfallen.

Als er sich wie üblich nach dem Aufwachen nur mit einer Boxer-Short und einem T-Shirt bekleidet einen Kaffee machte, hörte er das Signal seines Smartphones, das immer noch im Wohnzimmer liegen musste. Er stellte die Kaffeemaschine an und ging zum Sofa. Es war eine Nachricht von seinem Anwalt. „Geben Sie keine Interviews! Lassen Sie keine Journalisten ins Haus! Kommen Sie um 15 Uhr ins Museum des Warschauer Aufstands in der Nähe meines Büros! Dort können wir hoffentlich ungestört überlegen, was nun zu tun ist."

Albert Simon antwortete sofort. „Okay." Dann fügte er noch ein „Dziękuję" hinzu.

Wenn sein Anwalt ein derart ausgefallenes Treffen vorschlug, musste sein Fall mittlerweile wirklich große Wellen schlagen. Das Freiheitsgefühl wurde durch diese Einsicht leicht gedämpft und wich neuer Besorgnis. Wie sollte er das nur Daria erklären?

Als der Kaffee fertig war, goss Albert Simon ihn in seinen rot-weißen „EURO 2012 Polen-Ukraine"-Becher. Er fügte etwas Milch hinzu und nahm wieder wie am Vorabend auf dem Sofa Platz. Er hatte sich gerade hingesetzt, als er bemerkte, dass am Fenster vor ihm ein wahres Blitzlichtgewitter aufgeführt wurde. Ganz so, wie es Lex Barker am Anfang von Federico Fellinis *La Dolce Vita* erlebt, jedoch am Flughafen, vor dem Hotel, nicht vor einer Privatwohnung. Dicht drängten sich Kameraleute und Fotografen an die Fensterscheiben, um ein Exklusivfoto von Albert Simon beim Morgenkaffee zu schießen. Absurd, dachte der Regisseur und flüchtete mit Tasse und Smartphone so schnell es ging in die Küche, auf die man durch die Wohnzimmerfenster keinen Blick werfen konnte.

Albert war außer Atem. Er griff zum Inhalator. Gab es denn kein Recht mehr auf Privatsphäre? Wurde sein „Fall" tatsächlich so groß aufgerollt wie der von Roman Polanski, dem die Medien vor wenigen Jahren in einer Holzvilla in Gstaad, die dem polnisch-jüdischen Regisseur als Refugium diente, auf die Pelle gerückt waren? Einen leichten Anflug von Eitelkeit aufgrund der Leidenssolidarität mit dem Star-Regisseur, dessen Film *Der Pianist* ihn tief beeindruckt hatte, konnte Albert Simon bei dieser Vorstellung nicht verleugnen, doch das „Sakrament des Aufstehens" war ihm durch diese Aktion verleidet worden. Gut, dass die Paparazzi gestern Abend noch nicht angerückt waren, als er – nur mit einem Handtuch bekleidet – das Abschiedsgespräch mit der Tante geführt hatte. Er hielt inne: Oder hatte er sie nur nicht bemerkt? Konnte man ihn vielleicht schon als Christus, der mit Smartphone und Handtuch ringt, im Internet bewundern?

Albert schaute auf die Uhr: halb zehn. Unter diesen Umständen war es das Beste, so schnell wie möglich Daria zu sprechen – und nicht nur, sie zu sprechen, sondern sie zu sehen. Sie zu umarmen, zu streicheln, zu trösten für all den Stress, den er ihr jetzt zu Beginn ihrer Schwangerschaft ungewollt bereitete. Wenn er sich beeilte, könnte er es danach auch noch pünktlich zum Museum schaffen, um Leo Rosenstein zu treffen. Er wählte, während er in der Küche am Kaffee nippte, Darias Nummer, und als er ihre Stimme hörte, war er sofort getröstet, als befände er sich – stärker noch als beim Duschen mit *Grains de Café* – in einer anderen Welt. In einer sicheren Welt, in der man sich um nichts sorgen musste, weil alles gut werden würde.

„Ich muss dir einiges erklären, Daria", meldete er sich schuldbewusst am Telefon. Doch sie wollte davon nichts wissen.

„Meinst du, ich glaube das, was in den Medien über dich gesagt wird, Albert? Bestimmt ist kein Wort davon wahr."

„Ich darf zu dir kommen?", fragte er vorsichtig.

„Ich arbeite heute ab 14 Uhr im Antiquariat. Davor habe ich Zeit. Wenn du gleich kämest, wäre es am besten."

„Ich mache mich auf den Weg", sagte Albert Simon, gerührt von ihrem Vertrauen, ihrem Beistand. Dann fügte er einen Satz hinzu, den er in seinem Leben nie besonders gern gesagt hatte, der ihm diesmal aber frei über die Lippen ging. „Ich liebe dich, Daria."

Nun galt es aber erst einmal, ein ganz handfestes Problem zu lösen, nämlich: Wie sollte er heil und unbehelligt durch den Fotografen-Pulk hindurchkommen, um auf die andere Seite der Stadt nach Praga zu gelangen? Er stellte sich vor, wie er frei nach Billy Wilders *Some like it hot* als Frau verkleidet durch die Belagerer laufen würde, stolz und unerkannt. Doch das ging nicht. Das Risiko, erkannt zu werden, war aufgrund seiner männlichen Physis einfach zu groß. Unmöglich. Billy Wilder, den er Mitte der Neunzigerjahre persönlich kennengelernt hatte, als dieser inkognito seine galizische Geburtsstadt Sucha besuchte, mochte ihm das nachsehen.

Während Albert Simon fieberhaft nach einer Lösung suchte, zog er sich an. Jeans, Pullover, Socken, Schuhe, Mantel, Mütze. Die Unterlagen zur Ausschreibung steckte er in die innere Seitentasche des Mantels. Nachdem er durch den Gucker geprüft hatte, ob alles rein war, öffnete er vorsichtig die Wohnungstür und ging die Treppe zum Keller hinunter. Am Ende des Flurs war ein mittelgroßes Fenster, durch das er sich mit einer gewissen Anstrengung durchzuschieben wagte. Das Problem war nur, dass das Fenster weit oben in die Wand eingelassen war, er musste irgendwie hinaufgelangen. Albert öffnete das Schloss seines kleinen Kellers, in dem sich im Laufe der Jahre allerlei Krimskrams angesammelt hatte, den seine Frau und er nicht mehr benötigten, aber aus Bequemlichkeit behalten hatten. Darunter war ein klobiger Grundig-Fernseher aus den Neunzigerjahren, den er schon so oft dem Sperrmüll hatte übergeben wollen. Vielleicht war er jetzt als Fluchthilfe zu gebrauchen?

Mit beiden Armen stemmte Albert Simon das alte, solide Gerät ans Ende des Kellerflurs unter das Fenster. Er verriegelte seinen Keller, dann stellte er sich vorsichtig auf das schon vor Jahren ausrangierte Gerät. Auf dem Apparat stehend öffnete er das Fenster. Es war nicht gerade groß, aber der Wunsch, den Belagerern zu entkommen, um Daria und seinen Anwalt wiederzusehen, setzte verborgene Kräfte in ihm frei. Geschickt zog er sich durch die Öffnung und gelangte so auf einer kleinen Wiese des Hinterhauses – zum Schrecken einer Katze, die sofort wegsprang, als sie ihn sah. Geschafft. So gut es ging schob Albert das geöffnete Fenster wieder zu, dann rieb er die schmutzigen Hände an der Hauswand ab.

„Schön, dass das Fernsehen wenigstens einmal im Leben für etwas zu gebrauchen ist."

Er schlug den Weg zu einer Seitenstraße Richtung Plac Wilsona ein. Aus der Ferne sah er den Pulk der lauernden Pressemeute vor seinem Haus. Sollten sie weiter warten und sich die Zeit totschlagen. Irgendwie taten sie ihm auch leid in ihrem Menschenjagdseifer. Ob der eine oder andere vielleicht eines Tages erkennen würde, von was für einem Wahn sie selbst getrieben waren? Albert Simon kam an dem Haus von Krzysztof Piesiewicz vorbei. Der Co-Drehbuchautor Kieślowskis und frühere PO-Senator war vor ein paar Jahren ebenfalls das Jagdobjekt der Journalisten geworden, obwohl Piesiewicz als Opfer einer kriminellen Erpressung in die Schlagzeilen geraten war. Ein Video, das sofort viral ging, hatte ihn dann aber unter Drogeneinfluss und in Frauenkleidern gezeigt. Ausgerechnet der Kaschube Donald Tusk war es gewesen, damals noch polnischer Ministerpräsident, der – in seltener Einheit mit Oppositionsführer Jarosław Kaczyński – als moralischer Richter auftrat: Die politische Karriere von Senator Piesiewicz sei zu Ende, hatte Tusk unmittelbar nach Bekanntwerden des Videos mit geradezu ärgerlichem Tonfall bekanntgegeben. Hätte Albert Simon den Drehbuchautor zufällig getroffen, er hätte ihm versichert: „Jetzt verstehe ich, was Sie durchgemacht haben." Doch er traf ihn dieses Mal nicht. Die Jalousien des Hauses waren, wie schon seit Jahren, heruntergelassen. Piesiewicz versteckte sich wie eine Maus in ihrem Loch.

In der U-Bahn setzte Albert Simon sich auf einen freien Platz und starrte unbewegt auf den Boden, um auf diese Weise sein Gesicht vor den Blicken der Mitfahrenden zu verstecken. Mochten sie ihn auch mustern, es war ihm inzwischen egal, doch er wollte nicht in ihre selbstgerechten Gesichter schauen. Als er sich über die Wangen strich, spürte er seinen Dreitagebart, den Daria so sehr mochte. Vor allem, weil sich allmählich immer mehr graue Härchen zeigten, die sie sexy fand. Albert lächelte in sich hinein. Er war dankbar, dass er der Paparazzi-Meute entkommen war. Doch wie sollte er nun eigentlich fahren? Die neue Metrolinie 2 ab Świętokrzyska, die unter der Weichsel hindurch nach Praga führte, war – wie er bei einer Durchsage hörte – noch nicht in Betrieb. Er musste also weiter mit der M1 bis Śródmieście fahren und dann am besten in eine Straßenbahn Richtung Praga umsteigen.

Es tat gut, mit der steilen Rolltreppe nach oben ans Licht zu gleiten. Dann ging er in einer anonymen Menschenmasse weiter zur Straßenbahn-Haltestelle. Er genoss es, sich treiben zu lassen, mit dem Strom zu gehen, nicht aufzufallen. Hatte nicht jeder dieser Passanten seine Probleme und Schwierigkeiten, Ängste und Traumata? Obwohl sie alle so zielgesteuert und emsig wirkten? Jeder hatte es eilig, doch jeder rannte innerlich vielleicht auch vor etwas davon. Schließlich erreichte Albert Simon die Straßenbahn. Es ließ sich beim Eintreten nicht vermeiden, dass er einen Blick auf den kleinen Monitor mit Nachrichten aus Polen und der ganzen Welt warf. Diesmal ging es nicht um brennende Regenbögen, doch indirekt auch um ihn. Die Warschauer Präsidentin Edyta Szmalska stand inzwischen so stark in der Schusslinie, dass ein Rücktritt unumgänglich zu sein schien. Auch Parteikollegen, so hieß es, rückten von ihr ab. Wenn das hier in Straßenbahnmedien, die doch der Stadt unterstanden, berichtet wurde, musste es wirklich ernst um sie stehen. Die politische Karriere von Präsidentin Szmalska ist zu Ende, durchfuhr es ihn, als würde Donald Tusk das Statement schon proben.

Den Weg von der Haltestelle auf der Ulica Grochowska zu Darias Wohnung ging Albert Simon zu Fuß. Hier war weniger Gedränge als in der Innenstadt, was ihn erleichterte, doch er hatte gleichzeitig auch das Gefühl ungeschützter zu sein, von einzelnen Männern und Frauen neugieriger gemustert zu werden. Na und, sagte sich Albert Simon. Ich bin unschuldig. Wenn sie den Mist glauben, den man ihnen vorkaut – selbst schuld. Wer ohne Fehler ist, soll den ersten Stein werfen oder für immer schweigen! Albert Simon kam am Antiquariat vorbei und spürte trotz seiner Kampfeslaune eine gewisse Nostalgie in sich aufsteigen. Wehmut beschlich ihn, als er sich an den vergangenen Sommer erinnerte – den Beginn der Arbeit des Drehbuchschreibens, die erste Begegnung mit Daria. Wie harmonisch und hoffnungsvoll damals alles noch gewesen war, wie idealistisch. Er beschloss trotz der fortgeschrittenen Zeit, einen kurzen Blick in das Antiquariat mit CDs und Musikalben zu werfen. Da hörte er das Krächzen des Papageis: „Du Schuft, du Schuft, was machst du hier?" Albert Simon ließ sofort davon ab einzutreten. An schlechten Witzen hatte er keinen Mangelbedarf. Ihm war der Papagei von Anfang an nicht sympathisch gewesen.

Er klingelte an Darias Haustür. Die Tür öffnete sich, und Albert Simon stieg die drei Stockwerke zu ihrer Wohnung hinauf, als würde es sich um eine anstrengende Klettertour handeln. Die psychische Belastung der vergangenen Stunden hatte ihm doch mehr Kraft geraubt, als er sich eingestehen wollte. Auf dem letzten Stufenabsatz stehend konnte er sehen, dass Daria die Wohnungstür geöffnet hatte. „Cześć!"

Er bedauerte, dass er ihr keine Blumen mitgebracht hatte. Das einzige, was er in der Hosentasche fand, war der Bernstein, von dem er mittlerweile nicht wusste, ob er wirklich ein Glücksbringer war. Besser als nichts. Er gab ihn ihr und küsste sie zärtlich.

Sie bedeutete ihm einzutreten und schloss die Wohnungstür. Auf dem Wohnungsflur umarmten sie sich. Innig und ohne Worte zu wechseln. Das tat ihm gut. Er spürte sogar Tränen in sich aufsteigen, doch er beherrschte sich. Sie gingen weiter in ihr Wohnzimmer. Den Tisch hatte Daria liebevoll gedeckt: Eine Teekanne stand über einem Teelicht, auf Tellern präsentierte sie Pączki, das traditionelle polnische Hefegebäck der Karnevalszeit, das sich in nichts von dem unterschied, was man im Rheinland an den närrischen Festtagen naschte.

„Haben wir Karneval?", fragte Albert, dessen Zeitgefühl wie ausgeschaltet war.

„Bald", antwortete Daria ruhig und in sich gekehrt. Eine gewisse Nervosität und Anspannung war auch bei ihr wahrzunehmen. Verständlich, war es doch die erste Begegnung der beiden, seit sie ihm telefonisch von ihrer Schwangerschaft erzählt hatte.

Albert Simon war noch ganz auf sich selbst fixiert. „Viel-

leicht ist deshalb alles so närrisch, was gerade geschieht –
die Welt steht Kopf", sagte er.

Daria goss ihm auf die ihr eigene sinnlich-meditative Art,
die ihn an die türkische Trinkhallenfrau in Walsum erinnerte, Tee ein. Dann tat sie es bei ihrer eigenen Tasse und
setzte sich.

„Eine langjährige Mitarbeiterin versucht, meine Reputation zu zerstören", platzte es aus Albert heraus, so empört war
er. „Ich weiß auch nicht, was in sie gefahren ist."

Daria schaute ihn mit ihren klugen Augen an, dabei bemerkte er um ihre Lippen herum ein feines, ironisches Lächeln. „Wahrscheinlich ist sie verliebt ihn dich. Weil du sie
abgewiesen hast, rächt sie sich."

War es das, was Albert Simon so sehr an Daria liebte?
Dass sie die Dinge des Lebens stets ruhig und verständnis-
voll betrachten konnte und verstand? Ihn eingeschlossen?
Andere Frauen in dieser Lage hätten ihm vielleicht eine
Szene gemacht, sie hätten hysterisch reagiert. Daria nicht.
Doch Fragen blieben. „Wieso macht ihr Frauen so etwas?"

Daria nippte an ihrer Tasse und dachte nach. Weniger über
den Inhalt ihrer Antwort, als über den richtigen Ton. Dann
ergriff sie das Wort. Albert Simon bemerkte ein Zittern in
ihrer Stimme. „Es steckt wohl in unserer Natur, nehme ich
an. Wenn wir uns nicht sicher fühlen. Es ist wie ein Selbstschutz."

Albert Simon blickte sie entgeistert an. „Aus Selbstschutz
versucht ihr, die Reputation des Mannes zu zerstören, den
ihr liebt?"

„Ich kenne die Frau nicht", sagte Daria nun. „Ich weiß nicht,
was sie antreibt, was sie alles in ihrem Leben mitgemacht
hat."

Wäre Albert Simon nicht aufgrund der außergewöhnlichen Umstände so selbstbezogen gewesen, er hätte mer-
ken müssen, wie unangenehm es für Daria war, über dieses Thema zu sprechen und nicht über das Thema, das für

sie als schwangere Frau an erster Stelle stand. Die eigene Beziehung – sie selbst – Albert Simon – ihr gemeinsames Kind, das in ihr heranwuchs. Doch sie wusste, dass das Filmprojekt für Albert Simon auch ein Kind war. Ein wichtiges Kind. Auch wenn es lange Zeit nur in seinem Kopf herangewachsen war. Monate, Jahre.

„Nicht jede Frau greift auf derartige Waffen zurück", verteidigte sie sich und ihre Geschlechtsgenossinnen. „Vielleicht nur die besonders Bedürftigen oder Verletzten ... vielleicht."

Albert Simon biss, ohne auf die Gabel zurückzugreifen, die neben dem Teller platziert war, in das Hefegebäck. Es schmeckte ihm. Doch er war immer noch erregt angesichts der Ungerechtigkeit. „Ich hoffe, mein Anwalt kann sie in die Schranken weisen." Da Daria nichts sagte, fügte er kauend hinzu: „Eigentlich tut sie mir auch leid. Sie ist eine begabte Frau. Immer noch attraktiv. Wir haben so lange erfolgreich zusammengearbeitet. Schade."

„Sind die Dreharbeiten denn nun endgültig vorbei?", wollte Daria wissen.

„Vorläufig auf Eis gelegt", erläuterte Albert Simon. „Es ging nicht. Zu viele Demonstranten. Abgesehen von den unfairen Vorwürfen, über die ich mit meinem Anwalt reden werde."

Daria blickte ihn traurig an. Sie verstand seine Enttäuschung. Langsam streckte sie ihm ihre linke Hand entgegen, die er küsste. Ganz im Stil der klassischen Rollenverteilung. Währenddessen begann Daria mit der anderen Hand über den Bernstein zu fahren, der neben ihrem Teller lag. Ganz sanft fuhr sie mit dem Finger darüber, so dass Albert Simon nicht anders konnte, als sie in aller Stille zu betrachten, ihre Schönheit, die feinen Linien ihres Gesichts. Sie war nicht nur schöner als ihre Schwester, fand er, obwohl er diese nur kurz gesehen hatte, sie war auch schöner als Romy Schneider, fand er. Sanfter, verträumter. Behütet vor den Augen der Öffentlichkeit. „Weißt du, Daria", sagte Albert Simon nun, seine Worte langsam und vorsichtig abwägend, „unser Kind wird, wenn es nach der Mutter kommt, sicher sehr, sehr schön sein ..." Woraufhin Daria in sich hineinlächelte. Sie sah nicht zu ihm auf. Albert Simon sprach weiter. „Am besten wäre es natürlich, wenn es nicht nur äußerlich nach der Mutter käme, sondern ... auch von seinem Wesen her. Von seiner Klugheit und Intelligenz ..." Nun musste Daria allerdings so sehr lächeln, dass sie listig von der Seite zu Albert Simon herüberblickte. Er lächelte zurück und streichelte sanft ihre linke Hand. Für die Grübchen, die nun an ihren Wangen zu sehen waren, gab es, wie er fand, nur ein passendes Wort, und mochte es auch kitschig sein: Süß.

Sie betrachteten einander eine Weile, lächelnd und schweigend und lediglich von leisen Klaviertönen Arvo Pärts im Hintergrund begleitet. Nach einigen Minuten ergriff Albert Simon wieder das Wort. „Darf ich dich etwas fragen, Daria?"

Sie nickte. Er hoffte, dass er mit dem, was er nun ansprechen würde, nicht die schöne Stimmung zerstören würde, doch etwas in ihm drängte ihn danach. Schon länger. All die Wochen und Monate, seit sie sich kennengelernt hatten. „Was ist mit deinen, mit euren Eltern passiert? Wieso leben sie nicht mehr?"

Er sah die Überraschung in Darias Gesicht; sie zog ihre Hand, die er weiterhin gehalten hatte, zu sich zurück und holte tief Luft. Als sie sich wieder gefasst hatte, antwortete sie leise, als fürchtete sie, dass jemand mithören könnte, der nicht dazu bestimmt sei.

„Unsere Eltern waren Aktivisten. Sie gehörten zum Umfeld der Gewerkschaft. Zu Beginn der Achtzigerjahre. Meine Schwester und ich waren damals noch klein. Wir wurden oft zu Verwandten gebracht. Die Eltern wollten uns bewusst raushalten. Ich weiß nicht genau, was sie gemacht haben. Es ging wohl um Flugblätter, die in ganz Polen verteilt wurden. Am Meer, in den Bergen, in Schlesien, überall. Bei einer dieser Verteilfahrten sind sie verunglückt. Der Wagen stürzte in den Fluss."

Albert Simon sah die Tränen, die sich in Darias Augen sammelten. Er bedeutete ihr, dass es nicht nötig war weiterzusprechen. Doch nun war sie ganz in der Erinnerung an die Verlustgeschichte. Sie drehte sich zu dem alten Holzschrank um und zog eine Schublade hervor. Darin befand sich ein alter Autoschlüssel Marke Lada, den sie Albert Simon langsam reichte, so wie ihre Schwester Monika ihm vor vielen Monaten den BMW-Autoschlüssel am Rheinufer gereicht hatte. Er nahm den Schlüssel in die Hand und betrachtete ihn aufmerksam. Viele Fragen schossen ihm durch den Kopf, die er jedoch nicht auszusprechen wagte. War es wirklich ein Unfall gewesen? War das Fahrzeug manipuliert? Hat man die Täter nie ermitteln können?

„Ich bin stolz auf meine Eltern", fuhr Daria fort, und Albert bemerkte, dass ihre Stimme brüchiger wurde. „Sie hatten Überzeugungen, für die sie sich engagiert haben. Es war damals vielleicht leichter als heute, Gut und Böse zu unterscheiden. Heute ist alles sehr komplex, aber einfach war es damals auch nicht. Es kostete etwas. Beide haben für ihre Überzeugungen einen hohen Preis bezahlt. Den höchsten. Ihr Leben."

Daria holte ein Taschentuch hervor und tupfte damit Tränen aus ihren Augen. Albert Simon blickte wieder auf den Autoschlüssel, als würde es sich um eine Reliquie handeln. In gewisser Weise, fand Albert, war er das auch. Behutsam stand er auf und näherte sich Daria. Er beugte sich zu ihr herab, streichelte ihr Haar und küsste ihre Stirn. „Warst du deshalb gegen den Spot?"

Sie hielt ihr Gesicht regungslos und schwieg. Dann sagte sie langsam, jedes Wort abwägend: „Ich hatte ein dunkles Gefühl. Als würde dich dieser Auftrag von dir selbst wegführen."

„Von mir selbst?", fragte er.

„Ja … vom Wesentlichen."

Er nickte. „Was ist das Wesentliche?", fragte er.

„Das, was uns wichtig ist, was wir nicht tun, um Erfolg zu

haben und bewundert zu werden, sondern weil es mit uns selbst übereinstimmt."

Albert Simon streichelte ihre Schulter, ihren Oberarm. Ihm gefiel, was sie sagte und wie sie es sagte. Er spürte, dass es stimmte und dass es genau das war, was er auf der Filmhochschule als sein Ziel, seine persönliche Ethik definiert hatte. Damals, als er noch jung gewesen war, beeinflusst von dem, was ihm in den Neunzigerjahren gelehrt worden war, ehe der Kapitalismus in Polen so gründlich Fuß fasste.

Durch das Fenster ihres Zimmers konnte Albert Simon Innenhof mit schmalen Wegen zwischen den verschiedenen Häusern des Wohnblocks sehen. Eine für Warschau typische Anlage, mit kleinen Müllhäuschen am Rand der Grünfläche. Sogar eine Wasserstelle gab es hier, die an die Zeit erinnerte, als es in den Supermärkten noch kein stilles Wasser gab und man das Leitungswasser nicht ohne gesundheitliche Schäden trinken konnte. Eine Reihe von Schulkindern, die als Seeräuber verkleidet waren, gingen im Gleichmarsch über den Weg.

„Kieślowski", fuhr Albert Simon fort, „hat einmal gesagt, dass der eigene Standpunkt das Wichtigste ist für einen Filmregisseur. Nur ein ehrlicher Künstler kann ehrliche Filme drehen." Daria streichelte ihn am Unterarm, als Zeichen der Zustimmung. „Ich konnte keine ehrlichen Filme drehen, weil mein Leben nicht ehrlich war, Daria. Ohne Gefühle, ohne innere Lebendigkeit, nur auf den Erfolg ausgerichtet. Aber mit dir werde ich es schaffen. Es gibt eine zweite Chance für mich, oder? Trotz allem?"

Daria drückte sich an seine Brust und flüsterte ihm zu: „Natürlich gibt es die. Du hast keine großen Fehler gemacht, sondern gelernt. Die Wunden unseres Lebens in Schönheit zu verwandeln, das ist doch die wahre Alchemie."

Albert Simon ließ die Worte nachklingen. Er legte den Lada-Autoschlüssel der Eltern respektvoll auf den Tisch, dann fuhr er mit seiner freien Hand zärtlich über Darias Magengegend, über ihren Bauch, der noch unverändert aussah, trotz des neuen Lebens, das sich in ihm entwickelte. Er wusste nicht, ob er lächeln oder weinen sollte. Er küsste sie erneut. Diesmal auf den Nacken. Auf seinen Lippen spürte er ihr weiches Haar, den Duft ihres Parfüms nahm er mit seinem Atem auf. Es tat ihm gut.

III

In der Straßenbahn auf dem Weg zum Museum des Warschauer Aufstands, wo er seinen Anwalt Leo Rosenstein
treffen wollte, kümmerte er sich nicht darum, ob die Mitfahrenden ihn ansahen oder kritisch musterten, in küm-
merten auch die drei glatzköpfigen Hooligans nicht, die am
Teatr Powszechny einstiegen und mit den vielen kleinen
polnischen Adlern auf ihren Lederklamotten wie Vogel-
scheuchen des Nationalismus auf ihn wirkten. Er mochte
keine Adler als Totemtier. Lieber dachte er an Daria und an
den Satz, mit dem sie ihm die Absolution erteilt hatte: „Du
hast keine großen Fehler gemacht, sondern gelernt." Daran
wollte er festhalten.

Nachdem die Straßenbahn am Skaryszewski Park, am
Nationalstadion und am Zentralbahnhof vorbeigefahren
war, bog sie nach rechts ab und erreichte das Banken-Vier-
tel mit den modernsten Geschäfts- und Hochhäusern der
Stadt, deren Fensterfassaden sich in kühler Noblesse gegenseitig spiegelten, als ließe sich der kapitalistische Überbie-
tungswettbewerb nur architektonisch angemessen austra-
gen. Wie eine altertümliche Festung wirkte im Vergleich
dazu das Museum, das Albert durch das Fenster der Bahn
inmitten der gigantischen Phallus-Bauten erspähte. Es war
aus hellem Ziegelstein gebaut, in der traditionellen Hand-
schrift der Werksanlagen, die hier im Arbeiter-Stadtteil
Wola während des Krieges üblich gewesen waren. Bis die
Deutschen 1944 im Rausch der Zerstörung alles nieder-
metzelten, aus Rache für den Aufstand. Es gab keinen Halt
mehr, alles wurde niedergemacht, kein Schornstein, kein
Genick wurde geschont. War es nicht ein kleines Wunder,
dass es den Kommunisten nach dem Krieg gelungen war,
das Viertel neu zum Leben zu erwecken? Die Fabriken wieder aufzubauen, die alte Tradition der Arbeit fortzusetzen?
Doch im Laufe der Jahrzehnte ging der Industrie auch hier

der Atem aus. Die Hochhäuser symbolisierten eine Zerstörung ohne Brandbomben, Blutvergießen und Massenexekutionen. Metamorphose 4.0.

Albert stieg aus, ließ die Straßenbahn passieren und lief über die Hauptstraße, Seite an Seite mit einer jungen Frau, die Ukrainisch sprach. Mit wem redete sie? Albert Simon sah weder ein Mobiltelefon noch ein Headphone an ihrem Ohr.

Er erreichte den Eingangsbereich des Museums und löste an der Kasse ein Ticket. Dann schaute er auf die Uhr. Er war pünktlich. Gerade als er sich fragte, ob sein Anwalt bereits in der Ausstellung war, sah er Leo Rosenstein neben einer Kontrolleurin stehen und mit ihr plaudern. Der alte Mann lächelte ihm mit seiner melancholisch-charmanten Miene zu und bedeutete ihm, hineinzugehen, dann folgte er ihm. Vor einer Steinwand, an die historische „Bekanntmachungen" der Besatzungszeit geheftet waren, blieben sie stehen. Albert erwartete, dass sein Anwalt Leo Rosenstein ihn nun offiziell begrüßen oder mit ironischen Worten wie „Was haben Sie denn alles angestellt in letzter Zeit?" hochnehmen würde. Doch nichts dergleichen geschah.

„Ich bin ein bisschen traurig", sagte der Anwalt zur Begrüßung. Sein Gesicht wirkte mit einem Mal faltig und bedrückt. „Mein bester Freund ist gestorben."

Albert Simon war betroffen. „Wie alt war er?", fragte er.

„80 Jahre", antwortete der Anwalt, der selbst kaum jünger war. „Dabei war er immer fit. Ein Kanute. Verstehen Sie? Kein x-beliebiger Sport. Plötzlich hat sein Herz nicht mehr mitgemacht. Aus. Vorbei."

Albert Simon musste an Tante Renate denken. Ob sie noch lebte? Vermutlich. So schnell starb man nicht, auch wenn man es wollte. „Waren Sie bei der Beerdigung?", erkundigte er sich.

„Gestern, ja", antwortete Leo Rosenstein. „Deshalb konnte ich Ihren Anruf nicht entgegennehmen. Ich sollte vier Minuten am Grab sprechen, doch dazu kam es nicht. Jemand hat sich vorgedrängelt, so ein kleiner Mann, obwohl er gar nicht auf dem Programm stand."

Albert nickte. „Hat der denn wenigstens eine gute Rede geliefert?"

Der Anwalt machte ein Gesicht, als würde er in einen Abgrund schauen. „Nein. Sehr durchschnittlich. Keine Emotionen. Nichts Persönliches. Ich hätte es besser gemacht. Gut vorbereitet war ich."

Während er zuhörte, fragte sich Albert Simon, ob sein erfahrener Anwalt tatsächlich so erschüttert war über den Verlust des Freundes oder ob er in psychologischer Absicht von diesen Dingen berichtete, um ihn zu beruhigen, weil es noch andere ernste Dinge auf der Welt gab, nicht nur Medienkampagnen und Shitstorms. Vielleicht beides.

Der Anwalt zeigte auf historische Kriegsobjekte. Ein Flugzeug, ein Panzer. „Waren Sie schon mal hier, Herr Simon? Sicherlich, oder?"

Albert nickte. „Ja, vor vielen Jahren. Ein bedrückender Ort für einen Deutschen."

Leo Rosenstein nickte zurückhaltend und begann zu lächeln. „Ja, und jetzt haben Sie wieder Ärger in diesem Land, in dieser Stadt."

Albert verstand die Ironie, doch es gelang ihm nicht, darüber zu lachen. „Stehen so viele Journalisten vor Ihrer Kanzlei, dass wir uns hier treffen müssen, Herr Rosenstein?"

Die Miene des Anwalts verfinsterte sich. „Ja, irgendjemand muss rausbekommen haben, dass wir in Kontakt stehen. Bei Ihnen vor Ihrer Wohnung befinden sie sich bestimmt auch, oder?"

Er nickte. Leo Rosensteins Augen begannen zu leuchten: „Ein früherer deutscher Bundeskanzler nannte die vierte Gewalt im Staat Wegelagerer."

„Helmut Schmidt", sagte Albert Simon.

„Ja", schoss es aus Leo Rosenstein hervor. „Guter Mann, eigentlich, aber keine Ahnung vom Kommunismus und von Polen." Er lächelte verschmitzt.

Albert Simon zog sich den Kragen des Mantels hoch. Normalerweise mochte er die historischen Abschweifungen des Anwalts, doch jetzt ging es nicht um emeritierte Bundeskanzler und verstorbene Kanuten, es ging um ihn, Albert Simon, den reaktionär-sexistischen Umweltzerstörer.

Doch Leo Rosenstein sinnierte weiter. „Er lebt noch?"

„Ja", sagte Albert Simon, „Er lebt. Er ist fast hundert Jahre alt."

„Fast hundert?" Leo Rosenstein verdrehte verzückt die Augen. Der Hinweis schien ihm Trost zu geben. Hoffnung. Dann fasste der Anwalt sich, wurde wieder ernst und sachlich. „Zurück zu Ihnen."

Albert Simon atmete tief durch. „Irgendwie scheint sich alles gegen mich verschworen zu haben, Herr Rosenstein. Wie von Geisterhand gesteuert."

Der Anwalt schaute ihn nachdenklich an. Empathisch. „Haben Sie die Bewerbungsunterlagen dabei? Für diesen Spot mit dem Regenbogen meine ich."

Albert Simon zog die Unterlagen aus dem Mantel und reichte sie Leo Rosenstein. Der Anwalt setzte sich eine rote Lesebrille auf und ging zu einer Stelle im Museum, die von einem Scheinwerfer beleuchtet wurde. Er las die Mails mit prüfendem Blick, ganz ruhig, während Albert Simon ein älteres Paar betrachtete, das an den Ausstellungsobjekten vorbeischritt. Das Paar erinnerte ihn an seine Eltern. Deutsche Rentner, leger angezogen, gesund und gut erholt.

„Das ist okay", sagte Leo Rosenstein nach einer Weile.

„Es ist aber nicht der Spot, der umgesetzt wurde", fügte Albert Simon erklärend hinzu. „Da haben wir direkt nach dem Brand etwas improvisiert, was aber akzeptiert wurde. Haben Sie davon gehört?"

Der Anwalt schaute über seine Brillengläser. „Wir?"

„Mein Produktionsleiter, die Kamerafrau und ich", erläuterte Albert Simon.

„Die Frau hat gefilmt?"

„Der Produktionsleiter hat mit seinem Handy die brennende Regenbogen-Skulptur gefilmt, und wir haben daraus einen Spot gemacht. Blitzschnell. Sie hat gesprochen."

Leo Rosenstein lächelte vergnügt: „Dann braucht Ihr Produktionsleiter vielleicht auch einen Anwalt. Wollen Sie mich ihm nicht empfehlen? Ich bin aber sehr teuer."

Albert musste lachen. Nicht nur wegen des letzten Satzes. So hatte er die Angelegenheit noch gar nicht betrachtet.

Leo Rosenstein winkte lässig ab. „Das ist nur eine kleine Sache. Aufgrund der Ausnahmesituation erklärbar. Und Ihre Frau hat im Hintergrund gewirkt? Den Deal eingefädelt?"

Albert Simon schaute auf die rotierenden Diaprojektionen von historischen Schwarz-Weiß-Aufnahmen an der Wand gegenüber: Zivilisten, die von den Nazis erschossen worden waren, ausgemergelte Körper, Leichenteile, Schutt und Asche. „Das kann ich nicht so richtig beurteilen. Mit der Improvisation hat sie nichts zu tun. Sie hat gute Kontakte. Ist gut vernetzt."

Wieder lächelte der Anwalt. „Dann braucht sie auch einen guten Anwalt." Nun lachte der alte Mann sogar.

Albert Simon lachte ebenfalls und stellte fest: „Den braucht sie vielleicht auch für die Scheidung, aber keinen zu guten … Ich möchte mich nämlich von ihr trennen."

Leo Rosenstein musterte den deutschen Regisseur. „Aber hoffentlich nicht, um mit der werten Dame zusammen zu sein, die Ihnen öffentlich sexuelle Belästigung vorwirft, oder? Wer ist das eigentlich?"

Albert Simons Stimme wurde – für ihn selbst überraschend – schneidend: „Nein, das ist die Kamerafrau, die ich erwähnt habe. Mariola Mazur. Wir arbeiten seit Jahren zusammen. Nie hatten wir miteinander Probleme."

Der alte Anwalt blickte verschwörerisch. „Aber eine neue Frau gibt es? Eine andere?"

„Ja", sagte Albert, und schaute mit dem gleichen verschwörerischen Lächeln in die Augen des Anwalts, der nun aber wieder geschäftlich wurde: „Ich werde heute eine Stellungnahme in Ihrem Namen abgeben, Herr Simon, in der wir die Vorwürfe kategorisch ablehnen und darauf pochen, dass sie, Frau Mazur, sie zurücknimmt. Ansonsten soll sie Beweise vorlegen. Zweitens: Ich werde das Gericht und die Rechtsabteilung der Stadt Warschau um Klärung des Ausschreibungsverfahrens bitten und dabei auch Ihre Mitstreiter erwähnen, inklusive Ihrer Frau – schauen wir, was dabei rauskommt. Um die Scheidungssache kümmern wir uns danach. Wie sagt man auf Deutsch: erst die Arbeit, dann das Vergnügen."

Albert Simon nickte. Er fühlte sich nach diesen Worten leichter. Entspannter, gelassener. „Was kann ich machen?", wollte er wissen.

Der alte, lebenserfahrene Anwalt schaute ihn lange mit seinem tiefgründigen Blick an. Dann, nach einer Zeit des Schweigens, flüsterte er: „Atmen." Und fügte geheimnisvoll hinzu: „Ein und aus." Leo Rosenstein gab dem deutschen Filmregisseur die Hand und ging mit den Unterlagen in der Hand zum Ausgang des Museums.

*

Albert Simon schaute ihm eine Weile hinterher. Dann entschloss er sich, die historischen Ausstellungsobjekte noch etwas genauer zu betrachten. Er wollte noch nicht zurück ans Tageslicht. Hier im Museum fühlte er sich geborgen, geschützt, wie in einem sicheren Untergrund, auch wenn es kein Ort des Vergnügens war. Albert betrachtete von den Nazis malträtierte Kinder und Frauen und polnische Liebespaare in Uniform, die sich dem Schicksal nicht ergaben, sondern dem Bösen widerstanden. Man darf nicht mit dem Unrecht paktieren – das konnte man von diesen Untergrundkämpfern lernen, fand er. Und in der Tat: War es nicht besser, sich ehrenhaft zur Wehr zu setzen, anstatt faule Kompromisse zu schließen? Auch wenn – wie Albert Simon wusste – in der polnischen Gesellschaft die Helden des Aufstands mittlerweile nicht mehr unumstritten waren, weil einige Historiker aus sicherem zeitlichem Abstand erkannt zu haben meinten, dass beim Aufstand von vorneherein kaum Aussicht auf Erfolg bestanden und der Aufstand vielleicht sogar kontraproduktiv gewirkt hätte? Nein, dachte Albert Simon. Für die eigene Freiheit zu kämpfen, konnte nicht verkehrt sein. Niemals. Hatte Daria ihm das nicht auch gesagt? Und ihre Eltern – sie hatten es zu ihrer Zeit sogar bis zum bitteren Ende durchgehalten. Für jede Generation kam die Zeit der Bewährung. Manchmal früher, manchmal später.

Albert Simon schritt ein Ausstellungsobjekt nach dem nächsten ab. Wie bedauerlich, dass der Warschauer Aufstand im deutschen Bewusstsein relativ unbekannt war … Man verwechselte ihn zuweilen, leider wegen Willy Brandts großartiger Kniefall-Geste, mit dem Aufstand des Warschauer Ghettos, der auch wichtig, aber von einer anderen Opfergruppe ausgeübt worden war. Einer Opfergruppe, die zurecht eine starke Lobby in der Bundesrepublik besaß. Die polnische Lobby dagegen war schwächer. Der Besuch in beiden Museen, dem der jüdischen Geschichte Polens und dem des Warschauer Aufstands, sollte ein Pflichtbesuch für deutsche Schulklassen sein, sagte sich Albert Simon. Die beschämenden deutschen Reaktionen auf die Krim-Annexion, der unterlassene Protest der Intellektuellen zeigte jedoch: Etwas von dem alten Überlegenheitsgefühl gegenüber den Ländern des Ostens existierte offenbar weiterhin in den deutschen Köpfen. Unausrottbar.

Hatte er als zuverlässiger Werbefilmer im Dienst der EU nicht auch mit dazu beigetragen? Albert Simon spürte keinerlei Sympathien für die nationalkonservativen Eiferer des Landes, überhaupt nicht, aber der Konflikt in der Ostukraine und die Zahnlosigkeit, mit denen die westlichen Politiker weiterhin gegenüber Putin agierten, eröffnete zumindest die Deutungsmöglichkeit, dass etwas von deren üblicher Empörung über Deutschland berechtigt war. Das musste Albert Simon zerknirscht zugeben.

Geradezu unerträglich war es, dass ausgerechnet er, Albert Simon, das Arbeiterkind aus dem Ruhrgebiet, nun als Reinkarnation des bösen Deutschen in den polnischen Medien gezeigt wurde. Offenbar flächendeckend. Das war für ihn kaum zu ertragen. Besonders hier im Museum des Warschauer Aufstands. Dabei hatte er doch das Gegenteil gewollt: Versöhnung, Gerechtigkeit für den Osten.

Je länger Albert Simon im Museum blieb, desto drängender stieg in ihm eine weitere Frage auf, eine ganz praktische: Wo sollte er hingehen? Zurück in die Wohnung nach Żoliborz, wo vermutlich immer noch die Medienmeute vor seinem Fenster auf ihn wartete? Die Vorstellung behagte ihm nicht. Was dann? Am besten wäre es vielleicht, die Zeit der Klärung bei Daria verbringen zu können. Versteckt in Grochów. Was sprach dagegen? Eigentlich nichts. Er überlegte, ob er sie anrufen solle. Nein, sagte er sich. Sie war jetzt im Antiquariat und arbeitete.

Er würde sie überraschen. Mit seiner Bitte und am besten mit einem Geschenk. Auf dem Weg zu ihr würde er ihr Blumen kaufen. Das hatte er heute Vormittag auf der hektischen Flucht aus Żoliborz nicht geschafft. Nun hatte er dafür Zeit.

*

So ging Albert Simon mit neuem Selbstvertrauen die geschäftige Ulica Prosta entlang, vorbei an Privatkliniken, deutschen Drogerien und italienischen Restaurants. Vorbei am gräulich-grünen Park rund um den Kulturpalast, der von außen so stabil wie eh und je wirkte, doch in den Büros der städtischen PR-Abteilung war vermutlich jetzt der Teufel los, Schuldzuweisungen, Verschleierungsmanöver, materielle Ängste – die typischen Verteilungskämpfe, wenn das etablierte System kippt.

Er überquerte die Ulica Marszałkowska, auf der sich wie immer die Autos stauten, kam an einer renovierten Buch-

handlung mit Hipster-Dekoration vorbei zur Prachtstraße
Nowy Świat und gelangte quer durch das Universitätsge-
lände zu den kleineren, verborgenen Straßen, in denen das
sonst hier herrschende Szeneleben noch im Winterschlaf
lag; dann bog er nach rechts ab, um über die nach dem so
unglücklich agierenden letzten König Polens, dem Russ-
land-Untertan und Aufklärer Stanisław II. August benann-
te Poniatowski-Brücke nach Praga zu gehen. Auch bei diesem Bau mit seinen schönen Portaltürmen war die bewegte
und leidvolle Geschichte der Stadt spürbar. Die Russen hatten die Brücke während des Ersten Weltkriegs zerstört, die
Nazis taten es während des Warschauer Aufstands.

Albert schaute hinaus auf die Weichsel, die ihm heute wie
eine große, graue Pfütze vorkam, umgeben von trostlosen
Sandbänken und den von winterlicher Tristesse umhüllten
Bäumen. Einige Stellen am Ufer schienen gefroren zu sein.
Es war ungemütlich hier oben auf der Brücke. Der Wind
wehte noch rauer und kälter als in den Straßen. Die Luft
stank. Albert bedauerte, dass er sich bei seiner Fluchtaktion
nicht wärmer angezogen hatte. Der Lärm der vorbeischnel-
lenden Autos drang zum schmalen Fußgängerweg herüber
wie von einer Autobahnstrecke; die Zahl der Passanten
hingegen, die auf der Brücke unterwegs waren, war über-
schaubar. Ein verbissen dreinblickender Fahrradfahrer kam
ihm entgegen, dann eine offenbar ziemlich abgehärtete,
leicht übergewichtige Joggerin mit enganliegendem Dress,
Handschuhen und Wintermütze. Albert blickte ihnen in
die Gesichter, aber sie schienen ihn nicht wahrzunehmen
und waren ganz in ihrer eigenen Welt. Autisten der eigenen
sportlichen Leistungsfähigkeit.

Als er die Mitte der Brücke fast erreicht hatte, sah Albert
Simon vor sich einen Mann im schwarzen Mantel am Geländer stehen, der auf das bleierne Grau des Flusses hinab-
schaute, während über ihm die Möwen ihren ausgelassenen
Tanz veranstalteten. Der Anblick des Mannes traf Albert

Simon wie ein Schlag: schon wieder er. Schon wieder der Priester und Brandstifter mit dem hündischen Gesicht. Wie konnte das sein? Und was machte dieser bemitleidenswerte Mensch, der ihn noch nicht bemerkt hatte, nun ausgerechnet hier oben auf der Brücke? Albert Simon hatte kein gutes Gefühl. Der Mann schien von einer Düsternis umgeben zu sein wie der Selbstmörder in Wim Wenders *Der Himmel über Berlin*. Albert Simon konnte seine Gedanken nicht lesen, doch er spürte es deutlich: Der Priester beabsichtigte zu springen, seinem Leben auf diese Weise ein Ende zu setzen.

Albert ging weiter und schaute konzentriert auf den schmutzigen, mit Salz gestreuten Fußgängerweg, scheinbar unbeteiligt, gedankenversunken, als hätte er den Mann noch nicht wahrgenommen und als wäre er tief in eine philosophische Frage vertieft, doch das stimmte nicht. Aus dem Augenwinkel beobachtete er aufmerksam, was der Mann tat, der weiterhin regungslos am Geländer stand. Er fokussierte – das konnte Albert erkennen – den Blick immerzu auf das bleierne Grau des Flusses, die unendliche Pfütze. Albert ging weiter. Er war nun höchstens vier bis fünf Meter von dem Priester entfernt, als dieser plötzlich sein rechtes Bein anhob und den Fuß auf das Geländer setzte. Ein Schrecken durchfuhr Albert, wie er es manchmal in Träumen erlebt hatte, wenn er zum Handeln gedrängt, aber wie erstarrt war und sich wie im Sog des kollektiven Unbewussten nicht bewegen konnte. Nun aber war es nicht so. Er überwand den Schrecken, stürmte zu dem Mann, den er damit völlig überraschte. Offenbar hatte er den sich ihm nähernden Passanten gar nicht wahrgenommen. Albert riss ihn mit aller Gewalt vom Geländer und schleuderte ihn auf den Fußweg der Brücke, wo er ihn vornübergebeugt festhielt.

„Was soll der Blödsinn?", schrie Albert den Priester an. Wütend, verärgert, als hätte der Mann ihm mit dem, was er beabsichtige, persönlich einen Schlag versetzt. Das Gesicht des Priesters war starr vor Schreck wie bei einem Menschen, der es nicht fassen kann, bei seinem Tun behindert worden zu sein. Noch dazu von jemandem, den er kannte. „Sie?", stammelte er nur. „Sie?"

Albert Simon atmete regelmäßig, voll Kraft und innerer Ruhe, was ihn selbst erstaunte, denn er konnte nicht verhehlen, dass die seltsame Verbundenheit zwischen ihm und diesem Priester, der ihm schon bei ihrer ersten Begegnung auf Anhieb unsympathisch erschienen war, weit über sein Erklärungsvermögen hinausging. Sie hatten einander nicht gesucht, ganz bestimmt nicht, aber offensichtlich gehörten ihre Begegnungen in dieser Millionenstadt zur Ordnung der Dinge, so unerklärlich das auch war.

„Warum stellen Sie sich nicht einfach und entschuldigen sich für den Brand? Das Versteckspiel ist doch unwürdig", schnauzte Albert Simon den Priester an – wobei ihm im selben Moment, da er die Worte aussprach, klar wurde, dass er sich dies auch selbst hätte predigen können, vielleicht sogar müssen. Auch er versteckte sich, und nicht erst jetzt, da Mariola Mazurs toxischer Tweet viral ging, sondern auch schon vorher – im Sommer und im Herbst, als er mit Daria durch den Park gelaufen war und sich dabei stets mit Brille oder Bart getarnt hatte, um nicht aufzufallen. Konnte er, ausgerechnet er, dem Priester deshalb irgendeinen Vorwurf machen?

Albert spürte Milde in sich aufsteigen. „Wenn Sie sich schuldig fühlen für das, was Sie getan haben, dann spenden Sie etwas, um die Unkosten, die durch die Zerstörung der *Regenbogen*-Skulptur entstanden sind, wenigstens im Ansatz zu begleichen! Vielleicht hilft Ihnen das. Es wäre auf jeden Fall männlicher, als sich mit einem Sprung ins Nichts aus der Verantwortung zu stehlen. Das ist eine feige Flucht!"

Wieder musste Albert Simon staunen, wie sehr diese Worte auch auf ihn selbst anwendbar waren. War er nicht der Meister der Flucht? Der Meister des sich Davonschleichens? Des Sich-aus-der-Verantwortung-stehlen-Wollens? So wütend es ihn auch machte, Albert Simon musste sich eingestehen, dass es so war. Hier auf dieser Brücke, die so oft zerstört worden war und auf der ein unwirtlicher Wind wehte, hier, wo der Lärm der Autos kaum erträglich war und nur der Flug der Möwen die gelegentliche Leichtigkeit des Seins andeutete, kam es ihm vor, als würde er in dem erbärmlichen Priester sich selbst begegnen, seinem Schatten, jenen Anteilen seines Ich, vor denen er stets davongelaufen war. Die er verdrängte. War sein Gesicht genauer besehen nicht genauso hündisch? Waren seine Worte nicht von doppelbödiger Moral getränkt?

Der Priester röchelte. Alberts Aussagen schienen ihm einen Stich versetzt zu haben. „Es stimmt", hauchte er. „Es stimmt." Dann verzog er schmerzverzerrt den Mund, als würde jedes Wort ihm wie ein Schwert durch die Zunge fahren. „Aber ich bin ein schwacher Mensch." Er rang nach Atem, so dass Albert Simon kurz überlegte, ob er ihm den Inhalator reichen sollte, was er aber aus hygienischen Gründen unterließ. Er sagte nichts. Er wartete. Etwas würde der Priester nun sicherlich zu seiner Rechtfertigung sagen, so wie auch er als Jugendlicher, wenn er beichten musste, stets eine psychologische Erklärung mitgeliefert hatte, um das Gewicht der Schuld, so leicht es auch war, zu senken. „Ich ... ich ..." Der Priester stotterte. Ihm schien trotz der Kälte Schweiß auf der Stirn zu stehen. Seine Augen wurden feucht. Waren es Tränen oder kam die Feuchtigkeit des Flusses zu ihnen herauf? Albert wollte ihm ein Taschentuch geben, doch als er in seine Taschen griff, stellte er fest, dass er keines bei sich führte. Der Priester schloss die Augen, als würde er beten, doch Albert Simon war sicher, dass er auf diese Weise in sich ging, um etwas zu sagen, das keine billige Entschuldigung war, sondern eine Erklärung, die mit Leid verbunden war, echtem Leid. Der Priester öffnete die Augen, ganz weit riss er sie auf, und dann sagte er etwas, was er vermutlich vorher noch nie einem Menschen anvertraut hatte: „Ich bin ... ich bin als Ministrant ... von einem .... G-g-g-geistlichen ..." Er musste nichts mehr sagen. Es war genug, Albert Simon begriff. Er nickte und versuchte seiner Stimme trotz der Anspannung das größte Maß an Güte zu verleihen. „Ich verstehe."

Hätte ihm damals vor der Hochzeit jemand gesagt, dass dieser Priester ihm gegenüber einmal eine solche Beichte ablegen würde – Albert Simon hätte es nicht geglaubt. Als stolz und menschenfeindlich hatte er ihn damals empfunden, als kalt und abstoßend, doch hier in dieser Situation, mit diesem hilflosen Gestammel spürte Albert Simon, dass der Priester mit seinem weißen römischen Kragen, auf dem sich durch das Gestotter Speichel gesammelt hatte, ihm leidtat. Seine Vergangenheit konnte die Tat nicht entschuldigen, aber verständlicher machen. Die Not, die Zerrissenheit. Albert Simon spürte ein Solidaritätsgefühl in sich aufsteigen, das er sich nicht erklären konnte. Als wären sie sich beide in einer Schwachheit und menschlichen Unzulänglichkeit begegnet, die Christus im Sinn gehabt haben musste und die meilenweit von den Zeremonien und Sakramenten entfernt war, welche das Leben der Gläubigen bestimmten. Hier auf der Brücke begegneten sie sich als Menschen. Frei, verletzlich, in Wahrheit. Er, der deutsche Filmregisseur und Ehebrecher, und der Priester, der aufgrund einer frühen Missbrauchserfahrung in der Kirche Homosexuelle hasste und die *Regenbogen*-Skulptur zerstört hatte.

„Ich werde Sie nicht verraten", sagte Albert und sah, wie eine Möwe ganz dicht an ihnen vorbeiflog. „Ich fordere nur eins: Gehen Sie zurück zu Ihrem Dienst und verurteilen Sie nicht mehr auf Grundlage von Dogmen andere Menschen! Antworten Sie nicht mit Gewalt auf die Gewalt, die man Ihnen angetan hat! Wir alle sind schwach. Wir alle sind gebrochen. Wir alle tragen die Wundmale. Das verbindet uns. Wir alle suchen den Ausweg." Der Priester röchelte zunächst, dann nickte er und drückte Albert Simons Hand, als hätte der Filmregisseur ihm die Absolution zugesprochen.

Während eine Straßenbahn über die Brücke donnerte und geradezu wie ein D-Zug lärmte, stoppte neben ihnen auf der Fahrbahn ein Fahrzeug: ein gelber Fiat mit deutschem Kennzeichen. Albert Simon schaute herüber. Wer konnte das sein? Ein barmherziger Samariter mitten im Warschauer Stadtverkehr? Ausgerechnet aus der Heimat? Das Fenster des Beifahrersitzes wurde heruntergezogen, vom Fahrersitz lehnte sich eine junge Frau zu den beiden herüber. „Brauchen Sie Hilfe?" Albert Simon dachte für einen Moment, dass es Daria sei, die hier überraschend als Engel auftauchte, obwohl sie doch in ihrem Antiquariat in Praga sein musste. Dann erkannte er, dass es ihre Schwester Monika war, die Polin, die ihn in Köln vor dem möglichen Verlust des Leihwagens bewahrt hatte.

„Ja", antwortete er. „Es wäre gut, wenn wir den Herrn nach Hause bringen könnten. Er braucht Ruhe."

Albert Simon vermied es, die Berufsbezeichnung Priester zu benutzen, weil er sich nicht sicher war, ob Monikas Hilfsbereitschaft so groß war, dass sie diese Personengruppe, deren Ansehen durch die Missbrauchsskandale arg ramponiert war, miteinschloss. Sie signalisierte ihr Einverständnis.

„Wo müssen Sie hin?", fragte Albert Simon den Priester.

„Plac Wilsona", antwortete dieser mit schwacher Stimme.

„Zum Plac Wilsona", wiederholte Albert Simon laut und deutlich für die hilfsbereite Anhalterin und hoffte, dass die Strecke zum Stadtteil Żoliborz für Monika nicht zu weit sei. „Ich bezahle auch das Benzin", versicherte er.

Monika schüttelte den Kopf und wiegelte sein Angebot entschieden ab: „Pan Albert, ein bisschen haben Sie jetzt aber doch Ähnlichkeit mit Albert Magnus." Sie hatte ihn also auch wiedererkannt.

*

Zu dritt fuhren sie am Skaryszewski-Park vorbei, dann auf der Ulica Targowa entlang, schließlich nahm Monika die Abfahrt Richtung Śląsko-Dąbrowski-Brücke, die auf der anderen Seite der Weichel auf das Königliche Schoss zulief; dicht vor der Brücke neben dem Zoo bog sie jedoch rechts ab, um an der Weichel entlang zur Danziger Brücke zu kommen, die direkt zur Arcadia-Shopping-Mall führte und zum Kreisverkehr am Powązki-Friedhof. Nun war es nur noch ein Katzensprung zum Plac Wilsona in Żoliborz.

Unmittelbar in Nähe des Platzes auf einem Parkplatz vor der Stanisław-Kostka-Kirche, wo einst der Solidarność-Priester Jerzy Popiełuszko die Menschen in Scharen angezogen hatte, brachte sie den Fiat zum Stehen. Zusammen gaben Monika und Albert Simon dem Priester Hilfestellung beim Ausstieg. Er wirkte immer noch sehr schwach.

„Haben Sie es weit von hier?", fragte Monika besorgt.

„Nein", antwortete der Priester und zeigte auf das Pfarrhaus der Kirche, das sich hinter einem Denkmal des 1984 ermordeten Popiełuszko befand. „Ich wohne hier. Dies ist meine Pfarrei."

Erst jetzt bemerkte Monika, dass es sich um einen Geistlichen handelte. „Sollen wir Sie auf Ihr Zimmer bringen?"

Der Priester antwortete nicht, also begleiteten sie ihn langsam zum Pfarrhaus. Dabei erkannte Albert Simon unter einem Pulk von älteren Damen, die sehr selbstbewusst und dienstbeflissen aus der Kirche traten, auch die ältere Frau mit dem weißen Barrett, die in der Nacht des *Regenbogen*-Brandes so eifrig in der Straßenbahn den Rosenkranz gebetet hatte. Es passte, wie er fand, denn in dieser Kirche, die einst zu Popiełuszkos Zeiten Oppositionelle aus allen Schichten der polnischen Gesellschaft angezogen hatte, auch linke Agnostiker und regimekritische Atheisten, war inzwischen ein Stützpunkt des „heiligen Rests" geworden, der mit ziemlicher Aggressivität und nationaler Färbung das „Vaterland" vor den Versuchungen des westlichen Lebensstils zu verteidigen versuchte, als wäre die EU die neue Sowjetunion und die Bundesrepublik so bedrohlich wie vor 70 Jahren Nazideutschland. Diesmal im Gewand des Kapitalismus und der sexuellen Selbstbestimmung. Mit Donald Tusk als oberstem Agenten.

Kein Wunder, dass der Priester hier unauffällig weiter seinen Dienst hatte verrichten können, ohne dass ihn jemand an die staatlichen Behörden oder Medien verraten hatte, dachte Albert Simon und wurde traurig: Wer zu dieser Gemeinde ging, war – wenn es um sexuelle Gefühle ging – also ein potenzieller Brandstifter. Ob dies im Sinne Jerzy Popiełuszkos war?

Nachdem sie sich von dem Geistlichen verabschiedet hatten, gingen Monika und Albert zu dem massiven, kreuzförmigen Stein, der im Vorgarten der Kirche lag und in den die biographischen Eckdaten aus Pfarrer Jerzys Leben eingraviert waren; befanden sich doch unter dem Stein seine sterblichen Überreste. Monika sagte nichts. Sie faltete nicht fromm die Hände oder bekreuzigte sich, und dennoch konnte er eine tiefere Verbundenheit mit dem ermordeten Widerstandskämpfer bei ihr wahrnehmen. Das war – vor dem Hintergrund ihrer Familiengeschichte – auch nicht so überraschend. Gut möglich, dachte er, dass ihre Eltern sogar Kontakt zu dem charismatischen Priester gehabt hatten, der damals mit seinen schlichten, aber eindringlichen Worten die Massen angezogen hatte. Ohne die militante Engherzigkeit, die heute von vielen Gläubigen und Anhängern Popiełuszkos ausging.

„Er hat mich inspiriert", sagte Monika plötzlich zu Albert Simons großer Überraschung, „doch ich konnte diesen Weg nicht gehen. Ich hatte nicht die Berufung, oder es war nicht das, was ich mir in meinem Idealismus vorgestellt habe."

Während sie beide ungerührt auf den undurchdringlich wirkenden Stein blickten, überlegte Albert, was er sagen sollte. Er fühlte sich unfähig, seine Gedanken zu artikulieren. So wie auf dem Friedhof in Duisburg am Grab seiner Eltern. Also hörte er ihr weiter zu.

„Doch ich bin jetzt an einem Punkt angekommen", setzte

Monika ihre Reflexion fort, „da ich erkenne, dass Geld und Spaß nicht alles sind, auch wenn ich die Deutschen und ihren souveränen Umgang mit Geld mag. Alles ist organisiert, alles durchdacht."

Er schaute vorsichtig zu ihr hinüber und betrachtete ihr Gesicht im Profil. Wie ähnlich sie ihrer Schwester war, Daria, seiner großen Liebe. Auch Monika, fand er, hatte ohne die aufgekratzten studentischen Begleiter etwas sehr Liebenswertes an sich. Sie wirkte hier weniger oberflächlich als bei der kurzen Begegnung in Köln. Auch sie war, wie er nun sah, eine feine slawische Schönheit, eine junge Frau mit Charakter und einer eigenen Geschichte. Die verunglückten Eltern, fand er, konnten stolz auf sie sein. Auf beide Töchter.

„Ziehen Sie wieder zurück nach Polen?", fragte Albert.

Monika legte den Kopf zur Seite. „Das weiß ich noch nicht. Ich weiß nur, dass ich die nächsten Wochen in Mariupol sein werde."

„Wie bitte?" Albert Simon blickte sie überrascht an, doch die junge Frau schaute weiterhin auf den großen Stein, als würde sie von hier eine geheimnisvolle Gelassenheit und Stärke empfangen. „Sie fahren weiter nach Mariupol? Aber das ist sehr gefährlich. Die Russen haben die Stadt im Visier. Neulich gab es bei einem Angriff Tote und Verletzte. Die Stadt scheint aufgrund ihrer Lage am Meer strategisch wichtig zu sein."

„Ich weiß", sagte Monika. „Eben deshalb. Dort sind die Menschen wirklich in Not. Sie haben keine Luxusleiden und andere Wehwehchen – es geht ums nackte Überleben. Das gefällt mir. Ich glaube, dort zu sein, ist meine Bestimmung. Zumindest für eine Zeit."

Albert Simon nickte anerkennend.

„Werden Sie sich auch noch von ihrer Schwester verabschieden?"

„Ja, das habe ich vor", sagte Monika, und Albert Simon spürte, dass die Bezeichnung *verabschieden* zu düster, zu pessimistisch war, doch nun war das Wort gefallen. Es ließ sich nicht mehr zurücknehmen. In jedem Fall, dessen war er sich sicher, würde diese Begegnung der Schwestern etwas Wichtiges sein, etwas sehr Intimes, das keine Zeugen erlaubte. Etwas, das keinen Außenstehenden etwas anging. Auch ihn nicht. Es würde besser sein, Daria heute mit Monika allein zu lassen und stattdessen zurück in die eigene Wohnung zu gehen, wie es als Bürger sein Recht war – auch wenn vor dem Haus, das sich nicht weit von hier entfernt befand, Journalisten lauerten. Hatte er dem Priester auf der Brücke nicht auch gesagt, dass er die Konsequenzen seines Handelns tragen solle, ohne sich weiter zu verstecken, ohne vor sich selbst zu flüchten?

„Was wissen Sie noch über Albertus Magnus?", fragte Albert Simon. Auf Monikas Gesicht sah er ein Lächeln aufkeimen. „Sie erwähnen ihn so oft."

Sie antwortete ihm, ohne zu zögern: „Er war ein interessanter Denker, weit, umfassend, sogar offen für neuplatonisches Gedankengut, das man heute wohl als New Age bezeichnen würde. Weiter jedenfalls als Thomas von Aquin, der zu meiner Zeit während des Postulats im Dominikanerorden Pflichtlektüre war. Ich habe mich aber mehr für Albertus Magnus interessiert."

Albert versuchte sich Monika im weißen Ordenskleid vorzustellen. „Wie sind Sie ausgerechnet auf ihn gekommen?", hakte er nach. Auf seiner Schule, dem Abtei-Gymnasium, war er trotz einer gewissen geographischen Nähe zu Köln nie in eine tiefere Beschäftigung mit seinem Namensvetter verwickelt worden. Was ihm nicht ungelegen kam, Albertus Magnus hatte ihn nie interessiert – im Unterschied zu Albert Camus, Kafka, Shakespeare oder Dostojewskij.

Monika kicherte. Eine dienstbeflissene Frau, die gekommen war, um das Steinkreuz zu säubern, schaute mit mürrischem Blick zu ihnen herüber, als würde die junge Frau mit ihrer Fröhlichkeit die Totenruhe stören.

„Das werden Sie nicht glauben."

„Wieso?", fragte Albert Simon. „Bitte erzählen Sie es mir. Ich glaube Ihnen alles."

Monika schwieg, wartete eine Weile, dann sagte sie: „Ein Buch von ihm ist aus dem Regal gesprungen."

Albert Simon blickte sie mit hochgezogenen Augenbrauen an.

„Sehen Sie, es ist, wie ich sagte: Sie werden es nicht glauben", flüsterte Monika mit einem vielsagenden Schmunzeln.

„Nein, nein, ich glaube es Ihnen", verteidigte sich der deutsche Filmregisseur, „zumal in Ihrer Familie offenbar eine besondere Beziehung zu Büchern besteht: Ihre Schwester Daria, die ich im Zuge der Autoreparatur kennengelernt habe, arbeitet in einem Antiquariat." Er hielt für einen Moment inne, um zu prüfen, ob Monika über diese ganz beiläufig eingestreute Information erstaunt war oder nicht; ihr Blick verriet es ihm nicht. Also fragte er weiter: „Welches Buch war es denn, das Ihnen entgegensprang?"

„Es war ein Buch über Naturwissenschaften und Alchemie."

Sie machte eine Pause, während zum Ärger der Frau, die den Stein reinigte, ein Vogel auf dem Kreuzstein Platz nahm. Die Dame verscheuchte ihn mit einem Feger.

„Wissen Sie, was Alchemie ist?" Monika blickte Albert Simon herausfordernd in die Augen.

„Ich denke schon", antwortete der deutsche Filmregisseur. „Wenn man es denn wissen und begreifen kann."

Monika schien mit dieser Antwort zufrieden zu sein. Sie blickte wieder auf den rauen, ungeschliffenen Stein, der am Gartengitter von rot-weißen Solidarność-Fahnen und Schildern umgeben war und nun von der Reinigungskraft intensiv eingeseift wurde, als würde auf diese Weise auch der Leichnam Jerzy Popiełuszkos für die Auferstehung vorbereitet werden. „Albertus Magnus hat sich für Gesteine und Mineralien interessiert", erläuterte Monika, „er wollte wissen, wie sich alles zusammensetzt. Nicht nur oberflächlich, Farben oder Größe, sondern vom Innersten her. Auch wenn es nicht ganz sicher ist, ob wirklich alle seine Schriften zur Alchemie von ihm selbst stammen – ich finde sie bemerkenswert. Es geht ihm nicht um die äußere Umwandlung, sondern um eine echte Transmutation. Durch Feuer, Schwefel und Quecksilber kann sich seiner Auffassung nach die Reinigung der Metalle vollziehen. Zum richtigen Zeitpunkt im Einklang mit dem Universum, so wie es auch bei der Heilung eines Kranken durch Medikamente geschieht – wenn es geschehen soll."

„Deshalb reisen Sie in die Ukraine?"

Monika überlegte, dann antwortete sie: „Ja, das glaube ich. Man muss bereit sein, sich zum richtigen Zeitpunkt reinigen zu lassen und von dem zu trennen, was nicht wirklich zu einem gehört. Ansonsten gibt es keine Entwicklung."

„Nur Tod, Dunkelheit, Stillstand, Stagnation", fügte Albert Simon hinzu.

„Ja."

Für Albert Simon gab es keinen Zweifel. Diese Begegnung war wie auch die mit dem Priester auf der Brücke nicht zufällig. Monika hatte eine Botschaft für ihn. Eine Botschaft, über deren konkreten Inhalt er sich aber trotz ihrer ebenso einsichtigen wie geheimnisvollen Ausführungen noch mehr Klarheit verschaffen musste.

„Ich arbeite zurzeit an einem Film mit dem Arbeitstitel *Transmutation*", vertraute er ihr an.

„Wirklich?" Monika lächelte.

„Ja", sagte er. „Es gibt jedoch seit ein, zwei Tagen erhebliche Störungen. Behinderungen."

„Das ist normal", sagte Monika. „Der Widerstand beweist, dass sich etwas bewegt. Dass Sie in die richtige Richtung gehen. Mich wollten auch Freunde und Bekannte von meinem Weg abhalten."

„Das kann ich mir vorstellen", sagte Albert, der sich dabei aber nicht nur die obskure Studentengruppe vorstellte, sondern sich auch fragte, inwieweit Daria in die Ukraine-Pläne ihrer Schwester eingeweiht war. Wusste sie davon? Gesagt hatte sie ihm nichts, doch sie sprach ohnehin nie von ihrer Schwester.

„Ich fahre jetzt zu Daria", sagte Monika und reichte ihm die Hand. „Wer weiß, wann und wo wir uns das nächste Mal treffen werden."

„In der Ukraine sicherlich nicht", antwortete Albert Simon halb scherzhaft.

„Sind Sie sich da so sicher, Pan Albert?", fragte Monika und ging langsam Richtung Parkplatz davon. Er überlegte einen Augenblick, ob er ihr folgen sollte, dann rief er ihr hinterher: „Nur wenn es dort Stahlwerke gibt!"

Monika ging weiter, als hätte sie ihn nicht gehört, dann – plötzlich – blieb sie stehen und drehte sich langsam um: „In Mariupol gibt es eins. Ein ziemlich großes sogar."

*

Albert Simon schaute dem abfahrenden Wagen hinterher, während die Reinigungsfrau den Eimer mit dem Reinigungswasser über der Wiese ausgoss. Nun begann der schwerste Teil des Tages, sagte er sich; doch durch die Begegnungen mit Daria, ihrer Schwester und seinem Anwalt Leo Rosenstein fühlte er sich gestärkt. Er würde einfach wie Jesus dem Abgrund den Rücken zukehren und schweigend durch die Menge hindurchgehen. Er erinnerte sich an diese Bibelstelle, die er nie richtig verstanden hatte, die aber schon als Kind einen großen Eindruck auf ihn gemacht hatte, weil der Mann aus Nazareth, der sonst gern viele Worte machte oder vor einer großen Zuschauermenge spektakuläre Wunder vollbrachte, in dieser Szene so erhaben und zurückhaltend wirkte, in sich selbst ruhend, ohne Eifer oder Bekehrungswillen. Geradezu existenzialistisch.

Albert Simon ging die idyllische Ulica Józefa Hauke-Bosaka entlang und machte sich Mut. Er würde nichts sagen, auf keine Frage der feindlichen Bedränger antworten, keine Regung zeigen, sondern mit wahrhaft edler Einfalt und stiller Größe zu seiner Wohnung gehen. Mitten durch den Pulk der Wegelagerer hindurch. So wie Jesus oder wenigstens wie Helmut Schmidt. Das nahm er sich vor. Doch als Albert

Simon das Ende der Straße erreicht hatte und nach links abbog, sah er zu seinem Erstaunen, dass der Platz vor seinem Zuhause vollkommen leer war. Die ganze Journaille war verschwunden. Nur Zigaretten und Abfall lagen wild verstreut vor dem Hauseingang. „Sie müssen einen neuen Sündenbock haben", folgerte Albert Simon, „oder mein Fall hat eine positive Wendung genommen."

Genauso war es. Die Abendnachrichten am 8. Februar waren nämlich nicht nur gefüllt mit Nachrichten zur Ukraine, mit Spekulationen über eine Verschiebung der von den EU-Außenministern verhängten Sanktionen gegen Russland und mit Berichten über ein weiteres Treffen in Minsk einschließlich Waffenruhe im Donbass, nein, es wurde auch über die Absetzung der Warschauer Bürgermeisterin und Neuwahlen in der Hauptstadt berichtet. Am interessantesten war für ihn jedoch eine kurze Meldung am Ende der Sendung, in der sein Name erwähnt wurde. Die Frau, die gegenüber dem deutschen Filmregisseur Albert Simon den Vorwurf der sexuellen Belästigung erhoben habe, die Kamerafrau Mariola Mazur, ziehe diesen Vorwurf zurück, hieß es – ganz lapidar. Es habe sich um einen technischen Fehler bei Twitter gehandelt, ihr Account sei gehackt worden; sie könne nur Gutes über die Zusammenarbeit mit Albert Simon berichten. Sie habe sich aber aus gesundheitlichen Gründen von dem aktuellen, gemeinsamen Filmprojekt zurückgezogen.

Das wirkte alles ein wenig überkonstruiert, fand Albert Simon, doch das Ergebnis zählte. Unterm Strich war er – zumindest in dieser Angelegenheit – rehabilitiert. Leo Rosenstein hatte ganze Arbeit geleistet, was Albert Simon seinem Anwalt mit einer SMS sofort dankend attestierte. Gern hätte er auch Mariola Mazur zur Versöhnung die Hand gereicht, doch nach dem, was sie ihm öffentlich angetan hatte, zögerte er und entschied sich, den Kontakt mit ihr bis auf Weiteres einzufrieren. Sie hatte ihm massiv geschadet. Denn auch wenn die Attacke nur vorübergehend war: Semper aliquid haeret, etwas von ihrem Vorwurf würde für immer an ihm hängenbleiben, wie fauler Gestank. In dieser Hinsicht machte sich Albert Simon nichts vor. Dazu kam, dass er ihrer mentalen Zurechnungsfähigkeit nicht mehr trauen konnte. Er hoffte, dass sie ihre psychischen Probleme, woher sie auch rühren mochten, ehrlich aufarbeiten würde. Erst dann war vielleicht doch eine Versöhnung möglich. Vielleicht. Er hoffte darauf, denn er hatte ihr, das wusste er, auch einiges zu verdanken. Die Zusammenarbeit war bis dato immer gut gewesen.

*

In den nächsten Wochen unternahm Albert Simon einiges, um seine Film-Crew wieder aufzubauen. Es zeigte sich, dass sowohl Dominik de Boer wie auch die anderen Beteiligten des Produktionsteams (darunter die Schauspieler) schon bald keinen Widerstand mehr spürten, mit ihm zu arbeiten. Auch hier hatte Leo Rosenstein als Albert Simons juristischer Mentor Wunder gewirkt – indem er Dominik de Boer seine Mitverantwortung deutlich aufgezeigt hatte, insgesamt aber die juristische Hauptverantwortung für die Schuld bei der Ausschreibung des Spots geschickt auf die PR-Abteilung der Stadt Warschau zuzuweisen verstand, von deren Seite in all dem politischen Auflösungschaos rund um die inzwischen zurückgetretene Stadtpräsidentin kaum Widerstand aufkam. Im Sog der Ereignisse gaben sie die Fehler öffentlich zu und übernahmen die Verantwortung. So stand Albert Simon auch in diesem Punkt wieder mit weißer Weste da. Was den deutschen Filmregisseur natürlich freute.

Einige Tage der Bedrückung und Traurigkeit bescherte ihm die Nachricht von Tante Renates Tod Ende März, ausgerechnet zum Frühlingsanfang, auch wenn dieses Ereignis nach der telefonischen Ankündigung für ihn nicht überraschend war. Die Information erreichte ihn durch einen Anruf des Krankenhauses, ausgerechnet bei einem Jogginglauf durch den kräftig aufblühenden Żeromski-Park, unweit eines Cafés in Nähe der imposanten Sokolnicki-Festung, die nicht nur den Park schmückte, sondern zur Zitadelle von Żoliborz gehörte, die im frühen 19. Jahrhundert auf Wunsch des Zaren als Bollwerk gegen den Westen und allzu freiheitsliebende Polen errichtet worden war. Albert musste sich setzen, um die Nachricht zu verdauen. Er wählte einen Stuhl, der an einem Tisch des Cafés stand. Etwas abseits von den Tischen, an denen junge Leute saßen und unbeschwert plauderten. Als eine adrette Kellnerin kam und ihn fragte, was sie ihm bringen dürfe, sagte Albert Simon ohne lange darüber nachzudenken: „Eine kleine Flasche Coca-Cola, bitte."

Doch anders als bei der Nachricht vom Tod seines Vaters blieb die große Erschütterung aus. Aber nun konnte er niemandem in der Familie mehr beweisen, dass doch noch ein erfolgreicher Filmemacher aus ihm geworden war. Doch versteckte sich hinter dieser Betrübnis nicht eine als Selbstmitleid getarnte Portion Eitelkeit? Ein Rest pubertären Trotzes? Wenn aber die Wirkkraft des Geistes über die Welt materieller Erscheinungen hinausreichte, war die verpasste Geltungserfüllung nicht weiter von Belang.

Ein echtes Problem hingegen blieb die Fortsetzung der Dreharbeiten in Schlesien. Hier war – untermauert von aktuellen Polizeiberichten – auch keine Besserung zu erwarten. Die Szene der Naturschützer schien sich Woche für Woche immer stärker zu radikalisieren – animiert durch internationale Forschungen zur Erderwärmung, deren wissenschaftlichen Wert Albert nicht einschätzen konnte. Wissenschaft, Glaube und Ideologie schienen manchmal enger miteinander verzahnt zu sein, als es den meisten Menschen lieb war. Unter diesen Umständen war nicht daran zu denken, in Huta Katowice die Ruhrgebietsszenen zu drehen. Er musste warten, ohne genau zu wissen, auf was – eine Übung der Ergebung und Geduld, die ihm nicht leichtfiel.

An einem Abend Mitte April, den Albert Simon bei Daria verbrachte, um mit ihr auf ihrem gemütlichen Sofa bei Kerzenlicht und Tee die Fernsehnachrichten zu verfolgen (gegen die im Februar in Minsk vereinbarte Waffenstillstandsvereinbarung war in der Ostukraine inzwischen wiederholt verstoßen worden), erhielt die Antiquarin überraschend ein digitales Lebenszeichen von ihrer Schwester aus Mariupol. Kein Foto von ukrainischen Verwundeten, die gepflegt wurden, kein Lifestyle-Selfie im Stil von Influencern, sondern die Aufnahme einer Katze, die am Eingang eines Stahlwerkes unschuldig in der Sonne schlummerte. Daria zeigte Albert Simon das geheimnisvolle Foto. „Schau mal, von meiner Schwester."

Der Regisseur blickte auf das drollige, ganz mit sich selbst im Reinen wirkende Tier. „Der scheint es gut zu gehen."

Daria lachte. „Suchst du so etwas nicht für die Fortsetzung deines Drehs?"

„Du meinst, eine Katze?"

„Nein, ich meine das Werk im Hintergrund. Ist das kein Stahlwerk?"

Albert Simon schaute genauer hin und nickte. „Ja."

Sie blickten einander an. Die weiteren Nachrichten im Fernsehen, wie etwa der Wahlkampf um das Präsidentenamt in Warschau, bei dem den neuesten Umfragen zufolge die Postkommunisten von SLD mit ihrem Spitzenkandidaten überraschend in einer aussichtsreichen Position lagen, wurden zweitrangig. Daria und Albert fragten sich: Konnten sie Monika darum bitten, einen Filmdreh zu organisieren? Sie kamen übereinstimmend zu dem Ergebnis, dass dies zu weit ginge. Die Schwester war sicherlich vollkommen in den Pflegedienst Verwundeter eingespannt. Immerhin befand sich am Rand von Mariupol, wo sie sich nun aufhielt, direkt am Asowschen Meer gelegen, das Dorf Schyrokyne, um das ein ziemlich heftiger Kampf zwischen ukrainischen und russischen Soldaten, aber auch der Russland nahestehenden „Volksmiliz" entbrannt war. Das Katzen-Foto, so harmlos es wirkte, war vermutlich nur ein Dokument des kurzen

Durchatmens. Eine Verheißung des Friedens, der aber noch weit entfernt war. Dennoch war es ein Zeichen. Was sollten sie tun?

„Vielleicht kennt sie jemand vor Ort, der einen Dreh in der Ukraine mitorganisieren könnte", sagte Daria, die mit ihrem langsam wachsenden Bauch ahnte, wie schlimm es sich für Albert anfühlen musste, dass die Arbeit an seinem „Baby" stagnierte. Trotz der insgesamt so positiven Entwicklung.

„Vielleicht", antwortete Albert sehr gefasst und stellte sich vor, welchen finanziellen Aufwand ein Dreh in der Ukraine mit sich bringen würde. Und dann noch die militärischen Risiken.

„Fragen kann man sie vielleicht. Du könntest ihr auch die Kontaktdaten von Dominik de Boer geben, meinem Produktionsleiter, dann kümmert er sich um alles Weitere vor Ort."

„Ich werde ihr schreiben", sagte Daria entschlossen, worauf er zum Dank ihre Stirn küsste. Er wusste, dass es für sie in ihrem Zustand ein großes Opfer sein würde, für den Fall, dass Monika und Dominik de Boer einen Dreh in der Ukraine einleiten würden, ihn, den geliebten Mann, in eine der unsichersten Regionen Europas ziehen zu lassen, wo das letzte ihr verbliebene Familienmitglied bereits war. Diese Großzügigkeit imponierte ihm. Das war Liebe, dachte er. Hingabe. Opferbereitschaft. Etwas, das Daria und auch ihre Schwester von ihren Eltern geerbt haben mussten.

Was Albert Simon darüber hinaus bedrückte, war die Frage der Finanzen. Allmählich lichteten sich nämlich seine Ersparnisse. Leo Rosenstein musste für seinen professionellen juristischen Beistand bezahlt werden; seine Frau genehmigte sich weiterhin Zuschüsse für den Unterhalt von ihrem gemeinsamen Konto. Die Löhne des Filmteams für die – wenn auch nur wenigen – bisherigen Produktionstage waren bereits überwiesen worden – inklusive Mariola Mazur. Würde unter solchen Umständen eine aufwendige Reise in die Ukraine, abgesehen von den problematischen

Sicherheitsbedingungen, ihn finanziell überfordern? Bei einem Spaziergang durch Żoliborz am nächsten Tag sinnierte Albert Simon über all diese Fragen nach.

Als er sich dem Plac Wilsona näherte und die Stanisław-Kostka-Kirche sah, entschied er sich spontan, erneut zum Grabstein von Jerzy Popiełuszko zu gehen, um dem Märtyrer der Solidarność seine Anliegen zu unterbreiten: das Filmprojekt und seine Finanzierung.

Am Eingang zum Kirchenhof kam ihm eine Reihe fröhlich lächelnder buddhistischer Mönche entgegen, die mit kleinen Schritten zu ihrem Reisebus trippelten. Offenbar ging von diesem Ort tatsächlich eine besondere Kraft aus, über alle Religionsgrenzen hinweg.

Als Albert allein vor dem massiven Stein stand, kniete er zu seiner eigenen Überraschung nieder, so wie einst Willy Brandt an anderer Stelle der Stadt es getan hatte. Er senkte den Kopf und schloss die Augen. Doch so sehr Albert Simon sich auch zu konzentrieren versuchte und darum bemüht war, sich mit Popiełuszko zu verbinden, hatte er doch den Eindruck, dass der kreuzförmige Stein über dem Grab zu fest, zu starr war. Zu massiv. Er drang einfach nicht durch. Trotzdem verharrte er eine gewisse Zeit schweigend am Grab, lauschte dem Gesang der Vögel, die auf den Ästen der Bäume in Nähe des Grabes umhersprangen und ein wahres Frühlingskonzert aufführten. Dann stand er auf und ging weiter, enttäuschter und missmutiger, als er gekommen war. Der Glaube der Kirche, so hatte es sich wieder einmal gezeigt, war nichts für ihn.

Als Albert Simon am futuristischen U-Bahn-Eingang am Plac Wilsona vorbeikam, wäre er fast mit seiner Ehefrau Agata zusammengestoßen, die in geschäftiger Manier aus der Unterwelt des Schienennetzes kam und die Stufen heraufstürmte.

„Du?", fragte Albert Simon erstaunt.

„Ja, warum nicht?", antwortete Agata ziemlich kühl. „Schließlich wohne ich hier. Immer noch!" Sie gingen nebeneinander über einen Fußgängerüberweg, dann am Kino Wisła und an der Bäckerei Kukułka vorbei, wo sie zu besseren Tagen gemeinsam Kaffee und Kuchen genossen hatten. Albert Simon überlegte, ob er Agata einladen sollte, um die seit seinem Geburtstag herrschende Missstimmung mit einem Stück Kuchen auszuräumen. Doch seine Frau schien keine Zeit für derartiges Geplänkel zu haben, sie wirkte angespannt, in Eile. War sie vom Gericht schon über die Scheidungsklage informiert worden? Albert Simon rätselte und spürte in sich wieder die Schuldgefühle aufsteigen, die inzwischen mehr als ein Jahr lang in ihm rumorten. Was machte seine Frau, dass sie diese Reaktion in ihm auslöste? Oder war es etwas in ihm und hatte mit ihr gar nichts zu tun?

Als sie zusammen in der idyllischen Villengegend die Ulica Józefa Hauke-Bosaka entlangliefen, trat ihnen aus einer Nebenstraße ein anderes Paar entgegen – die Sängerin Patrycja Dudek und derselbe junge Mann, den Albert Simon im Winter in der Straßenbahn mit ihr gesehen hatte, und der war auch der einzige der vier, der in dieser Begegnungs-Konstellation unbeschwert und unbelastet erschien. Sogar erfreut. Wusste er nichts vom Gerede des vergangenen Jahres? Offenbar nicht. Er grüßte Albert Simon und blieb stehen, auch wenn er von seiner berühmten Begleiterin sanft gedrängt wurde weiterzugehen.

„Aber Pan Albert, erkennen Sie mich nicht?"

Albert Simon, der sich nicht nur wegen der Episoden mit dem Priester oder der Frau mit dem weißen Barrett einiges auf seine Gesichtsgedächtnisfähigkeit einbildete, reagierte in diesem Fall verlegen. Er hatte keinen blassen Schimmer, wo oder wann er dem jungen Mann schon mal begegnet war, abgesehen von der Straßenbahnfahrt an seinem Geburtstag am Morgen nach dem Brand.

„Erinnern Sie sich nicht an das Casting zu Ihrem Film *Transmutation*?", half der Mann ihm auf die Sprünge. „Anfang des Jahres."

Albert Simon grübelte, dachte nach. Er betrachtete den jungen Mann etwas verlegen vor den beiden Frauen, die einander nicht gerade freundlich gesonnen waren; dann sagte er erleichtert, weil es ihm plötzlich dämmerte und gleichermaßen erstaunte, weil die Verbindung des Mannes zu Patrycja Dudek ihm nicht bewusst gewesen war: „Natürlich, Sie spielen den männlichen Protagonisten als junger Mann. Im Ruhrgebiet."

„Genau", der Mann strahlte, und auch die Frauen schienen erleichtert zu sein, dass es ein professionelles Thema gab, das als Brücke dienen konnte. „Wissen Sie schon, wann es weitergeht? Ich habe mich sehr intensiv auf die Rolle vorbereitet. Mich fasziniert diese Figur. Diese Verletzlichkeit als Schroffheit und Sachlichkeit getarnt. Ich möchte sie unbedingt spielen."

„Das ist gut", sagte Albert. „Wir arbeiten mit Hochdruck daran, die Produktion fortzuführen. Ich hoffe, wir können bald die Arbeit fortsetzen."

Der junge Schauspieler, der Albert Simon nun tatsächlich an seinen Vater auf frühen Fotos erinnerte, reichte ihm zum Abschied die Hand. „Das ist gut. Irgendwo auf der Welt muss es ein Stahlwerk geben, vor dem nicht demonstriert wird, oder?"

„Ganz sicher." Albert Simon lächelte. Es war Zeit, sich zu trennen, um den Small-Talk-Frieden in der Runde nicht zu sehr zu strapazieren. So gingen die Paare in verschiedene Richtungen weiter.

„Braucht ihr ein Stahlwerk für deinen neuen Film?", fragte Agata unmittelbar danach mit scheinbar kühlem Desinteresse.

„Ja", antwortete Albert, der genau wusste, dass sie wahrscheinlich längst eine erstklassige Idee entwickelt hatte, was nun am besten zu tun sei, um das Filmprojekt zu retten. Er wollte jedoch nicht erneut auf ihren Management-Pragmatismus zurückgreifen, so genial er auch war, zumal Daria vermutlich längst Kontakt mit ihrer Schwester aufgenommen hatte wegen des Ukraine-Drehs. Er wollte es alleine schaffen, ohne ihre Hilfe.

„Warum drehst du nicht im Ruhrgebiet? Du kommst doch von dort? Dort ist es authentisch – es ist dein Film, deine Herkunft! Dein Vater hat dort in einem Stahlwerk gearbeitet."

Sie näherten sich dem Haus mit ihrer Wohnung. Er konnte es nicht leugnen: Etwas gefiel ihm an dieser Idee, die ihm im Laufe der Arbeit am Drehbuch auch das ein oder andere Mal durch den Kopf gegangen war. Doch nach der Erfahrung mit den Naturschützern und angesichts der deutschen Bürokratie blieb er nüchtern und zurückhaltend.

„Das ist sicherlich eine gute und naheliegende Idee", sagte er, während er die Tür öffnete, „doch wenn man in Polen aus Naturschutzgründen keinen Film vor einer Industrieanlage drehen kann, ist es in Deutschland vermutlich noch schwieriger. Dazu kommt der ganze deutsche Ordnungskram."

Sie traten in die Wohnung. Albert Simon konnte an Agatas Miene erkennen, dass sie eine Staubsaugerreinigung mal wieder für angemessen hielt.

„Was machst du eigentlich hier?", wollte Albert Simon nun wissen. „Suchst du etwas Bestimmtes?"

Anstatt ihm zu antworten, ging seine Noch-Ehefrau zu einem großen Kleiderschrank und zog zielsicher einige Kleider und Röcke heraus, dazu Schuhe mit hohen Absätzen und andere modische Utensilien, die nie so richtig zu seinem eigenen legeren Stil gepasst hatten, aber ihr sehr gut standen.

„Ich brauche mehr Kleidung, weil ich ins SLD-Wahlkampfteam aufgenommen worden bin."

„Gratuliere", sagte Albert Simon und stellte sich sofort vor, wie sein Noch-Schwiegervater die Strippen im Hintergrund gezogen hatte, damit seine patente Tochter den postkommunistischen Kandidaten noch mehr stärkte. „Dort kannst du deine Fähigkeiten sicher perfekt einbringen", sagte er.

Es war ehrlich gemeint, nicht zynisch, und sie verstand es auch genau so.

„Das denke ich auch", sagte sie mit selbstbewusster Entschlossenheit, als wäre die Zeit mit ihm, Albert Simon, bei all seiner Sympathie für Žižek nur ein harmloses links-intellektuelles Geplänkel gewesen. Nun aber begann die richtige Schlacht.

Nachdem Agata die modischen Sachen gepackt hatte, rief sie – ganz postkommunistische Frau von Welt – ein Taxi, das auch schon bald kam, um sie zum Haus ihrer Eltern zu bringen – oder hatte sie sich bereits eine Wohnung in der City organisiert, um näher am Geschehen zu sein? Albert Simon hatte kein Recht, sie danach zu fragen. Wenn sie es nicht von allein sagen wollte, ging es ihn nichts an. Als sie schwer bepackt mit all den Kleidungsstücken ins Taxi stieg, winkte er ihr zum Abschied, wehmütig und ohne zu erkennen, ob sie ihrerseits winkte. Dann ging er zum Hausflur und öffnete den Briefkasten: ein amtliches Schreiben aus Duisburg. Es ging um die Hinterlassenschaft von Tante Renate, die Testamentsvollstreckung. Offensichtlich war er der einzige Erbe, auch wenn sie über keine materiellen Besitztümer mehr verfügte, etwas Geld gab es wohl. Im Vorfeld ihres Ablebens hatte sie nicht nur ihren Tod und die anschließende Feuerbestattung penibel geregelt. Albert Simon schaute durch das Wohnzimmerfenster hinaus auf den alten Mazda. Diesmal würde er keine Show machen, sondern mit dem Wagen fahren, der ihm wirklich gehörte – dazu würde er Daria mitnehmen, um ihr endlich zu zeigen, wo er geboren und aufgewachsen war. Woher er kam. Was seine Wurzeln waren. Seine Herkunft. Sie musste sich nur ein, zwei Tage freinehmen, das würde genügen.

*

Anfang Mai fuhren sie zusammen in seinem Mazda über die „Autobahn der Freiheit" Richtung Ruhrgebiet. Es war das erste Mal, dass Daria einen Ausflug in das frühere Westdeutschland machte. Sie hatte bisher nur Berlin und Dresden gesehen. Mittlerweile war sie fast im siebten Monat schwanger, und Albert musste immer wieder Pausen einlegen, damit Daria sich entspannen konnte. Wie seltsam es doch war, fast ein Jahr später wieder diese Strecke zu fahren, aber unter völlig veränderten Umständen als 2014: Die Tante lebte nicht mehr, er hatte eine Freundin, die schwanger war, und die Scheidung von seiner Frau rückte näher, die sich nun anschickte, in der Warschauer Politik Karriere zu machen. Außerdem kümmerte sich sein Produktionsleiter Dominik de Boer um die Fortsetzung des Films *Transmutation* in der Ukraine, aus der – wie im Radio berichtet wurde – die letzten sieben Särge der Absturzopfer des Flugs MH-17 heute in den Niederlanden eintrafen.

Als Daria und Albert Simon am Abend nach vielen Baustellen auf der Strecke in Duisburg ankamen, wählten sie ein Hotel, das nicht weit vom Innenhafen entfernt war. Es war schon spät, und sie waren beide müde und erschöpft von der langen Fahrt. Dennoch entschlossen sie sich, einen kurzen Spaziergang zu machen. Sie gingen Hand in Hand zu der Brücke im Hafen, von der Albert vor fast einem Jahr hinunter auf das Wasser geblickt und den Eindruck gehabt hatte, die Gesichter seiner Eltern zu sehen. Diesmal war es nicht so. Im spärlichen Lichtschein einer Hafenlampe schauten Daria und er hinab auf das Wasser, das sich kaum bewegte. Es waren nur ihre Gesichter auf der ruhigen Wasseroberfläche zu erkennen. Sonst nichts. Keine Gespenster.

Nach dem Frühstück im Hotel fuhren Daria und Albert Simon zur Testamentseröffnung in Anwesenheit eines Notars, der sich sein langes graues Haare zu einem Zopf zusammengebunden hatte. Er trug zu Sakko und Krawatte Jeans und Cowboystiefel, und Albert konnte sich gut vorstellen, dass der Mann, der etwas älter war als er, in seiner Freizeit Gitarre spielte oder sich mit Haschisch aus Holland versorgte, um seinen auf dröge Paragraphen und Gesetzestexte konzentrierten Realitätssinn wenigstens für einige Stunden durch halluzinatorische Phantasiereisen zu betäuben. Die Eröffnung kam Albert Simon allerdings trotz aller Förmlichkeit auch wie eine Phantasiereise vor; ihm wurde, während er nach einem der ausliegenden Bonbons griff, mitgeteilt, dass seine patente Tante, die ihr Leben lang an der Wursttheke gearbeitet hatte, ihm 1,4 Millionen Euro vererbte, die sie im Laufe der Jahre im Lotto gewonnen hatte. Genug Geld, um das Filmprojekt abzuschließen. Vielleicht sogar ausreichend Geld, um sich dafür in Polen ein Haus auf dem Land zu kaufen, wie es schon seit langem sein Wunsch war. Natur, Ruhe, Unabhängigkeit. Albert Simon konnte sein Glück kaum fassen. Das ging so weit, dass er seinen eigenen Worten nur schwer Glauben schenken konnte, als er Daria die Hauptbestimmungen der Erbschaft übersetzte. Doch es stimmte. Er hatte Millionen geerbt, von der Frau aus Bitterfeld, die als junge Frau in den Westen geflüchtet war, wo sie sich ein glücklicheres Leben ersehnt hatte. Seite an Seite mit Onkel Siegfried, der nach der Zeit unter Tage als Elektriker gearbeitet hatte und wegen der zeitlichen Belastung durch den Brotberuf das Fußballspielen immer weniger ausüben konnte. Die Heimspiele des MSV hatte er sich bis zu seinem Tod von der Stehtribüne aus angesehen.

Bevor sie beide wieder zurück nach Polen fuhren, zeigte er Daria auch das Haus in Walsum, in dem er als Kind in der Erdgeschoss-Wohnung gelebt hatte, und das Krankenhaus in Hamborn, in dem er zur Welt gekommen war. Daria war überrascht, wie viele Türken im Stadtteil Hamborn lebten, kritisierte es aber nicht. In Polen war man stolz auf Jan Sobieski, der 1683 die Belagerung von Wien abgeschmettert hatte; in Deutschland schien man dankbar darüber zu sein, dass im Rahmen des multikulturellen Gesellschaftskonzepts viele Nationen zum Zuge kamen. Deutschland war nicht nur für Polen ein Einwanderungsland.

Einen Augenblick überlegte Albert, ob er beim Thyssenkrupp-Pförtner Adam Gadomski vorbeischauen sollte, doch dann zog er es vor, mit Daria zur Sechs-Seen-Platte nach Wedau zu fahren, um dort ein kleines, aber kräftigendes Mittagessen zu sich zu nehmen und zu schauen, ob vielleicht trotz des Arbeitstages ein paar Kinder und Jugendliche mit ferngesteuerten Miniaturbooten zu sehen waren. Es war nicht ganz so.

Zwar konnten Daria und Albert Simon, nachdem sie an einem Ausflugsimbiss „Currywurst mit Pommes Rot-Weiß" gespeist hatten, eine Gruppe von Menschen sehen, die am Ufer standen und ihre Miniaturboote über das Wasser düsen ließen, doch es waren keine Kinder oder Jugendliche, sondern alte Männer im Rentenalter, die sich auf diese Weise ihre freie Zeit vertrieben. Wobei die Schiffe, die sie bedienten, anders als es Albert in Erinnerung hatte, keine kleinen Motorboote oder Luxus-Jachten waren, sondern Miniatur-Kriegsschiffe mit deutscher, amerikanischer, französischer oder britischer Flagge.

Der Anblick dieser martialischen Flotte löste in ihm eine gewisse Irritation aus – auch Daria spürte, dass das, was diese Männer taten, einen fast schon omenhaften Charakter haben könnte. War in Miniatur bereits zu sehen, was eines Tages Realität sein würde? Ein gemeinsamer militärischer Einsatz der NATO gegen Russland? In Polen hatte man viele Jahrhunderte hindurch schmerzvoll gelernt, dass „den Russen" alles zuzutrauen war.

In diesem Moment erhielt Albert Simon eine Bild-Nachricht aus der Ukraine. Diesmal war keine Katze zu sehen, sondern lediglich das Asow-Stahlwerk und dazu ein kurzer Kommentar von Dominik de Boer: „Der Deal ist perfekt. Ab nächster Woche können wir drehen. Slava Ukraini!"

*

Kurz vor der Abreise von Warschau rief Leo Rosenstein bei Albert Simon an, um ihn auf den Scheidungstermin Anfang Juli aufmerksam zu machen. Das Gericht habe geantwortet.

„Das passt", sagte Albert Simon. „Bis dahin sind die Filmaufnahmen beendet, falls ich lebend aus der Ukraine zu-
rückkomme."

„Wollen Sie die Krim zurückerobern?", neckte der Anwalt
ihn.

„So ungefähr", sagte der Filmregisseur im Scherz. „Ich
drehe in Mariupol ein paar Szenen, um mein Filmprojekt
zu finalisieren."

„Warum in der Ukraine?", fragte der Anwalt.

„Der Umweltschutz zwingt mich dazu", antwortete Albert
Simon lakonisch. „Ich unterstütze dieses Anliegen natürlich."

Leo Rosenstein, der vergeblich versucht hatte, die ökologisch engagierten Demonstranten juristisch in die Grenzen
zu weisen, verstand.

„Dann viel Erfolg", sagte er. Und nachdem Albert Simons
ihm von seiner letzten Deutschlandreise berichtet hatte,
gab er ihm noch Tipps, wie er sein geerbtes Vermögen neben den Ausgaben für die Filmproduktion am besten anlegen konnte. „Ein Haus ist keine schlechte Idee, aber auch
Aktien sind sinnvoll, trotz allem Auf und Ab. Machen Sie
beides." Albert war dankbar. In gewisser Weise war Leo
Rosenstein die Vaterfigur, nach der er sich immer gesehnt
hatte, weil er lebenserfahren, aber nicht verbittert war, ihn
und seine Ideen ernstnahm und ihm Klugheit und praktische Vernunft bescheinigte – während sein leiblicher Vater
ihn früh auf die Rolle des weltfremden Träumers reduziert
hatte, der nur Spinnereien im Kopf hatte. Wie seine Mutter
mit ihrer Spökenkiekerei.

*

Schließlich kam der Moment des Abschieds von Daria. Sie
war mit zum Parkplatz vor dem Kulturpalast gekommen,
wo Dominik de Boer den Produktionsbus geparkt hatte. Er
stellte Albert den neuen Kameramann vor: Zbigniew Żurak,
ein erfahrener Kollege, der schon mit großen polnischen

Regisseuren gearbeitet hatte, aber aufgrund seines Alters und vielleicht auch aufgrund seines Geschlechts (Kamerafrauen waren wie Dirigentinnen immer mehr im Trend) nicht mehr so viele Aufträge erhielt, weshalb er sofort zugesagt hatte – trotz der vermutlich sehr strapaziösen Drehbedingungen in der Ukraine.

„Als Legende tut es gut, wenn man sich ab und zu aus seiner Komfortzone herausbewegt", sagte der Mann mit dem faltigen Gesicht, nahm einen tiefen Zug aus der Zigarette und ließ den Rauch danach langsam aufsteigen.

Die Einstellung gefiel Albert. War er nicht auch seit Monaten dabei, seine Komfortzone zu verlassen? War dies nicht vielleicht sogar der unbewusste Antrieb all seiner Handlungen und die Grundlage für seine Kreativität? Nichts war mehr klar, alles schien durcheinanderzusein in seinem Leben. Materia prima. Er konnte nur noch Fragen stellen und die Dinge sich selbst ordnen lassen. Dazu diente ihm die Arbeit.

Albert Simon umarmte Daria und damit auch sein ungeborenes Kind.

„Ich passe auf mich auf", versprach er ihr. Sie nickte und übergab ihm heimlich, so dass es die Kollegen, die sich ebenfalls von Freunden und Angehörigen verabschiedeten, nicht sehen konnten, den Bernstein, den er ihr von der Küste mitgebracht hatte. Er küsste sie auf die Stirn und streichelte ihr Gesicht. Ein wenig fühlte er sich bei dieser Szene wie in einem französischen Film der Siebzigerjahre, doch nur kurz. Er war durch die jüngsten Ereignisse so sehr geerdet, dass sein sonst üblicher Hang, Realität und Fiktion zu vermischen, deutlich nachgelassen hatte.

„Danke, Daria. Ich werde an Euch beide denken."

*

Es war eine lange Fahrt. Bei Ustyluh überquerten sie die Grenze. Dann ging es ziemlich eintönig über Luzk und

Riwne weiter. Graue Landschaften, triste Kleinstädte und Dörfer lagen auf dem holprigen Straßenweg. Es regnete. Jeder im Bus hing seinen eigenen Gedanken nach, nur einmal schaute der Darsteller seines Vaters dankbar zu Albert herüber, als würden sich mit diesem Film neue Türen zum Erfolg für ihn öffnen. Doch Albert Simon bezweifelte das. Vielleicht würde es ein Achtungserfolg sein, vielleicht würde der Drehort Ukraine dem Film eine besondere Aufmerksamkeit verleihen, weshalb er auch darauf drängte, dass die Premiere passend zum Abschuss der holländischen Maschine am 17. Juli stattfinden sollte. Ein Achtungserfolg also, ja, aber einen großen kommerziellen Erfolg erwartete Albert nicht und darum ging es ihm auch nicht mehr. Hauptsache, er blieb sich selbst und seinem künstlerischen Anspruch treu, das allein zählte. Doch das konnte er dem jungen, aufstrebenden Mann, der an der Seite der populären Sängerin allmählich in das gesellschaftliche Leben eingeführt wurde, nicht sagen. Nicht jetzt, nicht hier.

Spät am Abend erreichte der Produktionsbus Schytomyr. Dominik de Boer fuhr den Wagen auf einen Bushalteparkplatz im Zentrum der Stadt, die auf Albert Simon trotz vieler Grünanlagen typisch sowjetisch wirkte. Die Hochhäuser sahen aus wie Käfige, die Plattenbauten wie Aufbewahrungsschachteln für das Heer der Produktivkräfte. Doch welches Recht hatte er als Deutscher, so etwas zu denken? War die Stadt mit ihrer damals noch stark jüdischen Bevölkerung nicht gleich zu Beginn des Überfalls Hitlers auf die Sowjetunion besetzt und verwüstet worden? Alle im Bus waren müde und hüllten sich in ihre Decken, nur Albert Simon nicht. Obwohl er wusste, dass es eigentlich unmöglich war, Spuren seines hier „gefallenen" Großvaters zu entdecken, machte sich der Filmregisseur wie schon in Duisburg auf den Weg zu einem späten Spaziergang. Es war ihm klar, dass er nichts Persönliches finden würde, doch darum ging es nicht. Er wollte die Luft riechen. Den Boden schmecken, auf dem sein Großvater sein junges Leben verloren hatte, „verheizt" für eine schlechte Sache.

Mitten in der Stadt, vor einem Hotel nicht weit vom Fluss Teteriw entfernt, sah Albert Simon eine Art Panzer-Denkmal, das ihn unwillkürlich an den Großvater denken ließ, der in einem Panzer gesessen hatte, als er starb. Das Denkmal war natürlich nicht den deutschen Soldaten geweiht, die in Schytomyr so viel Blut vergossen hatten, sondern der Roten Armee, den Helden der Sowjetunion. Über 110 000 Bürger und Kriegsgefangene, so schätzte man laut Wikipedia, waren hier von den Deutschen ermordet worden. Im sogenannten „Stalag 358", einem Kriegsgefangenenlager am Rande der Stadt, von Anfang 1941 bis November 1943. Das war der Zeitpunkt, als sein Großvater eingezogen wurde, und so hoffte Albert, dass kein Blut an seinen Soldatenstiefeln klebte. Aber wusste er es? Konnte er es sicher ausschließen?

Während er den Panzer des Denkmals betrachtete, trat ein älterer Mann zu Albert Simon heran und sprach ihn auf Englisch an: „Maybe you want to see the Wehrmacht-cemetery?"

Albert Simon schaute verwundert: „Cemetery? What cemetery?"

„German cemetery. Wehrmacht."

Albert Simon sagte nichts. Vor lauter Konzentration auf Mariupol hatte er nicht daran gedacht, sich auf Schytomyr vorzubereiten – zumal nicht klar war, dass der Bus bei der Anreise just hier einen Halt zum Schlafen für die Crew einlegen würde.

„Is there a Wehrmacht-cemetery?", fragte Albert Simon ahnungslos zurück.

Der Mann lächelte. „Of course. Not far away from here. We have to go to the direction of Berditschew. I can take you with my car."

„Are you a taxi driver?", fragte er den Mann unsicher, obwohl dieser etwas sehr Vertrauenswürdiges ausstrahlte.

„So to say." Der Mann lächelte. „I used to be a painter, icons, you know, but things get difficult sometimes. You want me to bring you to the German Wehrmacht-cemetery?"

Albert Simon holte sein Portemonnaie hervor, in dem gewöhnlich nur polnisches Geld war, doch zwischen den Złoty-Scheinen entdeckte er einen 50 Euro-Schein noch von der Reise nach Duisburg. Er zog ihn heraus und hielt ihn dem Mann entgegen. „Would that be okay for you?"

Die Augen des Mannes leuchteten.

„Very much okay, Sir."

Es war ein riesiges Gelände mit Wehrmachtsgräbern, das nun in der Dunkelheit eines Waldes sichtbar wurde. Es regnete leicht, sodass der Taxifahrer, der Albert Simon gebeten hatte, ihn Alexis zu nennen, beim Ausstieg aus dem Wagen einen Schirm aufspannte.

„How many graves are here?", fragt Albert Simon ihn.

„Around 3000, Sir."

„That's a lot, Alexis", sagte Albert und war ziemlich niedergeschlagen.

Sie traten auf das Areal des Friedhofs, das von zahllosen Hügeln und Kreuzen gesäumt war. Der Regen wurde stärker, aber es war nicht kalt.

„You are looking for a special person, I guess", sagte Alexis.

Albert Simon nickte und nannte ihm den Namen seines Großvaters, der wie seine Großmutter aus der Nähe von Gdingen, Gdynia stammte.

„Difficult", sagte der Taxifahrer. „They just took off an information board." Er lächelte. „A kind of revenge." Es blieb ihnen also nichts anderes übrig, als an all den Gräbern vorbeizugehen und bei jedem einzelnen Kreuz Ausschau zu halten nach dem Namen des Großvaters. Assistiert von Alexis zu seiner Rechten las er Namen wie Brodmann, Fink oder Keller mit den dazugehörigen Dienstgraden. Die meisten waren zwischen 1910 und 1930 geboren. Wie sein Großvater. Aber Albert fand den Namen seines Großvaters nicht, so sehr er auch suchte.

Nach einer halben Stunde blieb Albert, der von der strapaziösen Anreise erschöpft war, stehen. „It doesn't make sense, Alexis. Let us leave the dead with the dead."

Der frühere Ikonenmaler und Taxifahrer bekreuzigte sich im orthodoxen Stil, was Albert animierte, es ihm auf katholische Weise gleichzutun, um die Entscheidung zu besiegeln. Auch wenn er das Grab des Großvaters nicht gefunden hatte, weil es vielleicht gar nicht existierte, war es gut, hierher gefahren zu sein. Alexis fragte Albert Simon, wohin er ihn nun bringen könne. Zurück zum Denkmal? Albert Simon nannte ihm die Straße, wo der Produktionsbus parkte.

„No problem", antwortete der Mann und gab Gas.

Als sie wieder in die Innenstadt von Schytomyr hineinfuhren, fragte er den Fahrer, begleitet von leiser Popmusik im Radio, wie seine Familie den Krieg erlebt habe.

„They defended themselves, of course."

„Of course", wiederholte der Regisseur die Worte des Fahrers. „And how did your father experience the war?"

„He shot down German tanks", antwortete Alexis.

Albert Simon schwieg, dann fragte er: „Did he talk about it later on? After the war?"

„No, not at all. He wasn't particularly proud of it, even though he was celebrated as a hero."

Albert Simon sagte nichts. Er hatte das Gefühl, dass Alexis noch nicht fertig war. Etwas fehlte. Etwas, das dem Taxifahrer nicht so leicht über die Lippen ging.

„My father killed himself when he was 50."

„Because of feelings of guilt?"

Alexis nickte. Er stellte den Scheibenwischer an, weil es wieder ein wenig zu nieseln begann. „I think so. It's not so pleasant to live with the knowledge that you have extinguished a human life. No matter whether nazi, communist or whatever. In war or in peace."

Sie waren in der Straße angekommen, wo der Produktionsbus stand. Albert Simon stieg aus. Der Taxifahrer ließ sein Seitenfenster herunter und reichte ihm die Hand. Albert sah trotz der Dunkelheit Tränen in den Augen des Mannes.

Er erwiderte den Händedruck. „Your father did the right thing in the war."

*

Früh am nächsten Morgen setzte sich der Bus wieder in Bewegung, die Fahrt ging weiter. Doch Albert, der lange Zeit nicht hatte einschlafen können, weil ihn der Friedhof und das Schicksal des Großvaters keine Ruhe ließen, wurde erst richtig wach, als der Bus die Stadt Dnipro passierte. Die Gegend war grau und trist. Ohne seine reichen Bodenschätze hätte kein Hahn nach diesem Land gekräht – kein Putin, kein Obama, keine Frau Merkel samt EU, sagte sich Albert Simon und checkte die Nachrichten bei Google News. Es ging immer weiter aufwärts mit dem SLD-Kandidaten in Warschau, als wäre seine Frau eine Art Talisman. War sie das nicht auch in seinem Leben gewesen? Alles hatte sich in den Jahren ihrer Ehe erfolgreich entwickelt, nur leider nicht die Dinge, die ihm persönlich wichtig waren.

Bald darauf sah Albert Simon ein Schild mit der Aufschrift „Oblast Donezk" in kyrillischen und lateinischen Buchstaben. Nun war es nicht mehr weit bis nach Mariupol. Sie näherten sich dem Konflikt-Gebiet, so wie sein Großvater sich vor 70 Jahren dem Schlachtfeld genähert hatte, damals 10 Jahre jünger als er heute, mit einer stabilen Familie an der Ostsee im Rücken. Albert versuchte sich durch ruhiges Atmen zu beruhigen. Jetzt nicht nervös werden. Alchemie hatte sicher auch etwas mit der Verwandlung von Familientraumata zu tun, dachte er sich. Vielleicht war dies sogar die entscheidende *Transmutation*, die stattfinden musste, um die Gespenster zu erlösen. Auch diejenigen, die nicht weit von hier vor nicht ganz einem Jahr abrupt ihr Leben verloren hatten.

*

Albert Simon bemerkte schnell, dass sich zwischen Dominik de Boer und Monika während der Vorbereitung des Drehs ein gutes Verhältnis entwickelt hatte. Sie schienen aus dem gleichen Material geschaffen zu sein, patent, pragmatisch, selbstbewusst. Alles war bestens organisiert. Trotz der enormen Anspannungen im humanitären Dienst. Monika kümmerte sich derzeit um ukrainische Soldaten, die von den Separatisten in einen Hinterhalt gelockt worden waren. Junge Männer, denen nun mindestens ein Körperglied fehlte, ein Bein, ein Arm. Auf ihrer Station gab es auch einen Mann, der sein Augenlicht verloren hatte.

„Wovon träumt er?", fragte Albert Monika, als seine Schar in der Kantine des Krankenhauses saß, in dem sie arbeitete.

„Vom Krieg", antwortete sie. „Die Waffenruhe ist ein Witz. Täglich bricht das Feuer aus. Kleine Funken, so wie in der Stahlfabrik. Es ist noch nicht die große Schlacht, der Flächenbrand, auf den sich Putin aber vorzubereiten scheint. Er braucht noch mehr moderne Waffentechnik, ein stärkeres Equipment, wie man hier vermutet. Die Zeit der angeblichen Ruhe nutzt er dafür, er rüstet auf. Doch wenn er so weit ist, wird er zuschlagen. Die Menschen hier sind davon überzeugt."

Das Filmteam hörte ihr gebannt zu. Patrycja Dudeks Freund fuhr sich nervös durch die schwarzen Haare. Der neue Kameramann, Zbigniew Żurak, kratzte sich angespannt den Nacken. Albert Simon bewunderte Monikas Umsicht und Stärke. Sie erinnerte ihn an die Helden des Warschauer Aufstands, unter denen, wie im Museum zu sehen war, zahlreiche Frauen gewesen waren. Intelligente Frauen, mutige Frauen – vielleicht die wahren Feministinnen. Frauen, die sich nicht endlos um sich selbst, Geschlechtergerechtigkeit und ihre emotionalen Befindlichkeiten drehten, sondern wussten, dass das Böse sich nicht in Geschlechtskategorien einteilen lässt. Beide Geschlechter werden attackiert – von innen wie von außen.

Als das Filmteam mit Monika zum Asow-Stahlwerk fuhr, wo der Produktionsbus die nächsten Tage im Schutze der

Werkanlagen stehen sollte, hatte Albert Simon das Gefühl, in die schmutzigste Zone des Planeten Erde geraten zu sein. Sogar seine frühesten Eindrücke von Duisburg konnten nicht mit diesem Anblick mithalten. Alles wirkte größer und veralteter als damals in seiner Kindheit und Jugend – die Hochöfen, die Kokereien, die Walzwerke, das Stahlwerk selbst, an dessen Eingang immer noch Wappen aus der Sowjetzeit hingen, CCCP, Hammer und Sichel. Verstörend.

„Vermeidet das tiefe Einatmen, wenn der Regen stärker wird", riet Monika den Mitgliedern des Filmteams. „Die Luft hier ist zu säuerlich. Vergiftet."

Albert Simon griff in seiner Hosentasche zum Inhalator. Das beruhigte ihn trotz all der toxischen Dämpfe. Für den Notfall hatte er genug Asthma-Mittel mitgenommen.

„Kann man im Asowschen Meer schwimmen?", fragte einer der mitgereisten Statisten die Krankenschwester.

Albert hielt die Frage für einen schlechten Scherz und schnaufte sarkastisch, doch Monika ging ernsthaft auf die Frage ein.

„Ausgeschlossen. Zu gefährlich wegen der Verschmutzung des Wassers, aber auch wegen der Separatisten. Das Stahlwerk ist natürlich ein attraktives Ziel für sie, auch wenn sie es nicht zu zerstören beabsichtigen wie die Deutschen im Krieg."

Spätestens mit diesem Hinweis wurde Albert Simon und den Beteiligten des Film-Teams klar, dass sie nicht in Schlesien oder im Ruhrgebiet waren. Sie waren im explosiven Zentrum eines globalen Konfliktherdes angekommen, in dem die Lava bereits seit Jahrzehnten brodelte, wenn es auch noch nicht zur ganz großen Eruption gekommen war. Doch konnte jeder hier spüren, dass dies eines Tages geschehen würde. Es musste so kommen. Als würde es sich um ein Naturgesetz handeln.

Albert Simon versuchte, sich einen Überblick des Werkes zu verschaffen, doch dies war unmöglich. Alles hier draußen wirkte so großflächig und gleichzeitig so verschachtelt, als würden sie sich in einem Freiluft-Labyrinth befinden. Schon bald darauf kam ein breiter, kräftiger Mann mit Schutzhelm anmarschiert. Er stellte sich mit dem Namen Serhij vor und begrüßte Monika, dann Dominik de Boer und schließlich ihn, den Regisseur, um sich an das ganze Filmteam zu wenden.

„Willkommen in Mariupol", sagte Serhij und ballte seine Fäuste, als wüsste er nicht wohin mit seiner überschüssigen Kraft. „Ich weiß, ihr seid hier, um einen Film zu drehen, aber ich zeige Euch jetzt erstmal den Bunker, für den Fall, dass unsere russischen Brüder während der Dreharbeiten Probleme mit der Waffenruhe haben und meinen, sie müssten uns mal wieder etwas Angst einjagen. Manchmal schicken sie von Schyrokyne, einem kleinen Dorf in der Nähe, Grüße zu uns herüber. Wir gehen also in den Bunker, wo maximal 4000 Personen Platz finden können. Einverstanden?"

„Einverstanden", antworteten alle Mitglieder des Drehteams einstimmig, und Albert Simon staunte, wie schnell sich militärische Rituale im Angesicht einer realen Gefahr entwickelten.

In den steil nach unten führenden Gängen, die zu dem riesigen atomsicheren Bunker führten, waren offenbar vor gar nicht so langer Zeit Wartungsarbeiten durchgeführt worden, denn die Schächte wirkten solider und moderner als die Industrie-Festung von draußen. Trotzdem, so hoffte Albert Simon, würde es nie nötig sein, sich hier zu verstecken. Die Aufzeichnungen seines Vaters fielen ihm ein. Der Junge, der mitten in der Nacht in den Schlackenbergbunker hatte flüchten müssen. Schließlich kamen sie in eine große unterirdische Halle, den Bunker des Asow-Werkes, der Albert Simon wie eine Mischung aus Lagerraum und gemütlicher Küche aus der Zeit der Jahrhundertwende erschien. Neugierig schauten sich die Mitglieder des Filmteams die Wände und Decken an. Manche machten Fotos und filmten mit ihren Smartphones das unheimliche Refugium. Als alle dachten, dass sie genug gesehen hätten, bemerkten sie, dass Serhij sich inzwischen von ihrer Gruppe abgesondert hatte. Seinem Gesichtsausdruck nach zu urteilen war er mit einer wichtigen Angelegenheit beschäftigt. Mit seinem Smartphone schrieb er Nachrichten. Nicht mehr so ruhig und abgeklärt wie bei der Begrüßung, sondern er war nun gestresst. Albert Simon versuchte sich zu konzentrieren. War nicht von oben eine Sirene zu hören oder bildete er sich das nur ein?

Allmählich merkten auch die anderen Filmmitglieder, dass etwas nicht stimmte. Etwas Außergewöhnliches schien geschehen zu sein. Etwas, das vom normalen Alltag abwich. Was war es? Warum sagte Serhij nichts? Plötzlich, wenn auch nur für einen Augenblick, fiel die Beleuchtung aus. Einige Frauen schrien auf. Serhij wandte sich an die Gäste aus Polen.

„Wie es aussieht, scheinen die Russen wieder Krieg spielen zu wollen. Keine Angst, es wird nicht lange dauern, und hier unten seid ihr sicher. Es wird nicht lange dauern, höchstens ein paar Minuten."

Die Mitglieder des Filmteams schauten einander ängstlich an. Das war etwas völlig anderes als militante Umweltschützer in Schlesien. Sie hörten einen lauten, ohrenbetäubenden Knall, dann öffnete sich die Tür des Bunkers und eine Herde von Stahlarbeitern drang ein. In heller Aufregung, die sich sowohl auf Serhij wie auch auf das Filmteam übertrug. Da Albert Simon die Ukrainer nicht so gut verstand wie seine polnischen Kollegen, übersetzte ihm Serhij die wichtigsten Informationen.

„Sie scheinen diesmal schwerere Waffen als sonst einzusetzen, doch keine Sorge, hier sind wir sicher. So sicher wie sonst nirgendwo auf der Welt. Sogar sicherer als in Warschau." Serhij setzte ein breites Grinsen auf, das Albert aber nicht sonderlich beruhigte. Draußen stand der Produktionsbus mit dem Drehmaterial. Wäre es vielleicht doch besser gewesen, sich um eine Drehgenehmigung in Duisburg zu mühen? Mit Tante Renates Geld im Rücken?

Albert Simon sah den jungen Mann, den Freund der Sängerin, an der Wand stehen. Er zitterte.

„Fürchten Sie sich nicht!", sagte Albert Simon zu ihm mit einer Ruhe, die ihn selbst erstaunte. Die Erfahrungen der vergangenen Wochen schienen ihn abgehärtet zu haben, so dass er auch dieses Gefahren-Szenario mit ungeahnter Standfestigkeit erlebte. „Der Mann, den Sie spielen, hat diese Erfahrung, die wir nun machen, bereits als Kind durchgemacht. Betrachten Sie es als optimale Drehvorbereitung. Hiernach wird alles leicht zu spielen sein, die Szenen im Werk, die Begegnung im Supermarkt, die Hochzeit – alles."

Der junge Mann, auf dessen Stirn sich Angstschweiß bildete, schaute ihn an, als wäre er verrückt. Nicht ganz von dieser Welt.

„Ich mache keine Scherze", sagte Albert Simon. „Sie können das. Sie sind stärker, als Sie denken. Sie brauchen keine Angst haben."

Er schaute hinüber zu Dominik de Boer und Monika, deren Hände sich berührten. Ein schönes Bild, stolz und verletzlich zugleich. Was würde wohl Daria denken, wenn sie in den Nachrichten erfuhr, was sie hier durchmachten? Oder schaffte es ein solches Ereignis nicht in die polnischen und deutschen Medien, weil die Waffenruhe innerhalb der EU zur diplomatischen Devise geworden war? Albert Simon holte sein Smartphone hervor und schaute auf ein Selfie von sich und Daria, das er bei einem ihrer vielen Spaziergänge durch den Skaryszewski Park gemacht hatte. Er sehnte sich nach ihr, das musste er zugeben.

„Das ist nicht ihre Frau, oder?", sagte der junge Mann, der neben Albert stand und ihm über die Schulter geschaut hatte.

„Nein." Antwortete er.

„Nicht die Frau, mit der wir Sie vor einigen Wochen trafen."
„Nein."

„Aber Sie lieben diese Frau?", wollte der junge Mann wissen.

„Ja."

Nun holte der junge Mann, der mitgereist war, um seinen Vater zu spielen, sein Smartphone heraus und zeigte Albert Simon ein Foto der Sängerin Patrycja Dudek, das er heimlich von ihr gemacht haben musste. Sie lag leichtbekleidet auf dem Bett und ihre blonden Haare säumten das weiße Kopfkissen. Was für ein unreifer Idiot, dachte Albert Simon, doch er sprach es nicht aus.

„Vermissen Sie sie?", fragte Albert Simon ihn stattdessen. Der junge Mann überlegte. Während sich die Arbeiter Zigaretten anzündeten und über etwas lachten, wie man es tat, wenn man schon häufiger der gleichen Gefahr ausgewichen war.

„Sie brauchen nichts mehr zu sagen", sagte Albert streng zu dem jungen Mann. „Sie wissen, dass Sie sie nicht lieben. Sie spielen mit ihr, und sie vielleicht mit Ihnen. Es ist Zeitverschwendung."

Das Gesicht des jungen Manns nahm einen verzweifelten Ausdruck an. Er wollte etwas sagen, dann unterließ er es. Schnell steckte er das Smartphone weg.

„Ersparen Sie es ihr. Ersparen Sie es sich. Sie werden es wissen, wenn Sie der richtigen Frau begegnen – und sie wird eines Tages auch wissen, wer der Richtige für sie ist. Hoffentlich. Mit Idealbildern kann man nicht leben."

Der junge Mann nickte.

Albert Simon holte den Drehplan hervor. Trotz der nervösen Anspannung um ihn herum prüfte er ruhig die einzelnen Szenen, die in den nächsten Tagen anstanden. Diesmal würde er sich nicht von Nachrichten oder Interviews ablenken lassen – und auch nicht von der russischen Bedrohung. Er würde mit dem Kameramann jede Einstellung genauestens prüfen, die Worte der Schauspieler hören und bei größter Hitze die Arbeiter und das Feuer filmen; jede Bewegung jeder Person, egal ob Schauspieler oder Statist, musste stimmen, musste wahrhaftig sein. Jede Geste, jedes Wort. So wie sein Vater im Stahlwerk sich keinen Fehler hatte erlauben können, so war es nun bei ihm. Albert Simon spürte in sich neuen Tatendrang zum Filmen aufsteigen. Er genoss die Würde der Arbeit, die man spüren kann, wenn man mit dem, was man tut, ganz im Einklang ist.

Er erinnerte sich an seine Anfänge, wie er sich als Kind die Super 8 Kamera des Onkels hatte ausleihen dürfen und damit alles gefilmt hatte, was ihm vor die Augen kam: Autos, Tiere, Natur, Industrieanlagen und auch die Straßenbahn, Passanten auf der Straße ... Alles hatte er damals als interessant und inspirierend wahrgenommen, so begeistert war er von der Wirklichkeit. Als Jugendlicher hatte er dann allmählich gelernt, dass er die Aufnahmen zu einer Geschichte verbinden musste, um bei den Zuschauern das Interesse wachzuhalten, er hatte gelernt, dass man etwas erzählen muss, strukturieren muss, die Elemente achtsam zu einem großen Ganzen zusammenfügen muss. Darin bestand der Dienst des Filmemachers, Religion und Therapie zugleich.

*

Schließlich war es soweit: Der Tag der Premiere des Films *Transmutation* von Albert Simon war da, am 17. Juli 2015 im Kino Luna an der Ulica Marszałkowska, unweit des Platzes, wo vor etwas mehr als einem halben Jahr die *Regenbogen*-Skulptur in Flammen aufgegangen war, deren Reste man inzwischen entfernt hatte. Anfang Juli war im Warschauer Stadtteil Wola die Scheidung zwischen Agata und Albert Simon über die Bühne gegangen. Ganz diskret, denn als Pressesprecherin des neuen Warschauer Stadtpräsidenten hatte Agata kein Interesse daran, mit einem solchen Schritt in die Schlagzeilen zu geraten. Der Richter handelte kurz und sachlich, die Parteien nahmen sich vor, Freunde zu bleiben, hatten sie doch so vieles gemeinsam erlebt und bewältigt. Das konnte und musste nicht ausradiert werden.

Am Abend der Premiere drängelten sich viele Menschen in das Kino – Fotografen, Medienvertreter, die üblichen

Warschauer Kultur-Repräsentanten und sogar der deutsche Botschafter in Warschau hatte es sich nicht nehmen lassen, vorbeizuschauen.

„Ich komme schließlich aus Bochum", vertraute er Albert Simon flüsternd an. „Wir Leute aus dem Pott müssen zusammenhalten."

Donald Tusk, dessen Brüsseler Büro vorab ein Zugang zur Streaming-Premiere des Films zugemailt worden war, hatte – in kaschubischer Verbundenheit – ein Grußwort gesendet und dem Film viel Erfolg gewünscht. Auch der Priester der Stanisław Kostka-Pfarrei war anwesend und sprach freundlich mit Leuten, die eindeutig dem LGBTQI+-Milieu zuzuordnen waren.

Leo Rosenstein war mit seiner Frau gekommen, die Albert Simon mütterlich in den Arm nahm: „Mein Mann hat mir viel Gutes über Sie gesagt."

Der junge Darsteller des Vaters war da – ohne Patrycja Dudek, dafür mit einer jungen Asiatin in seinem Alter. Öko-Proteste gab es erfreulicherweise nicht vor dem Eingang des Kinos, vielleicht weil der Film vorab von der Kritik (allen voran einer PAP-Journalistin) sehr freundlich aufgenommen worden war. Als „zeitloses Anti-Kriegsdrama", als „Plädoyer für eine organische Verbindung von Mensch und Natur", aber auch als ein „persönliches Zeichen der Dankbarkeit für die Industriearbeiter in Europa, Generationen von Männern, die unter großen Entbehrungen den materiellen Wohlstand des Westens erst möglich gemacht" hätten. Aber auch das Flüchtlingsmotiv, das im Film „sehr berührend" eingesetzt werde, sei hochaktuell, ebenso die „Verbundenheit mit der Ukraine". Dass wichtige Szenen des Werkes „unter Lebensgefahr" in dem bedrängten Land gefilmt worden waren, wurde dem Regisseur und seinem Team, allen voran Dominik de Boer, der mit Monika über den roten Teppich lief, und Kameralegende Zbigniew Żurak hoch angerechnet. „Eine echte Hingabe an das Kino und an Europa, wie man sie schon lange nicht mehr gesehen hat", schrieb ein Kritiker.

Doch je näher die Aufführungszeit rückte, desto nervöser blickte Albert Simon auf die Gäste, die in das Kinogebäude hereinströmten und ihm gelegentlich so herzlich die Hand schüttelten, als hätte er sich um seine Reputation, die vor wenigen Monaten noch für immer zerstört schien, nie Sorgen machen müssen.

Sein Smartphone klingelte. Er ging dran, nickte, dann schaltete er entschlossen das Gerät aus.

Als in diesem Moment Adam Gadomski, der Thyssenkrupp-Pförtner mit Guide Achim hereintrat, in soliden C&A-Anzügen aus den Neunzigerjahren, wusste Albert Simon genau, was zu tun war. Albert Simon drückte dem Pförtner, den er herzlich begrüßte, seine beiden Platzkarten in die Hand und bat ihn, zusammen mit Dominik de Boer nach der Aufführung etwas zum Publikum zu sagen – zum Deutsch-Polnischen-Verhältnis etwa und dass es der Mensch ist, welcher der Arbeit einen Wert verleihe und nicht umgekehrt. Er selbst müsse jetzt aber verschwinden, weil seine Partnerin im Krankenhaus sei und ein Kind erwarte. Er sei gerade informiert worden, dass es bald soweit sei.

Niemand wagte, ihn aufzuhalten. Der Taxifahrer düste mit Höchstgeschwindigkeit über die Marszałkowska, dann über die Aleja Solidarności vorbei am Denkmal der Nike, dem Wahrzeichen Warschaus und über die Brücke nach Praga. Albert Simon sah, wie sich die untergehende Sonne in der Weichsel spiegelte. Der Fluss war nicht mehr grau und hässlich wie eine Pfütze, sondern er strahlte Leben und Zuverlässigkeit aus, Beständigkeit trotz all des Grauens in der Welt. Die Möwen, die wie üblich ihren wilden Tanz über dem fließenden Wasser aufführten, schienen dies bestätigen zu wollen. Es gab nicht nur siechen und sterben, es gab auch die heilende Wirkung der Zeit.

Vor dem Szpital Praski p.w. Przemienienia Pańskiego hielt der Fahrer. Albert Simon zahlte mit der Karte. Zum ersten Mal fiel ihm auf, dass die rundliche Architektur des

Krankenhauses hier jenem des Krankenhauses in Duisburg ähnelte, in dem er auf die Welt gekommen war. Er lief hinein, um bei der Geburt seines ersten Kindes dabei zu sein.

Er war nervös, deshalb musste er drei Personen fragen, bis er die Geburtsstation fand.

Als er sie erreicht hatte, erkundigte er sich nach Daria und fragte, ob er hier richtig sei. Er war richtig, doch man bat ihn, auf dem Flur vor dem Kreißsaal Platz zu nehmen. Er war der einzige Besucher, der hier wartete. Was es wohl werden würde? Ein Junge? Ein Mädchen? Ein androgynes Wesen, das alchemistische Ideal? Daria hatte bei den pränatalen Untersuchungen ganz bewusst auf Informationen zum Geschlecht verzichtet. Es war auch gleichgültig, fand Albert Simon. Hauptsache, die Geburt ging gut, ohne Komplikationen oder Schlimmeres. Er schaute auf die Armbanduhr. Nun war sicher die Hälfte des Films schon erreicht. Er fragte sich, wie wohl die Stimmung im Publikum war. Fiel der Film durch oder nahm man ihn an? Er stellte sich das Haus auf dem Land vor, in dem er mit Daria und dem Kind leben würde. Eines Tages. Vielleicht fand sich ein altes Haus in der Kaschubei? Nach zwei Stunden stellte er das Smartphone an. Er sah Bilder von der Premiere seines Films in den Agenturmeldungen. Alle schienen glücklich und zufrieden zu sein; besonders Adam Gadomski, der Mann von der Thyssenkrupp-Pforte, strahlte auf vielen Fotos. So wie heute hatte er noch nie im Mittelpunkt gestanden. Albert Simon musste weinen, ein paar Tränen nur, er konnte seine Rührung nicht verbergen – genauso wenig wie seine Angst, die hier im Krankenhaus immer größer geworden war.

Je länger er wartete, desto mehr sorgte er sich. Plötzlich trat aus dem Behandlungssaal eine Ordensfrau und kam direkt auf ihn zu. Sie lächelte gütig. Als sie vor Albert Simon stand, reichte sie ihm, bevor der Regisseur etwas sagen konnte, ein Kärtchen. Es war ein Heiligenbild, darauf war der Kaplan der Gewerkschaft Solidarność, Jerzy Popiełuszko, zu sehen. Dazu ein Spruch, der offenbar von ihm stammte:

„Lass dich nicht vom Bösen überwinden, sondern überwinde das Böse mit Gutem."

Bevor er die Ordensfrau etwas fragen konnte, war sie schon wieder verschwunden. Ihm war nur das Bild geblieben, das er unverdrossen betrachtete.

War dies die wahre Verwandlung?

In der Dunkelheit sah er Lichter, sie erinnerten ihn an das Ruhrgebiet bei Nacht, wenn die Hochöfen und andere Anlagen angeleuchtet werden. Dort, wo die Elemente sich in einem ständigen Veränderungsprozess miteinander befanden ...

Das Feuer muss weitergehen, immer weiter, das Feuer darf niemals ausgehen.

Anmerkungen

Wichtige Hinweise zur Stahlproduktion habe ich von einer Sachgeschichte Armin Maiwalds, die von seiner Filmproduktionsfirma für die „Sendung mit der Maus" (WDR) hergestellt wurde, übernommen. Nützliche Informationen zur Drehplanung verdanke ich Martin Blankemeyer, Lia Ekizoglou, Anastasia Smetankina und Sonja Rank von der Münchner Filmwerkstatt e.V. Die Kriegserinnerung von Ernst Simon ist dem Text „Der Schrecken des Krieges" von Johann Meetschen entnommen, der im Duisburger Jahrbuch 2000 im Mercator-Verlag erschienen ist. Zeitgeschichtliche Daten und Fakten basieren auf diversen Agenturmeldungen, Wikipedia und Tagesschau-Berichten, so etwa die Raketenattacke auf Mariupol am 24. Januar 2015 (*Die Zeit* online: „Fast 30 Zivilisten in Mariupol getötet", 24. Januar 2015). Informationen zum Asow-Stahlwerk entstammen u.a. dem *Blick*-Artikel „Letzte Bastion von Mariupol" (4./6. Mai 2022).

Neben dem Gedicht „Warschau" von Henryk Bereska, das in der Übersetzung von Ewa Maria Slaska in Ausschnitten im Roman zitiert wird, waren mir beim Schreiben die Eindrücke der Dichterin Noemi Schneider von einem Besuch in Mariupol wichtig: „Im Meer soll man/ nicht baden./ Die Luft besser/ nicht einatmen./ Platanen rauschen/ im sauren Regen./ Die Vögel sind/ fort./ Im Stahlwerk/ fliegen Funken./ Was tun?/ Gedichte in den/ Sand spucken./ Und auf bessere/ Zeiten hoffen." Eine Metapher, welche die Würde der Bergarbeiter unterstreicht, habe ich mir von dem Sting-Song „We Work the Black Seam" geborgt. Von Phil Bosmans habe ich gelernt, wo der Geruch Hollands beginnt. Neben Slavoj Žižek, C.G. Jung u.a. haben mich auch die Gedanken der Züricher Philosophin Tove Soiland („Postödipale Gesellschaft", „Sexuelle Differenz") beim Schreiben inspiriert. Monika hat vermutlich viele Bücher über Alchemie gelesen, doch ihre Erläuterungen zu Albertus Magnus stützen sich auf einen Wikipedia-Eintrag.

Die erste Anregung und Ermutigung zu diesem Roman verdanke ich Jörg Röhrig. Unterstützt beim Schreiben haben mich Anna Opolska und Michael Immanuel Malich. Mein besonderer Dank gilt Adam Peszke und Kaarina Kyröläinen für die gründliche Lektüre und Holger Fuß, der Gespenstern auch begegnet ist.